Edith Wharton

Sommer

SERIE PIPER
Band 1885

Zu diesem Buch

Charity Royall, ein einfaches, aber eigenwilliges Mädchen, lebt zusammen mit ihrem Vormund in dem entlegenen Dorf North Dormer in Neuengland. Sie ist die Tochter einer Ausgestoßenen, die mit einer gesetzlosen, verwilderten Sippe »auf dem Berg« haust. Obwohl Charity nicht die geringste Ahnung von Büchern hat, arbeitet sie in der Bibliothek des Dorfes. Bis auf einen Ausflug in die benachbarte Kleinstadt Nettleton waren die Grenzen von Charitys Welt mit denen von North Dormer identisch. Als jedoch eines Tages der junge Architekt Lucius Harney auftaucht, eröffnet sich für Charity ein gänzlich unbekanntes Universum. Sie verliebt sich in ihn, aber obgleich er ihre Gefühle erwidert, lassen die gesellschaftlichen Konventionen ihrer Liebe keine Chance. Die Heirat mit ihrem Pflegevater, einem düsteren Anwalt, vermag sie zwar vor dem Schicksal ihrer Mutter zu retten, nicht aber vor der Einsamkeit des Herzens.

Edith Wharton, geboren 1862 in New York, gestorben 1937 in St. Brice-sous-Forêt/Frankreich. Aus dem Milieu der Upper Ten stammend, unternahm sie zahlreiche Reisen. Schrieb – zunächst heimlich – zahlreiche Erzählungen, Novellen und Romane. Gilt als Meisterin der realistisch-gesellschaftskritischen amerikanischen Literatur.

Edith Wharton

Sommer

Roman

Aus dem Amerikanischen von
Benjamin Schwarz e. a.

Piper
München Zürich

Von Edith Wharton liegen
in der Serie Piper außerdem vor:
Winter (1262)
Zeit der Unschuld (1264)

Die Originalausgabe erschien 1917
unter dem Titel »Summer«
bei Charles Scribner's Sons in New York.

ISBN 3-492-11885-2
3. Auflage, 12.–21. Tausend März 1994
(1. Auflage, 1.–10. Tausend dieser Ausgabe)
R. Piper GmbH & Co. KG, München
Lizenzausgabe mit Genehmigung des Rogner & Bernhard
Verlags, Hamburg

Umschlag: Federico Luci,
unter Verwendung des Gemäldes »In freier Natur«
(1895) von Richard Riemerschmid
(Städtische Galerie im Lenbachhaus München)
Satz: Vornehm, München
Druck und Bindung: Clausen & Bosse, Leck
Printed in Germany

I

Ein Mädchen trat aus Anwalt Royalls Haus am Ende der einzigen Straße von North Dormer und blieb davor stehen.

Es war ein früher Juninachmittag. Der durchsichtige, frühlingshafte Himmel schüttete einen Regen silbriger Sonnenstrahlen auf die Dächer des Dorfs und auf das Weideland und die Lärchenwälder, die das Dorf umgaben. Ein sanfter Wind regte sich zwischen den runden weißen Wolken auf den Schultern der Hügel und trieb ihre Schatten über die Felder und den grasbewachsenen Weg hinunter, der dort, wo er durch North Dormer führt, die Bezeichnung Straße annimmt. Der Ort liegt hoch und offen da, und es fehlt ihm der Schatten, der in den geschützter gelegenen Dörfern Neuenglands reichlich vorhanden ist. Die Gruppe Trauerweiden um den Ententeich und die Rottannen vor dem Tor zum Anwesen der Hatchards sind nahezu die einzigen Schattenspender an dem Stück Straße zwischen Anwalt Royalls Haus und der Stelle am anderen Ende des Dorfs, wo die Straße oberhalb der Kirche ansteigt und an der schwarzen Wand aus Schierlingstannen entlangführt, die den Friedhof umgibt.

Der sanfte Juniwind kam die Straße heruntergeweht, schüttelte die trübseligen Wipfel der Tannen vor dem Haus der Hatchards, erfaßte den Strohhut eines jungen Mannes, der eben unter ihnen entlangging, und wirbelte ihn geradewegs über die Straße in den Ententeich.

Während er hinüberrannte, um ihn herauszufischen, stellte das junge Mädchen vor Anwalt Royalls Tür fest, daß es sich um einen Fremden handelte, daß er städtische Kleidung trug und daß er übers ganze Gesicht lachte, wie eben ein unbekümmerter junger Mensch über derlei Mißgeschicke lacht.

Ihr Herz krampfte sich ein wenig zusammen, und aus Scheu, die sie manchmal überkam, wenn sie Leute mit Feiertagsgesichtern sah, zog sie sich ins Haus zurück und tat, als suche sie nach dem Schlüssel, obwohl sie wußte, daß sie ihn bereits in ihre Tasche gesteckt hatte. Im Flur hing ein hoher grünlicher Spiegel mit einem vergoldeten Adler darüber, und sie betrachtete kritisch ihr Spiegelbild und wünschte sich zum tausendsten Mal, sie hätte blaue Augen wie Annabel Balch, die manchmal aus Springfield kam, um eine Woche bei der alten Miss Hatchard zu verbringen; dann rückte sie den von der Sonne gebleichten Hut über ihrem kleinen braunen Gesicht zurecht und ging wieder ins Sonnenlicht hinaus.

»Wie ich das alles hasse!« murmelte sie.

Der junge Mann war durch das Tor der Hatchards verschwunden, und sie hatte die Straße für sich allein. North Dormer ist zu allen Zeiten ein öder Ort, und um drei Uhr an einem Juninachmittag sind die wenigen arbeitsfähigen Männer draußen auf den Feldern oder im Wald, und die Frauen sind drinnen und mühen sich lustlos mit dem Haushalt ab.

Das Mädchen ging die Straße entlang, ließ den Schlüssel an ihrem Finger baumeln, und blickte mit jener erhöhten Aufmerksamkeit um sich, die die Anwesenheit eines Fremden an einem vertrauten Ort hervorruft. Welchen Eindruck, fragte sie sich, machte wohl North Dormer auf Leute aus anderen Teilen der Welt? Sie wohnte dort, schon seit sie fünf Jahre alt war, und hatte das Dorf lange für einen recht bedeutenden Ort gehalten. Aber vor ungefähr einem Jahr hatte Mr. Miles, der neue Pfarrer der Episkopalgemeinde in Hepburn, der jeden zweiten Sonntag herüberkam – wenn die Wege nicht von Karrenspuren zerpflügt waren –, um in der Kirche von North Dormer Gottesdienst abzuhalten, in einem Anfall missionarischen Eifers beschlossen, die jungen Leute nach Nettleton zu einem Bildervortrag über das Heilige Land mitzunehmen; und das Dutzend Mädchen und Jungen, das die Zukunft von North Dormer verkörperte, war in einen Bauernwagen verfrachtet und über die Berge nach Hepburn gefahren, in einen Bummelzug gesetzt und nach Nettleton gebracht worden. Im Verlauf dieses unglaublichen Tages hatte Charity Royall zum ersten und einzigen Mal eine Bahnfahrt erlebt, in Läden mit Schaufenstern geguckt und Kokosnußtorte probiert, sie hatte in einem Theater gesessen und einem Herrn zugehört, der unverständliche Dinge erzählte, begleitet von Bildern, die sie sich mit Vergnügen angesehen hätte, wenn seine

Erklärungen sie nicht gehindert hätten, sie zu verstehen. Dieses Erlebnis hatte ihr bewußt gemacht, daß North Dormer ein kleiner Ort war, und es hatte einen Wissensdurst in ihr geweckt, den ihre Stellung als Betreuerin der Dorfbibliothek nicht hervorzurufen vermocht hatte. Ein, zwei Monate lang vergrub sie sich fieberhaft und wahllos in den staubigen Bänden der Hatchard-Gedächtnis-Bibliothek; dann verblaßte allmählich der Eindruck, den Nettleton auf sie gemacht hatte, und sie fand es leichter, North Dormer als das Maß aller Dinge hinzunehmen, als ihre Lektüre fortzusetzen.

Der Anblick des Fremden weckte wieder Erinnerungen an Nettleton, und North Dormer schrumpfte auf seine wirkliche Größe. Während sie das Dorf hinauf und hinunter blickte, von Anwalt Royalls Haus mit dem verblaßten roten Verputz am einen Ende bis zu der weißen Kirche am anderen Ende, nahm sie es mitleidlos wahr. Da lag es, ein vom Wetter gebeuteltes, von der Sonne verbranntes Dorf in den Bergen, von der Welt vergessen, von Eisenbahn, Autobus, Telegraph und allen Mächten, die in einer Gemeinschaft von heute das Leben der einzelnen miteinander verbinden, links liegen gelassen. Es gab keine Läden, kein Theater, keine Vorträge, kein »Geschäftsviertel«; nur eine Kirche, die jeden zweiten Sonntag geöffnet wurde, sofern es der Zustand der Straßen erlaubte, und eine Bibliothek, für die seit zwanzig Jahren keine neuen Bücher mehr gekauft worden waren und in der die alten auf den muffigen Regalen ungestört vor sich hin moderten. Und doch hatte man Charity Royall stets zu verstehen gegeben, sie müsse es als Privileg betrachten, daß das Schicksal sie nach North Dormer verschlagen hatte. Sie wußte, daß North Dormer, verglichen mit dem Ort, wo sie herkam, alle Segnungen höchster Zivilisation verkörperte. Jeder im Dorf hatte ihr das gesagt, seit sie als Kind hierhergebracht worden war. Selbst die alte Miss Hatchard hatte einmal bei einer schrecklichen Gelegenheit zu ihr gesagt: »Mein Kind, du darfst nie vergessen, daß es Mr. Royall war, der dich vom Berg heruntergeholt hat.«

Sie war »vom Berg heruntergeholt« worden; von der zerklüfteten Felswand, die jäh über den niedrigeren Abhängen des Eagle Range anstieg und einen stets düsteren Hintergrund für das einsame Tal abgab. Der Berg war gut fünfzehn Meilen entfernt, aber er stieg so schroff von den niedrigeren Hügeln auf, daß es beinahe schien, als werfe er seinen Schatten auf North Dormer. Und er wirkte wie ein großer Magnet, der die Wolken anzog, um sie dann im Sturm über das Tal zu verteilen. Wann immer, selbst bei klarstem Sommerhimmel, ein feiner Dunstschleier über North Dormer hinwegzog, trieb er auf den Berg zu wie ein Schiff auf einen Strudel, verfing sich zwischen den Felsen und zerriß in viele Wolkenfetzen, um dann in Regen und Dunkelheit von neuem über das Dorf hinwegzufegen.

Charity hatte keine klare Vorstellung von dem Berg; aber sie wußte, daß es ein schlimmer Ort war und eine Schande, von dort herzustammen, und daß, was immer ihr in North Dormer auch widerführe, sie nie vergessen dürfe, wie ihr Miss Hatchard es einst ins Gedächtnis gerufen hatte, daß sie von dort heruntergeholt worden war, und daß sie ihren Mund halten und dankbar sein müsse. Sie blickte zu dem Berg hinauf, während ihr all das durch den Kopf ging, und bemühte sich wie gewöhnlich, dankbar zu sein. Doch der Anblick des jungen Mannes, wie er durch Miss Hatchards Tor gegangen war, hatte das Bild der glitzernden Straßen von Nettleton wieder in ihr wachgerufen, und sie genierte sich wegen ihres alten Sonnenhuts, hatte North Dormer satt und dachte neidisch an Annabel Balch aus Springfield, deren blaue Augen irgendwo in weiter Ferne Herrlichkeiten betrachteten, die noch imponierender waren als die Herrlichkeiten von Nettleton.

»Wie ich das alles hasse!« sagte sie noch einmal.

Auf halbem Weg die Straße hinunter blieb sie vor einem windschiefen Tor stehen. Dann ging sie hindurch und über einen ziegelgepflasterten Weg zu einem merkwürdigen kleinen Backsteintempel mit weißen Holzsäulen, die einen Giebel trugen, auf dem in verblaßten Goldbuchstaben die Inschrift stand: »Honorius-Hatchard-Gedächtnis-Bibliothek, 1832«.

Honorius Hatchard war der Großonkel der alten Miss Hatchard gewesen; aber sie hätte zweifellos den Satz umgedreht und als ihren einzigen Ruhmestitel die Tatsache hervorgehoben, daß sie seine Großnichte sei. Honorius Hatchard hatte sich nämlich zu Beginn des neunzehnten Jahrhunderts einer bescheidenen Berühmtheit erfreut. Wie die Marmortafel im Inneren der Bibliothek den seltenen Besuchern mitteilte, hatte er bemerkenswerte literarische Gaben besessen, eine

Reihe Prosatexte mit dem Titel »Der Einsiedler von Eagle Range« geschrieben, sich der Bekanntschaft mit Washington Irving und Fitz-Greene Halleck rühmen können und war in der Blüte seiner Jahre von einem Fieber dahingerafft worden, das er sich in Italien zugezogen hatte. Dies war die einzige Verbindung zwischen North Dormer und der Literatur gewesen, eine Verbindung, an die pietätvoll erinnert worden war durch die Errichtung der Gedenkstätte, in der Charity Royall jeden Dienstag- und Donnerstagnachmittag an ihrem Schreibtisch unter dem stockfleckigen Stahlstich des verstorbenen Dichters saß und sich fragte, ob er sich in seinem Grabe wohl toter fühle als sie in seiner Bibliothek.

Lustlos betrat sie ihr Gefängnis, setzte den Hut ab, hängte ihn an eine Minervabüste aus Gips, öffnete die Fensterläden und lehnte sich hinaus, um nachzusehen, ob in dem Schwalbennest über einem der Fenster vielleicht Eier lägen, setzte sich schließlich hinter den Tisch und zog eine Rolle Baumwollspitze und eine stählerne Häkelnadel hervor. Sie war keine geschickte Handarbeiterin, und sie hatte viele Wochen gebraucht, um den halben Meter Spitze zu häkeln, den sie um den Leinenrücken einer aus dem Leim gegangenen Ausgabe des »Lamplighter« gewickelt hatte. Aber es war die einzige Möglichkeit, an eine Spitze für ihre Sommerbluse zu kommen, und seit Ally Hawes, das ärmste Mädchen im Dorf, mit einem neiderweckenden durchsichtigen Gebilde um die Schultern in der Kirche erschienen war, hatte Charitys Häkelnadel schneller gearbeitet. Sie entrollte die Spitze, steckte die Nadel in eine Schlinge und beugte sich mit gerunzelten Brauen über ihre Arbeit.

Plötzlich ging die Tür auf, und noch bevor sie die Augen hob, wußte sie, daß der junge Mann, den sie durch das Tor der Hatchards hatte gehen sehen, die Bibliothek betreten hatte.

Ohne sie zu beachten, begann er gemächlich in dem langen, gewölbeartigen Raum herumzuwandern, wobei er die Hände auf dem Rücken verschränkt hielt und mit kurzsichtigen Augen die Reihen der modrigen Bucheinbände musterte. Schließlich gelangte er zu ihrem Schreibtisch und blieb vor ihr stehen.

»Gibt es hier eine Kartei?« fragte er unvermittelt mit angenehmer Stimme; sie ließ die Häkelarbeit sinken, so eigenartig erschien ihr die Frage.

»Eine *was*?«

»Nun, Sie wissen doch –« Er unterbrach sich, und ihr wurde bewußt, daß er sie zum erstenmal ansah, nachdem er sie beim Eintreten mit einem flüchtigen kurzsichtigen Blick offenbar mit zum Bibliotheksmobiliar gerechnet hatte. Daß er den Faden verlor, als er sie auf einmal wahrnahm, entging nicht ihrer Aufmerksamkeit, und lächelnd senkte sie den Blick.

»Nein, vermutlich wissen Sie es *nicht*«, verbesserte er sich. »Eigentlich wäre es sogar beinahe schade –«

Sie glaubte, leichte Herablassung aus seinem Ton herauszuhören, und fragte scharf: »Warum?«

»Weil es viel mehr Spaß macht, in so einer kleinen Bibliothek selbst herumzustöbern – mit Hilfe der Bibliothekarin.«

Er sagte diesen Nachsatz in so respektvollem Ton, daß sie sofort beschwichtigt war und mit einem Seufzer erwiderte: »Ich fürchte, ich kann Ihnen nicht viel helfen.«

»Warum?« fragte er nun seinerseits; und sie antwortete, es seien ohnehin nicht viele Bücher und sie habe nur ganz wenige gelesen. »Die Würmer machen sich dran«, fügte sie düster hinzu.

»Tatsächlich? Jammerschade, es sind nämlich ein paar gute dabei, wie ich sehe.« Er schien das Interesse an dem Gespräch verloren zu haben, schlenderte wieder davon und vergaß sie offenbar. Seine Gleichgültigkeit ärgerte sie, und sie nahm ihre Häkelarbeit wieder auf, entschlossen, auch nicht den kleinsten Finger für ihn zu rühren. Offensichtlich brauchte er sie auch gar nicht, denn er drehte ihr den Rücken zu und holte nacheinander die großen, mit Spinnweben bedeckten Bände von einem Regal herunter, das weiter weg stand.

»Also wahrhaftig!« rief er aus; und als sie aufblickte, sah sie, daß er sein Taschentuch hervorgezogen hatte und sorgfältig die Kanten des Buchs abwischte, das er in der Hand hielt. Das erschien ihr wie eine ungerechtfertigte Kritik an ihrer Betreuung der Bücher, und gereizt sagte sie: »Es ist nicht meine Schuld, wenn sie schmutzig sind.«

Er wandte sich um und sah sie mit neu erwachtem Interesse an. »Ach – dann sind Sie gar nicht die Bibliothekarin?«

»Doch, natürlich; aber ich kann nicht alle diese Bücher abstauben. Außerdem schaut sie sich keiner mehr an, seit Miss Hatchard zu schlecht zu Fuß ist, um vorbeizukommen.«

»Nein, offenbar nicht.« Er legte das Buch hin, das er gerade abgewischt hatte, und sah sie schweigend an. Sie überlegte, ob Miss Hatchard ihn hergeschickt habe, um auszukundschaften, wie für die Bibliothek gesorgt werde, und dieser Verdacht steigerte noch ihren Unmut. »Ich habe Sie doch vorhin in ihr Haus gehen sehen, stimmt's?« fragte sie, wobei sie es nach neuenglischer Art vermied, den Familiennamen auszusprechen. Sie war entschlossen herauszufinden, warum er in ihren Büchern herumschnüffelte.

»In Miss Hatchards Haus? Ja – sie ist meine Cousine, ich wohne dort«, antwortete der junge Mann und setzte hinzu, wie um ein sichtliches Mißtrauen zu zerstreuen: »Mein Name ist Harney – Lucius Harney. Vielleicht hat sie schon einmal meinen Namen erwähnt.«

»Nein, das hat sie nicht«, sagte Charity und wünschte, sie hätte sagen können: Ja, das hat sie.

»Ja dann – «, sagte Miss Hatchards Cousin lachend; und nach einer weiteren Pause, während der Charity der Gedanke kam, daß ihre Antwort nicht gerade ermutigend gewesen sei, bemerkte er: »Architektur scheint nicht Ihre Stärke zu sein.«

Nun war sie vollends verwirrt: je mehr sie den Eindruck zu erwecken wünschte, sie verstehe ihn, desto unverständlicher wurden seine Bemerkungen. Er erinnerte sie an den Herrn, der in Nettleton die Bilder »erklärt« hatte, und die Last ihres Unwissens legte sich wieder wie eine schwere Decke über sie.

»Ich wollte sagen, ich sehe hier kein einziges Buch über die alten Häuser in der Umgebung. Überhaupt ist die Gegend wohl kaum erforscht. Alle beschäftigen sich unentwegt mit Plymouth und Salem. So etwas Dummes. Und dabei ist das Haus meiner Cousine zum Beispiel sehr bemerkenswert. Dieses Dorf muß eine Vergangenheit gehabt haben – früher muß es einmal mehr dargestellt haben.« Unvermittelt hielt er inne und errötete, so wie ein scheuer Mensch errötet, der sich gewissermaßen selbst zuhört und fürchtet, er sei zu redselig gewesen. »Sehen Sie, ich bin Architekt und auf der Suche nach alten Häusern in dieser Gegend.«

Sie sah ihn erstaunt an. »Alte Häuser? In North Dormer ist alles alt, oder nicht? Die Leute jedenfalls sind es.«

Er lachte und schlenderte wieder davon.

»Haben Sie nicht irgendein Geschichtsbuch über die Gegend? Ich glaube, um 1840 ist eines geschrieben worden: ein Buch oder eine Broschüre über die früheste Besiedlung«, sagte er nun vom anderen Ende des Raumes her.

Sie legte die Häkelnadel an die Lippen und überlegte. Es gab so etwas, das wußte sie: »North Dormer und die frühen Siedlungen in Eagle County«. Gegen dieses Buch hegte sie einen besonderen Groll, denn es war ein schmächtiges Bändchen, das dauernd entweder vom Regal fiel oder nach hinten rutschte und verschwand, wenn man es zwischen andere Bücher klemmte, die es stützen sollten. Sie erinnerte sich, wie sie es das letztemal aufgehoben und sich gefragt hatte, warum sich jemand überhaupt die Mühe gemacht habe, ein Buch über North Dormer und seine Nachbarorte zu schreiben: Dormer, Hamblin, Creston und Creston River. Sie kannte sie alle, nichts als gottverlassene Häuseransammlungen in den Falten der öden Gebirgskämme: Dormer, wo die Bewohner von North Dormer sich die Äpfel holten, Creston River, wo einst eine Papiermühle gestanden hatte, deren graue Mauern nun am Fluß verfielen, und Hamblin, wo stets der erste Schnee fiel. Darin bestand ihre ganze Berühmtheit.

Sie erhob sich und begann ziellos vor den Regalen herumzuwandern. Aber sie hatte keine Ahnung, wo sie das Buch zuletzt hingestellt hatte, und irgend etwas sagte ihr, es werde ihr den üblichen Streich spielen und unauffindbar bleiben. Heute war kein Glückstag für sie.

»Es muß hier irgendwo sein«, sagte sie, um ihren Eifer zu beweisen; doch sie sprach ohne Überzeugung und spürte, daß ihre Worte auch so klangen.

»Ja dann – «, sagte er noch einmal. Sie wußte, daß er nun ging, und wünschte sich mehr denn je, das Buch zu finden.

»Eben das nächste Mal«, fügte er hinzu; er nahm den Band, den er auf den Tisch gelegt hatte, und reichte ihn ihr. »Übrigens, ein bißchen Luft und Sonne täten ihm gut; es ist ziemlich wertvoll.«

Er nickte ihr lächelnd zu und ging hinaus.

2

Die Arbeitszeit der Bibliothekarin der Hatchard-Gedächtnis-Bibliothek dauerte von drei bis fünf; und Charity Royalls Pflichtgefühl hielt sie gewöhnlich bis gegen halb fünf an ihrem Schreibtisch.

Aber sie hatte nie feststellen können, daß dies für sie selbst oder für North Dormer von irgendwelchem praktischen Nutzen gewesen wäre, und sie hatte keine Skrupel, die Schließung der Bibliothek eine Stunde früher zu verfügen, wenn es ihr beliebte. Ein paar Minuten, nachdem Mr. Harney gegangen war, faßte sie diesen Entschluß, legte die Spitze weg, machte die Fensterläden zu und drehte den Schlüssel in der Tür zum Tempel des Wissens um.

Die Straße, auf die sie hinaustrat, war noch leer: und nachdem sie einen Blick hinauf und hinunter geworfen hatte, machte sie sich langsam auf den Weg nach Hause. Doch statt hineinzugehen, spazierte sie an dem Haus vorbei, bog in einen Feldweg ein und stieg zu einer Weide auf dem Hügel hinauf. Sie öffnete das Gatter, folgte einem Pfad entlang der zerbröckelten Mauer, die das Weideland umgab, und ging weiter, bis sie zu einer Kuppe kam, wo eine Gruppe Lärchen ihre frischen

Triebe dem Wind entgegenreckten. Dort legte sie sich auf den Hang, warf ihren Hut beiseite und verbarg das Gesicht im Gras.

Sie war vielen Dingen gegenüber blind und unempfänglich und sich dessen auch vage bewußt; aber jede Faser ihres Herzens reagierte auf alles, was Licht und Luft, Duft und Farbe war. Sie liebte die Rauheit des trockenen Berggrases unter ihren Handflächen, den Geruch des Thymians, in den sie ihr Gesicht preßte, den Wind, der über ihr Haar strich und durch ihr Baumwollkleid blies, und das Knarren der Lärchen, die sich darin wiegten.

Sie stieg oft auf den Hügel und lag dort allein, nur weil sie es genoß, den Wind zu spüren und das Gras an ihren Wangen entlangstreifen zu lassen. Gewöhnlich dachte sie dabei an gar nichts, sondern lag nur da, in ein unbestimmbares Wohlbehagen eingetaucht. Heute kam zu ihrem Wohlbehagen noch die Freude darüber, der Bibliothek entkommen zu sein. Sie mochte es zwar, wenn eine Freundin während der Dienststunden hereinschaute und mit ihr plauderte, aber sie haßte es, wegen Büchern belästigt zu werden. Wie sollte sie sich erinnern, wo welches stand, wenn so selten danach gefragt wurde? Orma Fry nahm gelegentlich einen Roman mit, und ihr Bruder Ben interessierte sich für »Dscheographie«, wie er es nannte, und für Bücher, die mit Handel und Buchhaltung zu tun hatten; aber sonst fragte keiner je nach einem Buch, außer gelegentlich nach »Onkel Toms Hütte«, »Opening a Chestnut Burr« oder Longfellow. Die hatte sie griffbereit und hätte sie selbst im Dunkeln finden können; doch unerwartete Nachfragen kamen so selten vor, daß sie sich darüber ärgerte wie über eine Ungerechtigkeit.

Das Äußere des jungen Mannes hatte ihr gefallen, seine kurzsichtigen Augen und seine merkwürdige Redeweise, die abrupt, doch sanft war, genau wie seine Hände sonnengebräunt und kräftig waren, die Nägel aber so gepflegt wie die einer Frau. Auch sein Haar sah aus wie von der Sonne verbrannt, oder vielmehr hatte es die Farbe von Adlerfarn nach dem Frost; die grauen Augen hatten den bittenden Ausdruck der Kurzsichtigen, sein Lächeln war scheu, doch selbstsicher, als wisse er viele Dinge, von denen sie nie geträumt hatte, und wolle sie doch um keinen Preis seine Überlegenheit spüren lassen. Doch sie spürte sie und mochte das Gefühl, denn es war ihr neu. So arm und ungebildet sie war (und daß sie das war, wußte sie selbst) – die Geringste von allen sogar in North Dormer, wo es als die schlimmste Schande galt, vom Berg zu kommen –, sie hatte doch in ihrer begrenzten Welt stets geherrscht. Zum Teil rührte dies natürlich daher, daß Anwalt Royall »der bedeutendste Mann in North Dormer« war; eigentlich viel zu bedeutend für den Ort, so daß Außenstehende, die nicht im Bilde waren, sich stets fragten, was ihn hier hielt. Trotz allem – und sogar trotz Miss Hatchard – herrschte Anwalt Royall in North Dormer; und Charity herrschte in Anwalt Royalls Haus. Sie hätte es vor sich selbst nie so ausgedrückt, doch sie kannte ihre Macht, wußte, woher sie rührte, und haßte sie. Der junge Mann in der Bibliothek hatte sie zum erstenmal unbestimmt fühlen lassen, wie süß vielleicht Abhängigkeit wäre.

Sie richtete sich auf, strich sich die Grashalme aus dem Haar und blickte auf das Haus hinab, in dem sie herrschte. Es stand direkt unter ihr, düster und vernachlässigt, die verblaßte rote Fassade von der Straße durch einen »Hof« getrennt, den ein von Stachelbeerbüschen gesäumter Weg durchquerte; in dem Hof sah man einen steinernen Brunnen, der von Waldrebe überwachsen war, und eine kümmerliche rote Kletterrose an einem fächerförmigen Spalier, die Mr. Royall einmal von Hepburn mitgebracht hatte, um ihr eine Freude zu machen. Hinter dem Haus erstreckte sich ein Stück unebenes Gelände mit quer darüber gespannten Wäscheleinen bis zu einer Trockenmauer, und hinter der Mauer verloren sich ein kleiner Getreideacker und ein paar Reihen Kartoffeln in der angrenzenden Wildnis aus Fels und Farn.

Charity konnte sich nicht entsinnen, wann sie das Haus zum erstenmal gesehen hatte. Man hatte ihr erzählt, daß sie an einem Fieber gelitten habe, als sie vom Berg heruntergeholt worden war; und sie konnte sich nur daran erinnern, daß sie eines Tages in einem Kinderbett am Fuße von Mrs. Royalls Bett aufgewacht war und das nüchterne, ordentlich aufgeräumte Zimmer erblickt hatte, das später ihr eigenes werden sollte.

Mrs. Royall starb sieben oder acht Jahre später; zu der Zeit hatte Charity bereits das meiste von dem, was um sie herum vorging, einzuschätzen gelernt. Sie wußte, daß Mrs. Royall traurig, scheu und labil war; sie wußte, daß Anwalt Royall schroff, jähzornig und noch labiler war. Sie wußte, daß man sie auf den Namen Charity getauft hatte (in der weißen Kirche am anderen Ende des Dorfes), zum Andenken daran, wie uneigennützig es von Mr. Royall gewesen war, sie »herunterzuholen«, und um in ihr das geziemende Gefühl von Abhängigkeit wachzuhalten; sie wußte, daß Mr. Royall ihr Vormund war, daß er sie aber nicht adoptiert hatte, obwohl jedermann von ihr als Charity Royall sprach; und sie wußte, warum er nach North Dormer zurückgekehrt war, anstatt in Nettleton eine Kanzlei zu betreiben, wo seine juristische Laufbahn begann.

Nach Mrs. Royalls Tod hieß es vage, Charity solle in ein Pensionat geschickt werden. Miss Hatchard machte den Vorschlag und führte eine lange Unterredung mit Mr. Royall, der, um ihren Plan zu verfolgen, eines Tages nach Starkfield fuhr, um das Institut zu besichtigen, das sie empfohlen hatte. Er kam am folgenden Abend mit finsterem Gesicht zurück – finsterer, stellte Charity fest, als sie ihn je zuvor erlebt hatte; und zu der Zeit hatte sie schon einige Erfahrung mit ihm.

Als sie ihn fragte, wie bald sie denn dort anfangen solle, erwiderte er kurz angebunden: »Du gehst nicht« und schloß sich in dem Zimmer ein, das er sein Büro nannte; und am nächsten Tag schrieb die Dame, die die Schule in Starkfield leitete, daß sie »in Anbetracht der Umstände« derzeit leider keine neue Schülerin aufnehmen könne.

Charity war enttäuscht, aber sie begriff. Nicht die Versuchungen von Starkfield hatten Mr. Royall von seinen Plänen abgebracht; es war die Vorstellung, sie zu verlieren. Er war ein entsetzlich »einsamer Mensch«; das hatte sie herausgefunden, weil sie selbst so »einsam« war. Er und sie, allein miteinander in diesem traurigen Haus, hatten die Tiefen der Einsamkeit ausgelotet; und obwohl sie ihm gegenüber keine besondere Zuneigung und nicht die geringste Dankbarkeit empfand, tat er ihr leid, weil sie wußte, daß er den Leuten um sich herum überlegen, und daß sie das einzige Wesen zwischen ihm und der Einsamkeit war. Und als Miss Hatchard ein oder zwei Tage später Charity holen ließ, um mit ihr über eine Schule in Nettleton zu sprechen und ihr zu sagen, diesmal werde eine Freundin von ihr »die notwendigen Schritte einleiten«, unterbrach Charity ihre Ankündigung und erklärte, sie habe beschlossen, North Dormer nicht zu verlassen.

Miss Hatchard redete ihr freundlich zu, doch es nutzte nichts; Charity wiederholte schlicht: »Ich glaube, Mr. Royall ist zu einsam.«

Miss Hatchard blinzelte verwirrt hinter ihren Brillengläsern. Ihr langes zartes Gesicht war voller verdutzter Falten, und sie beugte sich vor, die Hände auf den Armlehnen ihres Mahagonisessels, offensichtlich bestrebt, etwas zu sagen, was gesagt werden müßte.

»Dieses Gefühl ehrt dich, meine Liebe.«

Ihr Blick irrte auf den blassen Wänden ihres Wohnzimmers herum und suchte Rat bei den Daguerreotypien ihrer Ahnen und den gerahmten Sticktüchern; aber sie schienen ihr das Sprechen nur noch schwerer zu machen.

»Weißt du... es ist nicht nur... nicht nur wegen der Vorteile. Es gibt noch andere Gründe. Du bist zu jung, um zu verstehen – «

»O nein, das bin ich nicht«, sagte Charity schroff, und Miss Hatchard errötete bis zu den Wurzeln ihres blonden Haars. Doch muß sie eine unbestimmte Erleichterung darüber empfunden haben, daß ihre Erklärung unterbrochen worden war, denn sie beendete das Gespräch, wobei sie sich noch einmal hilfesuchend an die Daguerreotypien wandte, und sagte: »Natürlich werde ich stets alles für dich tun, was in meinen Kräften steht; und falls... falls... du weißt, daß du immer zu mir kommen kannst...«

Anwalt Royall erwartete Charity auf der Veranda, als sie von diesem Besuch zurückkam. Er hatte sich rasiert und seinen schwarzen Rock gebürstet und wirkte wie das würdevolle Denkmal eines Mannes; in solchen Augenblicken bewunderte sie ihn wirklich.

»Nun«, fragte er, »ist alles geregelt?«

»Ja, es ist geregelt. Ich gehe nicht.«

»Nicht in die Schule nach Nettleton?«

»Nirgendwohin.«

Er räusperte sich und fragte streng: »Warum?«

»Ich möchte lieber nicht«, sagte sie und marschierte an ihm vorbei in ihr Zimmer. In der folgenden Woche brachte er ihr die Kletterrose und das Fächerspalier aus Hepburn mit. Er hatte ihr noch nie etwas geschenkt.

Der nächste außergewöhnliche Vorfall in ihrem Leben hatte sich zwei Jahre später ereignet, als sie siebzehn war. Anwalt Royall, der es verabscheute, nach

Nettleton zu fahren, war im Zusammenhang mit einem Fall dorthin gerufen worden. Er übte seinen Beruf noch immer aus, obwohl es in North Dormer und den umliegenden Weilern nur selten zu Rechtshändeln kam; und ausnahmsweise bot sich ihm eine Gelegenheit, die auszulassen er sich nicht leisten konnte. Er verbrachte drei Tage in Nettleton, gewann den Prozeß und kam bester Laune zurück. Das war eine seltene Stimmung bei ihm, und sie drückte sich in diesem Fall dadurch aus, daß er beim Abendessen eindrucksvoll von dem »stürmischen Empfang« erzählte, den ihm seine alten Freunde bereitet hatten. Er schloß vertraulich: »Es war verdammt dumm von mir, daß ich von Nettleton weggegangen bin. Aber Mrs. Royall hat es so haben wollen.«

Charity begriff sofort, daß ihm etwas Schmerzliches in seinem Leben widerfahren war und daß er versuchte, die Erinnerung daran durch Reden auszulöschen. Sie ging früh zu Bett und überließ ihn am Tisch seinen düsteren Gedanken, wo er saß, die Ellbogen auf das abgenutzte Wachstuch gestützt. Auf dem Weg nach oben hatte sie aus seiner Manteltasche den Schlüssel zu dem Schrank herausgeholt, in dem die Whiskeyflasche stand.

Sie wurde von einem Rütteln an der Tür geweckt und sprang aus dem Bett. Sie hörte Mr. Royall leise und gebieterisch reden und schloß die Tür auf, weil sie fürchtete, es sei etwas passiert. Das war ihr erster Gedanke; doch als sie ihn in der Tür stehen sah, während ein Strahl des Herbstmondes auf seine aufgelösten Züge fiel, begriff sie.

Einen Augenblick lang sahen sie sich schweigend an; als er dann seinen Fuß über die Schwelle setzte, streckte sie den Arm aus und hielt ihn auf.

»Du gehst sofort weg«, sagte sie in einem schrillen Ton, über den sie selbst erschrak. »Heute nacht bekommst du den Schlüssel nicht.«

»Laß mich rein, Charity. Ich will nicht den Schlüssel. Ich bin einsam«, fing er an, mit der tiefen Stimme, die sie manchmal rührte.

Ihr Herz zuckte erschrocken zusammen, aber sie ließ nicht ab, ihm voll Verachtung den Eintritt zu verwehren. »Da hast du dich offenbar geirrt. Das ist nicht mehr das Zimmer deiner Frau.«

Sie hatte keine Angst, sie empfand nur tiefen Abscheu; und vielleicht erriet er ihn oder las ihn in ihrem Gesicht, denn nachdem er sie einen Augenblick lang angestarrt hatte, zog er sich zurück und entfernte sich langsam von der Tür. Sie lauschte am Schlüsselloch und hörte, wie er die dunkle Treppe hinab sich den Weg zur Küche tastete; und sie wartete darauf, daß er den Schrank aufbrechen würde, doch statt dessen hörte sie nach einer Weile, wie er die Haustür aufschloß und seine schweren Schritte durch die Stille zu ihr heraufklangen, als er den Weg zum Tor hinunterging. Sie schlich ans Fenster und sah, wie seine gebeugte Gestalt im Mondlicht die Straße hinaufging. Da überkam sie noch im nachhinein ein Gefühl der Furcht und zugleich das Bewußtsein, einen Sieg errungen zu haben, und sie schlüpfte wieder ins Bett, kalt bis an die Knochen.

Ein, zwei Tage später starb die arme Eudora Skeff, die zwanzig Jahre lang die Hatchard-Bibliothek betreut hatte, plötzlich an einer Lungenentzündung; und am Tag nach der Beerdigung ging Charity zu Miss Hatchard und bewarb sich um die Stelle der Bibliothekarin. Der Wunsch schien Miss Hatchard zu überraschen: offensichtlich zweifelte sie an der Eignung der Bewerberin.

»Nun ja, ich weiß nicht, meine Liebe. Bist du nicht noch zu jung?« fragte sie zögernd.

»Ich möchte etwas Geld verdienen«, antwortete Charity knapp.

»Gibt dir Mr. Royall nicht alles, was du brauchst? Niemand ist reich in North Dormer.«

»Ich will so viel Geld verdienen, daß ich von hier weggehen kann.«

»Weggehen?« Miss Hatchards verdutzte Falten wurden tiefer, und es entstand eine peinliche Pause. »Du möchtest Mr. Royall verlassen?«

»Ja: oder es muß noch eine Frau ins Haus kommen«, sagte Charity bestimmt.

Miss Hatchard umklammerte mit nervösen Händen die Armlehnen ihres Sessels. Ihr Blick beschwor die ausgeblichenen Gesichter an der Wand, und nach einem unschlüssigen Hüsteln brachte sie heraus: »Die... die Hausarbeit ist zu anstrengend für dich, nicht wahr?«

Charity sank das Herz. Sie begriff, daß Miss Hatchard ihr nicht helfen konnte und daß sie mit ihrem Problem allein fertigwerden mußte. Sie fühlte sich verlassener denn je und kam sich unendlich alt vor. »Man muß mit ihr sprechen wie mit einem kleinen Kind«, dachte sie und empfand dabei Mitleid mit Miss Hatchard, die immer noch so unerfahren war. »Ja«, sagte sie. »Die Hausarbeit ist zu anstrengend für mich: diesen Herbst habe ich ziemlich oft gehustet.«

Sie bemerkte die augenblickliche Wirkung dieses Hinweises. Miss Hatchard erbleichte bei der Erinnerung an das Ableben der armen Eudora und versprach, alles zu tun, was in ihrer Macht stehe. Aber natürlich müsse sie bestimmte Leute zu Rate ziehen: den Pfarrer, die Gemeinderäte von North Dormer und einen entfernten Verwandten der Hatchards in Springfield. »Wärst du doch bloß zur Schule gegangen!« seufzte sie. Sie folgte Charity bis zur Tür, und dort, von ihrem sicheren Standort aus, sagte sie mit einem Blick, in dem uneingestanden eine flehentliche Bitte lag: »Ich weiß, daß Mr. Royall manchmal... schwierig ist; aber seine Frau hat es mit Geduld getragen; und du darfst nie vergessen, Charity, daß es Mr. Royall war, der dich vom Berg heruntergeholt hat.«

Charity ging nach Hause und öffnete die Tür zu Mr. Royalls »Büro«. Er saß neben dem Ofen und las in den Reden Daniel Websters. In den fünf Tagen, die vergangen waren, seit er an ihre Tür gekommen war, hatten sie sich lediglich bei den Mahlzeiten gesehen, und bei Eudoras Begräbnis war sie neben ihm gegangen; aber sie hatten kein Wort miteinander gesprochen.

Überrascht blickte er auf, als sie eintrat, und ihr fiel auf, daß er unrasiert war und älter aussah als sonst; aber da sie ihn schon immer als alten Mann betrachtet hatte, rührte sie diese Veränderung in seinem Aussehen nicht. Sie sagte ihm, daß sie Miss Hatchard besucht habe, und zu welchem Zweck. Sie sah, daß ihn das überraschte; aber er äußerte sich nicht dazu.

»Ich hab' ihr gesagt, die Hausarbeit ist zu anstrengend für mich, und ich brauchte das Geld, um ein Dienstmädchen bezahlen zu können. Ich werd' aber nicht für sie bezahlen: du mußt das tun. Ich will ein bißchen Geld für mich haben.«

Mr. Royalls buschige schwarze Augenbrauen hatten sich finster zusammengezogen, und er trommelte mit tintenbefleckten Nägeln auf die Kante seines Schreibtischs.

»Wozu brauchst du das Geld?« fragte er.

»Damit ich weggehen kann, wenn ich will.«

»Warum willst du weggehen?«

Ihre Verachtung blitzte auf. »Glaubst du, irgend jemand würde in North Dormer bleiben, wenn er die Wahl hat? Du doch auch nicht, sagen die Leute!«

Mit gesenktem Kopf fragte er: »Wohin willst du denn gehen?«

»Irgendwohin, wo ich mir meinen Lebensunterhalt verdienen kann. Erst werd' ich's hier versuchen, und wenn ich's hier nicht schaffe, dann irgendwo anders. Ich geh' auch auf den Berg, wenn's sein muß.« Nach dieser Drohung hielt sie inne und sah, daß sie gewirkt hatte. »Ich will, daß du Miss Hatchard und die Gemeinderäte dazu bringst, daß ich bei der Bibliothek angenommen werde. Und ich will, daß noch eine Frau ins Haus kommt«, sagte sie noch einmal.

Mr. Royall war ungewöhnlich blaß geworden. Als Charity zu sprechen aufgehört hatte, stand er schwerfällig auf und lehnte sich gegen den Schreibtisch; einen Augenblick lang sahen sie einander an.

»Schau«, sagte er schließlich, als falle ihm das Sprechen schwer, »da ist etwas, was ich dir sagen wollte, ich hätte es dir schon längst sagen sollen. Ich möchte, daß du mich heiratest.«

Das Mädchen starrte ihn immer noch reglos an. »Ich möchte, daß du mich heiratest«, wiederholte er und räusperte sich. »Der Pfarrer wird nächsten Sonntag hier sein, dann können wir die Sache regeln. Oder ich fahre mit dir nach Hepburn zum Friedensrichter, und wir erledigen es dort. Ich tue alles, was du willst.« Er senkte die Augen unter dem erbarmungslosen Blick, den sie noch immer auf ihn richtete, und trat nervös von einem Fuß auf den anderen. Wie er da vor ihr stand, unbeholfen, heruntergekommen, unordentlich, die Hände, die er auf den Schreibtisch stützte, von blauroten Adern entstellt, während sein langes Rednerkinn von der Anstrengung seines Geständnisses zitterte, wirkte er wie eine schreckliche Karrikatur des väterlichen alten Mannes, den sie seit eh und je kannte.

»Dich heiraten? Ich?« Sie brach in ein verächtliches Lachen aus. »War es das, was du mich neulich nachts fragen wolltest? Was ist bloß in dich gefahren? Wie lange ist es her, daß du dich in einem Spiegel angesehen hast?« Sie straffte sich in dem anmaßenden Bewußtsein ihrer Jugend und Stärke. »Du denkst wohl, es ist billiger, mich zu heiraten, als ein Dienstmädchen einzustellen. Jeder weiß, daß du der geizigste Mensch in Eagle County bist; aber ich glaube nicht, daß du so noch einmal eine kriegst, die dir die Socken stopft.«

Mr. Royall rührte sich nicht, während sie sprach. Sein Gesicht war aschfahl, und seine schwarzen Augenbrauen zuckten, als hätte ihn die Glut ihrer Verachtung geblendet. Als sie zu Ende geredet hatte, hob er die Hand.

»Das reicht – ich glaube, das reicht«, sagte er. Er wandte sich zur Tür und nahm seinen Hut vom Haken. Auf der Schwelle blieb er stehen. »Man ist nicht fair zu mir gewesen – von Anfang an ist man nicht fair zu mir gewesen«, sagte er. Dann ging er hinaus.

Ein paar Tage später erfuhr North Dormer zur allgemeinen Überraschung, daß Charity mit einem Gehalt von acht Dollar im Monat als Bibliothekarin bei der Hatchard-Gedächtnis-Bibliothek angestellt sei und daß die alte Verena Marsh aus dem Altenasyl in Creston fortan bei Anwalt Royall wohne und für das Kochen sorge.

3

Mr. Royall empfing seine seltenen Klienten nicht in dem Raum, den man im roten Haus als sein »Büro« bezeichnete. Berufliche Würde und männliches Unabhängigkeitsstreben machten es unumgänglich, daß er eine richtige Kanzlei unter einem anderen Dach hatte; und seine Stellung als einziger Anwalt in North Dormer erforderte, daß sie sich unter demselben Dach befand wie das Rathaus und das Postamt.

Er hatte die Gewohnheit, zweimal täglich in diese Kanzlei zu gehen, am Morgen und am Nachmittag. Sie befand sich im Erdgeschoß des Gebäudes und hatte einen separaten Eingang mit einem verwitterten Namensschild an der Tür. Bevor er die Kanzlei betrat, ging er ins Postamt, um nach seiner Post zu fragen – in der Regel ein fruchtloses Ritual –, sagte ein paar Worte zu dem Gemeindeangestellten, der auf der anderen Seite des Korridors müßig herumsaß, und ging dann zu dem Laden an der entgegengesetzten Ecke, wo Carrick Fry, der Inhaber, stets einen Stuhl für ihn bereithielt und wo er damit rechnen konnte, ein, zwei Gemeinderäte anzutreffen, die in der Atmosphäre aus Seilen, Leder, Teer und Kaffeebohnen an der langen Theke lehnten. Mr.

Royall, zu Hause recht wortkarg, war in gewissen Stimmungen nicht abgeneigt, seinen Mitbürgern seine Ansichten kundzutun; vielleicht wollte er auch nicht, daß seine seltenen Klienten ihn dabei überraschten, wie er ohne Angestellte untätig in seiner verstaubten Kanzlei saß. Jedenfalls war seine Arbeitszeit nicht viel länger und auch nicht regelmäßiger als die von Charity in der Bibliothek; die übrige Zeit verbrachte er entweder in dem Laden, oder er war in Geschäften unterwegs, die in Zusammenhang mit den Versicherungsgesellschaften standen, die er vertrat, oder er saß zu Hause und las Bancrofts »Geschichte der Vereinigten Staaten« oder die Reden Daniel Websters.

Seit dem Tag, als Charity ihm erklärt hatte, sie wolle die Nachfolgerin Eudora Skeffs werden, hatte sich ihre Beziehung auf unbestimmbare, doch eindeutige Weise verändert. Anwalt Royall hatte Wort gehalten. Er hatte die Stelle für sie durch ziemlich geschickte Schachzüge erhalten, wie sie aus der Zahl der Konkurrentinnen und der Verbitterung schloß, mit der zwei von ihnen, Orma Fry und das älteste der Targatt-Mädchen, ihr beinahe ein Jahr danach noch begegneten. Und er hatte Verena Marsh aus Creston hergeholt, damit sie das Kochen besorgte. Verena war eine arme alte Witwe, tatterig und unbeholfen: Charity vermutete, daß sie für ihre Arbeit nur Unterkunft und Verpflegung bekam. Mr. Royall war zu knauserig, als daß er einem tüchtigen Mädchen einen Dollar pro Tag gezahlt hätte, wenn er eine taube Armenhäuslerin umsonst bekommen konnte. Aber wie dem auch sei, Verena lebte nun hier, in der Dachstube direkt über Charitys Zimmer, und daß sie taub war, störte das junge Mädchen nicht sonderlich.

Charity wußte, daß das, was sich in jener entsetzlichen Nacht ereignet hatte, nicht noch einmal geschehen würde. Sie hatte begriffen, daß Mr. Royall, so gründlich sie ihn seitdem verachtete, sich selbst noch gründlicher verachtete. Wenn sie um eine Frau im Haus gebeten hatte, dann weit weniger zu ihrem Schutz als zu seiner Demütigung. Sie brauchte niemanden, der sie beschützte: sein verletzter Stolz war ihr sicherster Schutz. Er hatte nie ein Wort der Entschuldigung oder der Beschönigung gesagt; es war, als habe sich der Vorfall nie ereignet. Und doch waren die Folgen in jedem Wort zu spüren, das sie miteinander wechselten, in jedem Blick, den sie instinktiv voneinander abwandten. Nichts würde nun jemals ihre Herrschaft im roten Haus noch ins Wanken bringen.

Nach der Begegnung mit Miss Hatchards Cousin lag Charity im Bett, die Arme unter dem Kopf verschränkt, und beschäftigte sich in Gedanken mit ihm. Sie vermutete, daß er einige Zeit in North Dormer verbringen wollte. Er hatte gesagt, er wolle die alten Häuser in der Umgebung aufsuchen; und obwohl ihr nicht recht klar war, zu welchem Zweck er das tat, oder warum sich jemand überhaupt nach alten Häusern umsehen wollte, wenn sie an jeder Straße auf einen warteten, begriff sie doch, daß er auf Bücher angewiesen war, und beschloß, am folgenden Tag den Band ausfindig zu machen, den sie nicht gefunden hatte, und alle anderen Bücher, die möglicherweise damit zusammenhingen.

Nie hatte ihre Unkenntnis des Lebens und der Literatur sie so bedrückt wie jetzt, als sie die kurze Szene ihrer Niederlage noch einmal durchlebte. »Es hat keinen Zweck zu versuchen, in diesem Dorf etwas zu sein«, murmelte sie in ihr Kissen; und ihr wurde ganz hilflos bei der Vorstellung von undeutlich geahnten Metropolen, strahlenden Städten, die Nettleton weit in den Schatten stellten und in denen Mädchen, noch eleganter gekleidet als Belle Balch, mit jungen Männern, die Hände hatten wie Lucius Harney, gewandt über Architektur plauderten. Dann fiel ihr ein, wie er plötzlich innegehalten hatte, als er an den Tisch getreten war und sie zum erstenmal angesehen hatte. Bei ihrem Anblick hatte er vergessen, was er sagen wollte; sie erinnerte sich an seinen veränderten Gesichtsausdruck und sprang auf und lief über den nackten Bretterboden zu ihrem Waschgestell, fand die Streichhölzer, zündete eine Kerze an und hob sie vor das viereckige Stück Spiegelglas an der weißgetünchten Wand. Ihr kleines Gesicht, gewöhnlich von dunkler Blässe, glühte wie eine Rose im schwachen Schein der Kerze, und unter dem zerzausten Haar erschienen ihr die Augen tiefer und größer als bei Tag. Vielleicht sollte sie sich doch nicht wünschen, sie wären blau. Ihr Nachthemd aus ungebleichtem Leinen war mit einem Band und einem Knopf ungeschickt am Hals geschlossen. Sie knöpfte es auf, ließ es über ihre dünnen Schultern gleiten und stellte sich vor, sie sei eine Braut in tief ausgeschnittenem Satin und gehe mit Lucius Harney den Mittelgang einer Kirche hinunter. Beim Hinausgehen würde er sie küssen... Sie stellte die Kerze ab und bedeckte das Gesicht mit den Händen, als wolle sie den Kuß festhalten. In diesem Augenblick hörte sie Mr. Royalls Schritte, der die Treppe hinauf ins Bett ging, und ein jäher Gefühlsumschwung bemächtigte sich ihrer. Bis jetzt hatte sie ihn bloß verabscheut; nun erfüllte tiefer Haß ihr Herz. Er wurde für sie zu einem widerlichen Alten...

Als Mr. Royall am nächsten Tag zum Mittagessen nach Hause kam, saßen sie einander wie gewöhnlich stumm gegenüber. Verenas Anwesenheit bei Tisch war ein Vorwand für ihr Schweigen, obwohl deren Taubheit den freiesten Austausch von Vertraulichkeiten erlaubt hätte. Als aber die Mahlzeit vorbei war und Mr. Royall sich vom Tisch erhob, wandte er sich nach Charity um, die im Zimmer geblieben war, um der alten Frau beim Abräumen zu helfen.

»Ich möchte dich einen Augenblick sprechen«, sagte er; und sie folgte ihm verwundert über den Flur.

Er setzte sich in seinen schwarzen Roßhaarsessel, und sie lehnte sich gleichgültig gegen das Fenster. Sie konnte es kaum erwarten, zur Bibliothek zu gehen und das Buch über North Dormer zu suchen.

»Hör mal«, sagte er, »warum bist du nicht in der Bibliothek an den Tagen, an denen du eigentlich dort sein solltest?«

Die Frage, die in ihre Stimmung glückseliger Versunkenheit einbrach, verschlug ihr die Sprache, und sie starrte ihn einen Augenblick lang an, ohne zu antworten.

»Wer sagt, daß ich nicht dort war?«

»Offenbar hat sich jemand beschwert. Miss Hatchard hat mich heute morgen holen lassen – «

Charitys schwelender Groll entlud sich in einem Wutausbruch. »Ich weiß! Orma Fry und die Targatt, dieses Biest – und Ben Fry höchstwahrscheinlich. Die beiden gehen miteinander. Diese gemeinen Petzer – ich hab' immer gewußt, daß sie mir die Stelle nicht gönnen! Als ob überhaupt je irgend jemand in die Bibliothek käme!«

»Gestern ist jemand gekommen, und du warst nicht da.«

»Gestern?« Sie lachte in glücklicher Erinnerung an das gestrige Ereignis. »Um welche Zeit war ich gestern nicht da? Das hätt' ich gern gewußt!«

»Etwa um vier Uhr.«

Charity schwieg. Sie war in die träumerische Erinnerung an den Besuch des jungen Harney so vertieft gewesen, daß ihr entfallen war, daß sie ihren Posten verlassen hatte, sobald er weggegangen war.

»Wer ist um vier gekommen?«

»Miss Hatchard.«

»Miss Hatchard? Die hat die Bibliothek doch nie mehr betreten, seit sie gelähmt ist. Und wenn sie's versuchte, könnte sie nicht die Stufen hinaufkommen.«

»Man kann ihr hinaufhelfen, denk' ich. Es wurde ihr jedenfalls gestern geholfen, und zwar von dem jungen Mann, der bei ihr wohnt. Er hat dich dort früher am Nachmittag angetroffen, habe ich gehört; er ging dann nach Hause und erklärte Miss Hatchard, die Bücher seien in schlechtem Zustand und brauchten Pflege. Sie hat sich aufgeregt und sofort im Rollstuhl hinfahren lassen; und als sie ankam, war die Bibliothek geschlossen. Also ließ sie mich holen und sprach mit mir darüber und über die anderen Beschwerden. Sie behauptet, du hättest alles vernachlässigt, und sagt, daß sie sich eine ausgebildete Bibliothekarin beschaffen will.«

Charity hatte sich nicht gerührt, solange er sprach. Sie stand da, den Kopf gegen den Fensterrahmen zurückgeworfen, die Arme kraftlos an den Seiten und die Hände so fest geballt, daß sie die scharfen Ränder ihrer Nägel in ihren Handflächen spürte, ohne zu wissen, was ihr wehtat.

Von allem, was Mr. Royall gesagt hatte, hatte sie nur einen Satz behalten: »Er sagte Miss Hatchard, die Bücher seien in schlechtem Zustand.« Was kümmerten sie die anderen Vorwürfe gegen sie? Üble Nachrede oder Wahrheit – sie verachtete sie, so wie sie ihre Verleumder verachtete. Aber daß der Fremde, zu dem sie sich so geheimnisvoll hingezogen gefühlt hatte, sie verriet! Daß er im selben Augenblick, als sie sich den Hügel hinaufgeflüchtet hatte, um zärtlicher an ihn zu denken, nach Hause geeilt war, um ihre Pflichtvergessenheit anzuprangern! Ihr fiel wieder ein, wie sie in der Dunkelheit ihres Zimmers ihr Gesicht bedeckt hatte, um seinen imaginären Kuß enger an sich zu drücken; und ihr Inneres tobte gegen ihn, weil er sich diese Freiheit nicht herausgenommen hatte.

»Gut, ich werde gehen«, sagte sie unvermittelt. »Ich gehe sofort.«

»Du gehst? Und wohin?« Sie hörte den erschrockenen Ton in Mr. Royalls Stimme.

»Na, fort von ihrer dummen Bibliothek: auf der Stelle, und ich setze nie wieder einen Fuß hinein. Die brauchen nicht zu glauben, daß ich warte, damit sie sagen können, sie hätten mich entlassen!«

»Charity – Charity Royall, jetzt hör mir mal zu – «, begann er und stand schwerfällig von seinem Sessel auf; aber sie winkte ihm mit einer Handbewegung ab und verließ das Zimmer.

Oben holte sie den Bibliotheksschlüssel unter ihrem Nadelkissen hervor, wo sie ihn immer versteckt hielt – wer behauptete, sie sei nicht gewissenhaft? –, setzte ihren Hut auf, rannte wieder hinunter und hinaus auf die Straße. Falls Mr. Royall sie weggehen hörte, machte er keine Anstalten, sie aufzuhalten: seine plötzlichen Wutausbrüche ließen ihn wahrscheinlich begreifen, wie sinnlos es war, ihren vernünftig zuzureden.

Sie kam zu dem Backsteintempel, schloß die Tür auf und trat in das eisige Zwielicht. »Ich bin froh, daß ich nie mehr in dieser alten Gruft sitzen muß, wenn andere Leute draußen in der Sonne sind!« sagte sie laut, als das wohlbekannte Frösteln sie überlief. Sie betrachtete mit Abscheu die langen, schmuddeligen Bücherreihen, die schafsnasige Minerva auf ihrem schwarzen Podest und das Bildnis des jungen Mannes mit dem sanften Gesicht und dem hohen steifen Kragen, der über ihrem Schreibtisch melancholisch ins Leere blickte. Sie hatte eigentlich ihren Knäuel Spitze und das Verzeichnis der ausgeliehenen Bücher aus der Schublade holen und sofort zu

Miss Hatchard gehen wollen, um ihr zu erklären, daß sie ihr Amt niederlege. Doch plötzlich überkam sie eine tiefe Niedergeschlagenheit, und sie setzte sich und legte ihren Kopf auf den Schreibtisch. Sie peinigte die grausamste Entdeckung, die man im Leben machen kann: der erste Mensch, der aus der Wildnis auf sie zugekommen war, hatte ihr Schmerz statt Freude gebracht. Sie weinte nicht; Tränen kamen ihr schwer, und die Stürme ihres Herzens legten sich unbemerkt von anderen. Aber als sie so in ihrem dumpfem Schmerz dasaß, empfand sie ihr Leben als allzu trostlos, allzu häßlich und unerträglich.

»Was habe ich denn dem Leben getan, daß es mir so wehtut?« stöhnte sie und preßte ihre Fäuste gegen die Lider, die von verhaltenen Tränen schwollen.

»Ich will nicht – ich will nicht dort hingehen und wie ein Scheusal aussehen«, murmelte sie, sprang auf und strich sich das Haar zurück, als ob es sie ersticke. Sie öffnete die Schublade, zerrte das Verzeichnis heraus und wandte sich zur Tür. In diesem Augenblick ging sie auf, und der junge Cousin von Miss Hatchard trat pfeifend ein.

4

Er blieb stehen und lüftete mit einem scheuen Lächeln den Hut. »Verzeihen Sie«, sagte er. »Ich dachte, es sei niemand da.« Charity stellte sich vor ihn hin und versperrte ihm den Weg. »Sie können nicht hereinkommen. Die Bibliothek ist mittwochs für das Publikum nicht geöffnet.«

»Das weiß ich; aber meine Cousine hat mir ihren Schlüssel gegeben.«

»Miss Hatchard hat nicht das Recht, ihren Schlüssel an andere Leute weiterzugeben, genausowenig wie ich. Ich bin die Bibliothekarin und kenne die Vorschriften. Das ist meine Bibliothek.«

Der junge Mann wirkte außerordentlich überrascht.

»Natürlich, das weiß ich; es tut mir sehr leid, wenn es Sie stört, daß ich gekommen bin.«

»Vermutlich sind Sie gekommen, um nachzusehen, was Sie noch alles sagen könnten, um Miss Hatchard gegen mich aufzubringen. Aber Sie brauchen sich nicht zu bemühen: heute ist es noch meine Bibliothek, aber morgen um die gleiche Zeit ist sie es nicht mehr. Ich bin gerade dabei, ihr den Schlüssel und das Ausleihverzeichnis zurückzubringen.«

Das Gesicht des jungen Harney wurde ernst, ohne jedoch das Schuldbewußtsein zu verraten, das Charity erwartet hatte.

»Ich verstehe nicht«, sagte er. »Da muß irgendein Irrtum vorliegen. Warum sollte ich zu Miss Hatchard etwas Nachteiliges über Sie sagen – oder zu irgend jemandem sonst?«

Er wich in seiner Antwort so offenkundig aus, daß Charity mit ihrer Entrüstung nicht mehr an sich halten konnte. »Woher soll ich das wissen? Ich könnte verstehen, wenn Orma Fry es getan hätte, denn sie hat mich schon immer hier rausekeln wollen, schon vom ersten Tage an. Ich versteh' zwar nicht, warum, wo sie ein Zuhause hat und einen Vater, der für sie sorgt; auch bei Ida Targatt versteh' ich's nicht, wo sie erst letztes Jahr ihren Stiefbruder beerbt hat. Aber schließlich leben wir alle am selben Ort, und bei einem Dorf wie North Dormer reicht es schon, daß man jeden Tag dieselbe Straße entlanggehen muß, damit die Leute sich gegenseitig nicht ausstehen können. Aber Sie leben nicht hier, und Sie haben von uns allen keine Ahnung, was mußten Sie sich also einmischen? Glauben Sie, die anderen Mädchen hätten die Bücher besser in Ordnung gehalten als ich? Orma Fry kann ja kaum ein Buch von einem Bügeleisen unterscheiden! Und was ist schon dabei, wenn ich nicht dauernd hier herumsitze, ohne was zu tun, bis es oben an der Kirche fünf schlägt? Wen kümmert es, ob die Bibliothek offen oder zu ist? Meinen Sie, hier kommt überhaupt mal jemand um Bücher her? Sie würden gern herkommen, um sich mit den Burschen zu treffen, mit denen sie gehen – wenn ich es zuließe. Aber ich laß Bill Solas von der anderen Seite des Hügels nicht hier herumhängen und auf die jüngste von den Targatts warten, denn ich kenne ihn... das ist alles... auch wenn ich nicht so viel über Bücher weiß, wie ich wissen sollte...«

Sie spürte einen Kloß in der Kehle und hielt inne. Vor Zorn bebend lehnte sie sich haltsuchend gegen die Tischkante, damit der junge Harney ihre Schwäche nicht bemerkte. Was er sah, schien ihn sehr zu berühren, denn er wurde rot unter seiner Sonnenbräune und stammelte: »Aber Miss Royall, ich versichere Ihnen... Ich versichere Ihnen...«

Seine qualvolle Verlegenheit gab ihrem Zorn neue Nahrung, sie fand ihre Stimme wieder und schleuderte ihm entgegen: »Ich an Ihrer Stelle hätte wenigstens den Mut, zu dem zu stehen, was ich gesagt habe!«

Diese höhnische Bemerkung schien ihm seine Geistesgegenwart zurückzugeben. »Ich hoffe, daß ich das täte, wenn ich wüßte, was ich gesagt haben soll; aber ich weiß es nicht. Offensichtlich ist etwas Unangenehmes vorgefallen, und Sie glauben, ich sei Schuld daran. Ich habe aber keine Ahnung, worum es geht, denn ich war schon vom frühen Morgen an auf dem Eagle Ridge.«

»Ich weiß nicht, wo Sie heute morgen gewesen sind, aber ich weiß, Sie waren gestern hier in dieser Bibliothek; und Sie waren derjenige, der nach Hause ging und seiner Cousine erzählte, die Bücher seien in schlechtem Zustand, und der sie hierhergebracht hat, damit sie sieht, wie ich sie vernachlässigt habe.«

Der junge Harney schien aufrichtig betroffen. »*Das* hat man Ihnen erzählt? Dann wundert es mich nicht, daß Sie aufgebracht sind. Die Bücher *sind* in schlechtem Zustand, und da einige interessant sind, ist es schade. Ich sagte Miss Hatchard, daß die Bücher unter der Feuchtigkeit und der schlechten Belüftung leiden; und ich habe sie hergebracht, um ihr zu zeigen, wie leicht man die Bibliothek belüften könnte. Ich sagte ihr auch, daß Sie jemanden brauchten, der Ihnen beim Abstauben und Lüften hilft. Wenn man Ihnen das, was ich gesagt habe, falsch wiedergegeben hat, tut es mir leid; aber ich habe alte Bücher so gern, daß ich sie lieber in Flammen aufgehen sähe, als daß sie so wie hier vor sich hin schimmeln.«

Charity spürte, wie ihr das Schluchzen die Kehle hochstieg, und versuchte, es mit Reden zu ersticken. »Es ist mir egal, was Sie ihr angeblich erzählt haben. Ich weiß nur, daß sie denkt, es ist alles meine Schuld, und daß ich meine Stelle verlieren werde, und ich brauche sie mehr als sonst jemand im Dorf, weil ich niemand hab', der zu mir gehört, wie das bei anderen Leuten ist. Ich wollte nichts weiter, als genügend Geld beiseite legen, um irgendwann von hier wegzugehen. Glauben Sie, ich hätte sonst Tag für Tag in dieser alten Gruft gesessen?«

Von dieser Rede griff ihr Zuhörer nur den letzten Satz auf. »Es *ist* eine alte Gruft; aber muß das sein? Das ist der springende Punkt. Und daß ich meiner Cousine diese Frage gestellt habe, ist anscheinend die Ursache für die ganze Aufregung.« Sein Blick durchforschte das melancholische Halbdunkel des langen schmalen Raums, blieb an den fleckigen Wänden, den vergilbten Bücherreihen und dem schmucklosen Rosenholztisch hängen, den das Porträt des jungen Honorius krönte. »Natürlich ist es schwierig, irgend etwas mit einem Gebäude zu beginnen, das so an einen Berg gequetscht ist wie dieses lächerliche Mausoleum: man könnte es nicht ordentlich durchlüften, ohne ein Loch in den Berg zu sprengen. Aber es kann trotzdem einigermaßen gelüftet werden, und man kann sogar die Sonne hereinlassen: ich zeige Ihnen wie, wenn Sie wollen...« Die Leidenschaft des Architekten für Verbesserungen hatte ihn bereits ihren Groll vergessen lassen, und er hob seinen Stock belehrend zum Sims. Doch ihr Schweigen schien ihm zu sagen, daß sie sich für die Belüftung der Bibliothek nicht interessiere, und sich unvermittelt zu ihr umwendend streckte er ihr beide Hände hin. »Hören Sie – Sie meinen das nicht, was Sie da gesagt haben? Sie meinen doch nicht im Ernst, daß ich irgend etwas täte, was Ihnen wehtun könnte?«

In seiner Stimme klang ein neuer Ton an, der sie entwaffnete: noch nie hatte jemand in diesem Ton mit ihr gesprochen.

»Oh, warum haben Sie's dann bloß getan?« rief sie aus. Er hielt ihre Hände in den seinen, und sie spürte die sanfte Berührung, die sie sich am Tag zuvor auf dem Hügel erträumt hatte.

Er drückte ihre Hände leicht, dann ließ er sie los. »Nun, damit Sie es hier gemütlicher haben; und die Bücher besser. Es tut mir leid, wenn meine Cousine verdreht hat, was ich gesagt habe. Sie regt sich leicht auf, und Kleinigkeiten bedeuten ihr viel: daran hätte ich denken müssen. Bestrafen Sie mich nicht, indem Sie sie glauben machen, Sie nähmen sie ernst.«

Es war verblüffend, ihn über Miss Hatchard sprechen zu hören, als sei sie ein quengelndes Baby: trotz seiner Schüchternheit ging etwas wie Macht von ihm aus, wie sie vermutlich das Leben in den Städten verlieh. Es war der Umstand, daß er in Nettleton gelebt hatte, der Anwalt Royall trotz seiner menschlichen Schwächen zum mächtigsten Mann in North Dormer machte; und Charity war sicher, daß dieser junge Mann in größeren Orten als Nettleton gelebt hatte.

Sie hatte das Gefühl, wenn sie ihren anklagenden Ton beibehielte, würde er sie insgeheim mit Miss Hatchard in einen Topf werfen, und bei dem Gedanken fiel plötzlich alle Ziererei von ihr ab. »Miss Hatchard ist es einerlei, was ich von ihr halte. Mr. Royall sagt, sie will sich nach einer ausgebildeten Bibliothekarin umsehen; und ich möchte lieber kündigen, als daß man sich im Dorf erzählt, sie hat mich entlassen.«

»Natürlich. Aber ich bin sicher, sie will Sie gar nicht entlassen. Wollen Sie mir nicht auf alle Fälle die Möglichkeit geben, das erst einmal herauszufinden und Sie dann zu verständigen? Wenn ich mich irre, haben Sie immer noch genügend Zeit zu kündigen.«

Bei seinem Vorschlag, sich für sie zu verwenden, trieb ihr der Stolz die Röte in die Wangen. »Ich will nicht, daß irgend jemand sie dazu überredet, mich zu behalten, wenn ich es ihr nicht recht mache.«

Auch er wurde rot. »Ich gebe Ihnen mein Wort, daß ich das nicht tun werde. Nur, warten Sie bis morgen, ja?« Er blickte ihr mit seinem scheuen grauen Blick direkt in die Augen. »Sie können mir vertrauen, verstehen Sie – das können Sie wirklich.«

All die alten, eiserstarrten Kümmernisse schienen in ihr zu schmelzen, und sie murmelte mit abgewandtem Blick verlegen: »Oh, ich werde warten.«

5

Noch nie hatte es so einen Juni in Eagle County gegeben. Gewöhnlich war das ein launenhafter Monat, in dem sich verspäteter Frost und mittsommerliche Hitze abrupt abwechselten; in diesem Jahr folgte ein Tag voll ausgewogener Schönheit auf den anderen. Jeden Morgen wehte stetig ein Wind von den Bergen her. Gegen Mittag trieb er große Baldachine aus weißen Wolken zusammen, die einen kühlenden Schatten über Felder und Wälder warfen; vor Sonnenuntergang dann lösten sich die Wolken wieder auf, und das Abendlicht ergoß ungehindert seinen Glanz über das Tal.

An so einem Nachmittag lag Charity Royall auf einem Hang über einer sonnenbeschienenen Mulde, das Gesicht gegen den Boden gepreßt, und die warmen Wellen des Grases durchliefen sie. Direkt vor ihren Augen lehnten sich die zarten weißen Blüten und blaugrünen Blätter eines Brombeerzweigs gegen den Himmel. Gleich dahinter entrollte ein Büschel Farne seine Wedel zwischen jungen Grastrieben, und darüber zitterte ein kleiner gelber Schmetterling wie ein Tupfen Sonne. Mehr sah sie nicht; aber sie spürte über sich und um sich herum, wie rasch die Buchen wuchsen, die den

Hang bedeckten, wie sich die blaßgrünen Zapfen auf unzähligen Tannenzweigen rundeten, wie Myriaden von Farnwedeln aus den Rissen in dem steinigen Abhang unterhalb des Waldes hervordrängten und die Triebe von Spierstrauch und gelben Schwertlilien auf der Weide dahinter üppig sprossen. Dieses Quellen von Säften, das Schlüpfen aus Hülsen und das Aufbrechen von Blütenkelchen wurde ihr in sich vermischenden Duftschwaden zugetragen. Jedes Blatt, jede Knospe, jeder Halm schien mit seiner Ausdünstung zu der alles durchdringenden Süße beizutragen, in der der würzige Duft des Fichtenöls stärker war als das Aroma des Thymians und der feine Duft des Farns, und alles zusammen verschmolz in einem feuchten Geruch nach Erde, einem Geruch wie der Atem eines riesigen, sonnenwarmen Tieres.

Charity hatte lange dort gelegen, reglos und durchwärmt von der Sonne wie der Hang, auf dem sie lag, als sich zwischen ihre Augen und den tanzenden Schmetterling der Fuß eines Mannes in einem großen, abgetragenen, mit rotem Schlamm bedeckten Stiefel schob.

»Oh, nicht doch!« rief sie, erhob sich dabei auf den Ellbogen und streckte warnend die Hand aus.

»Was soll ich nicht?« fragte eine rauhe Stimme über ihrem Kopf.

»Tritt doch nicht auf die Brombeerblüten, du Tolpatsch!« erwiderte sie und erhob sich auf die Knie. Der Fuß hielt inne und ließ sich dann unbeholfen auf den zarten Zweig nieder, und als Charity die Augen hob, sah sie über sich das verdutzte Gesicht eines schlaksigen

Mannes mit dünnem, sonnengebleichtem Bart und weißen Armen, die durch sein zerrissenes Hemd zu sehen waren.

»*Siehst* du eigentlich nie irgend etwas, Liff Hyatt?« fuhr sie ihn an, während er vor ihr stand mit dem Gesichtsausdruck eines Mannes, der in ein Wespennest gegriffen hat.

Er grinste. »Ich hab' dich gesehen! Deshalb bin ich runtergekommen.«

»Runter? Von wo?« fragte sie und bückte sich, um die Blütenblätter aufzusammeln, die sein Fuß verstreut hatte.

Er deutete mit dem Daumen zum Gipfel hoch. »Hab' für Dan Targatt Bäume gefällt.«

Charity ließ sich auf die Fersen nieder und sah ihn nachdenklich an. Sie fürchtete sich nicht im geringsten vor dem armen Liff Hyatt, obwohl er »vom Berg kam« und manche von den Mädchen wegrannten, wenn sie ihn sahen. Bei den Vernünftigeren ging er als harmloses Wesen durch, als eine Art Mittler zwischen dem Berg und den zivilisierten Menschen, der gelegentlich herunterkam und für einen Farmer etwas Holz fällte, wenn es an Arbeitskräften mangelte. Außerdem wußte sie, daß die Leute vom Berg ihr nie etwas zuleide täten: Liff selbst hatte ihr das einmal gesagt, als sie ihm eines Tages, als sie noch klein war, am äußersten Ende von Anwalt Royalls Weideland begegnet war. »Keiner von denen da droben wird dir auch nur ein Haar krümmen, falls du jemals raufkommst. Aber ich denke, du wirst nicht kommen«, hatte er gleichmütig hinzugefügt, während er einen Blick auf ihre neuen Schuhe und das rote Band warf, das Mrs. Royall ihr ins Haar geflochten hatte.

Tatsächlich hatte Charity nie den Wunsch verspürt, ihren Geburtsort zu besuchen. Sie legte keinen Wert darauf, daß bekannt wurde, daß sie vom Berg stammte, und vermied es, beim Gespräch mit Liff Hyatt gesehen zu werden. Aber heute bedauerte sie nicht, daß er erschienen war. Viele Dinge waren ihr seit dem Tag widerfahren, als der junge Lucius Harney durch die Tür der Hatchard-Gedächtnis-Bibliothek getreten war, aber keines vielleicht so unerwartet wie die Tatsache, daß sie es plötzlich vorteilhaft fand, mit Liff Hyatt auf gutem Fuße zu stehen. Sie blickte immer noch neugierig auf zu seinem sommersprossigen, wettergegerbten Gesicht mit den fiebrig eingefallenen Wangen und den blaßgelben Augen eines harmlosen Tiers. »Ob er wohl mit mir verwandt ist?« überlegte sie mit einem hochmütigen Schauder.

»Leben irgendwelche Leute oben in dem braunen Haus am Moor, unterhalb vom Porcupine?« fragte sie jetzt in beiläufigem Ton.

Liff Hyatt sah sie eine Weile überrascht an; dann kratzte er sich am Kopf und verlagerte sein Gewicht von der einen durchlöcherten Schuhsohle auf die andere. »Wohnen immer schon dieselben Leute in dem braunen Haus«, sagte er mit seinem schwer deutbaren Grinsen.

»Sie gehören zu deiner Familie, stimmt's?«

»Sie haben denselben Namen wie ich«, sagte er vage.

Charity fixierte ihn immer noch mit beherztem Blick. »Hör zu, ich will da demnächst hin und einen Herrn mitnehmen, der bei uns wohnt. Er ist hier rauf in diese Gegend gekommen, um Zeichnungen zu machen.«

Sie machte keine Anstalten, diese Bemerkung zu erklären. Sie überstieg Liff Hyatts Horizont viel zu weit, als daß sich der Versuch gelohnt hätte. »Er möchte sich das braune Haus ansehen und überall drin herumgehen«, fuhr sie fort.

Liff fuhr sich immer noch verwundert durch seinen strohblonden Schopf. »Ist es jemand aus der Stadt?« fragte er.

»Ja. Er zeichnet Dinge. Jetzt zeichnet er grade das Bonner-Haus.« Sie deutete auf einen Schornstein, der eben noch über der Senke des Weidelands unterhalb des Waldes zu sehen war.

»Das Bonner-Haus?« wiederholte Liff ungläubig.

»Ja. Das verstehst du nicht – und das macht auch nichts. Ich sage nur, in ein, zwei Tagen geht er zu den Hyatts.«

Liff sah immer verblüffter drein. »Bash ist nachmittags manchmal widerlich.«

»Ich weiß. Aber ich glaube, er wird mir keine Schwierigkeiten machen.« Sie warf den Kopf in den Nacken, die Augen voll auf Hyatt gerichtet. »Ich komme mit: sag ihm das.«

»Keiner von denen wird dir Schwierigkeiten machen, nicht die Hyatts. Aber warum willst du einen Fremden mitbringen?«

»Das hab' ich dir doch gesagt, oder? Du mußt Bash Hyatt Bescheid sagen.«

Er blickte weg, zu den blauen Bergen am Horizont hinüber; dann fiel sein Blick auf die Schornsteinspitze unter der Koppel.

»Ist er jetzt da unten?«

»Ja.«

Er verlagerte wieder sein Gewicht, verschränkte die Arme und blickte weiter auf die Landschaft in der Ferne. »Also, bis später«, sagte er endlich abschließend; er drehte sich um und stapfte den Hügel hinauf. Auf dem Felsvorsprung über ihr blieb er stehen und rief herunter: »Ich würd' nicht an einem Sonntag hingehn,« dann kletterte er weiter, bis die Bäume ihn aufnahmen. Bald darauf hörte Charity von hoch oben den Klang seiner Axt.

Sie lag auf dem warmen Hang, und viele Dinge gingen ihr durch den Kopf, die das Erscheinen des Holzfällers in ihr aufgerührt hatte. Sie wußte nichts über ihre ersten Lebensjahre und hatte nie Neugier danach verspürt, nur ein dumpfes Widerstreben, den Winkel ihres Gedächtnisses zu durchforschen, wo gewisse nebelhafte Bilder schlummerten. Aber alles, was ihr in den vergangenen Wochen widerfahren war, hatte sie für diese verschlafenen Abgründe empfänglich gemacht. Sie war sich selbst mit einemmal zutiefst interessant geworden, und alles, was mit ihrer Vergangenheit zu tun hatte, wurde von dieser plötzlichen Neugier erhellt.

Mehr denn je war ihr die Tatsache verhaßt, vom Berg zu stammen, aber sie war ihr nicht mehr gleichgültig. Alles, was sie in irgendeiner Weise betraf, wurde lebendig und deutlich: selbst die verhaßten Dinge waren interessant geworden, weil sie ein Teil von ihr waren.

»Ob Liff Hyatt weiß, wer meine Mutter war?« überlegte sie; und der Gedanke, daß eine Frau, die einmal jung und schlank gewesen war und deren Blut wie ihres leicht in Wallung geriet, sie in ihrem Herzen getragen und ihren Schlaf bewacht hatte, erfüllte Charity mit einem Schauder der Verwunderung. Sie hatte sich stets vorgestellt, ihre Mutter sei schon so lange tot, um nichts als nur noch ein namenloses Häufchen Staub zu sein; aber nun kam ihr der Gedanke, die einstmals junge Frau könne noch am Leben sein, runzlig und verwahrlost wie die Frau, die sie manchmal in der Tür des braunen Hauses hatte stehen sehen, das Lucius Harney zeichnen wollte.

Die Vorstellung brachte sie zum Mittelpunkt ihrer Gedanken zurück, und die Mutmaßungen, zu denen Liff Hyatts Gegenwart sie angeregt hatte, verflüchtigten sich. Vermutungen, die die Vergangenheit betrafen, konnten sie nicht lange beschäftigen, wenn die Gegenwart so reich, die Zukunft so rosig war und Lucius Harney sich, nur einen Steinwurf entfernt, über sein Skizzenbuch beugte und dann den Kopf in den Nacken warf mit jenem unvermittelten Lächeln, das seinen Glanz über alles gebreitet hatte.

Sie machte Anstalten, sich zu erheben, doch da sah sie ihn die Weide heraufkommen, ließ sich wieder ins

Gras sinken und wartete. Wenn er eines »seiner Häuser«, wie sie sie nannte, zeichnete und vermaß, streifte sie oft allein im Wald oder auf den Hügeln umher. Zum Teil geschah es aus Schüchternheit, aus einem Gefühl der Unzulänglichkeit, das sie am schmerzlichsten empfand, wenn ihr Gefährte, in seine Arbeit vertieft, ihre Unwissenheit und ihre Unfähigkeit, auch nur die geringste seiner Anspielungen zu begreifen, nicht bedachte und sich in einem Monolog über die Kunst und das Leben erging. Um die peinliche Situation zu meiden, ihm mit ausdruckslosem Gesicht zuhören zu müssen, und auch den erstaunten Blicken der Bewohner der Häuser zu entgehen, vor denen er unvermittelt das Pferd zum Stehen brachte, um dann sein Skizzenbuch aufzuschlagen, zog sie sich oft an eine Stelle zurück, von der aus sie ihn, ohne selbst gesehen zu werden, bei der Arbeit beobachten oder zumindest auf das Haus hinunterschauen konnte, das er gerade zeichnete. Es hatte ihr zunächst nicht mißfallen, daß man in North Dormer und Umgebung wußte, daß sie Miss Hatchards Cousin in dem Einspänner, den er von Anwalt Royall gemietet hatte, in der Gegend herumkutschierte. Sie hatte stets Abstand gewahrt, hatte sich hochmütig vom dörflichen Liebestreiben ferngehalten, ohne genau zu wissen, ob ihr unbändiger Stolz daher rührte, daß sie sich ihrer mit einem Makel behafteten Herkunft bewußt war, oder daher, daß sie sich für eine glänzendere Zukunft aufsparte. Manchmal beneidete sie die anderen Mädchen um ihre Herzensangelegenheiten, neidete ihnen die langen Stunden, in denen sie, ohne daß viele Worte gemacht wurden, mit einem der wenigen jungen Burschen herumpoussierten, die noch im Dorf geblieben waren; aber wenn sie sich vorstellte, daß sie für Ben Fry oder einen der Sollas-Brüder ihr Haar in Locken legen oder ein neues Band an ihren Hut nähen würde, legte sich das Fieber, und sie verfiel wieder in Gleichgültigkeit.

Jetzt wußte sie, was ihre Verachtung und ihr Widerwille zu bedeuten gehabt hatten. Sie hatte ihren eigenen Wert erkannt, als Lucius Harney bei ihrem Anblick den Faden verloren und sich errötend an die Kante ihres Schreibtischs gelehnt hatte. Doch sie hatte eine neue Art von Scheu kennengelernt: die entsetzliche Furcht, den geheiligten Schatz ihres Glücks gemeinen Gefahren auszusetzen. Es störte sie nicht, daß die Nachbarn annahmen, sie »gehe« mit einem jungen Mann aus der Stadt; aber sie wollte nicht, daß die ganze Gegend erfuhr, wie viele Stunden der langen Junitage sie mit ihm verbrachte. Am meisten fürchtete sie, daß die unvermeidlichen Kommentare Mr. Royall zu Ohren kommen könnten. Charity war sich instinktiv bewußt, daß nur weniges, was sie betraf, den Augen des schweigsamen Mannes entging, unter dessen Dach sie lebte; und trotz der Freiheiten, die North Dormer Liebespaaren zugestand, hatte sie stets das Gefühl, daß Mr. Royall, sobald sie eine zu offene Vorliebe für jemanden zeigen sollte, es ihr »heimzahlen« würde, wie sie es ausdrückte. Wie, das wußte sie nicht; doch ihre Angst war um so größer, als sie nicht zu bestimmen war. Hätte sie sich von einem Dorfburschen den Hof machen lassen, wäre sie nicht so besorgt gewesen: Mr. Royall konnte sie nicht daran hindern zu heiraten, wenn sie es wünschte. Aber jedermann wußte, daß es anders und problematischer war, wenn man »mit einem Burschen aus der Stadt ging«: Fast jedes Dorf konnte ein Opfer solcher gefährlichen Abenteuer vorweisen. Und ihre Angst vor Mr. Royalls Einmischung verlieh den Stunden, die sie mit dem jungen Harney verbrachte, ein intensiveres Glück, und ließ sie gleichzeitig vermeiden, sich allzuhäufig mit ihm sehen zu lassen.

Als er näher kam, erhob sie sich auf die Knie und streckte die Arme über den Kopf in jener trägen Geste, die bei ihr äußerstes Wohlbehagen ausdrückte.

»Ich werde Sie zu dem Haus direkt unterm Porcupine hinaufführen«, verkündete sie.

»Welches Haus? Ach ja, das windschiefe Ding in der Nähe des Moors, wo diese zigeunerhaften Leute herumlungern. Merkwürdig, daß ein Haus, das Spuren richtiger Architektur aufweist, an einer solchen Stelle gebaut worden ist. Die Leute machten aber einen ziemlich mürrischen Eindruck – glauben Sie, die lassen uns hinein?«

»Sie werden tun, was ich ihnen sage«, sagte Charity zuversichtlich.

Er warf sich neben ihr ins Gras. »Wirklich?« erwiderte er lächelnd. »Jedenfalls würde ich gern sehen, was drinnen noch übriggeblieben ist. Und ich würde mich gern mit den Leuten unterhalten. Wer hat mir denn neulich erzählt, Sie seien vom Berg heruntergekommen?«

Charity warf ihm von der Seite einen Blick zu. Zum

erstenmal hatte er vom Berg nicht als einem Bestandteil der Landschaft gesprochen. Was wußte er noch darüber und über ihre Beziehung zu ihm? Der heftige Drang, sich zu wehren, den sie instinktiv bei jeder eingebildeten Kränkung empfand, ließ ihr Herz rascher schlagen.

»Vom Berg? Ich hab' keine Angst vor dem Berg!«

Ihr trotziger Ton schien ihm zu entgehen. Er lag bäuchlings im Gras, brach ein paar Thymianzweige ab und drückte sie an seine Lippen. In weiter Ferne, über den Falten der näher gelegenen Hügel, erhob sich der Berg bedrohlich vor einem gelben Sonnenuntergang.

»Irgendwann einmal muß ich dort hinauf: ich möchte es sehen«, fuhr er fort.

Ihr Herz schlug langsamer, und wieder wandte sie sich ihm zu, um sein Profil zu erforschen. Es war bar aller unfreundlichen Absichten.

»Warum wollen Sie auf den Berg?«

»Nun, es muß dort oben recht merkwürdig sein. Sie wissen ja, da oben befindet sich eine seltsame Siedlung: so etwas wie Geächtete, ein kleines, unabhängiges Reich. Natürlich haben Sie von ihnen gehört; aber man hat mir erzählt, daß sie nichts mit den Leuten in den Tälern zu schaffen haben wollen – eigentlich ziemlich auf sie herabschauen. Vermutlich sind es rauhe Gesellen, aber sie haben bestimmt viel Charakter.«

Sie verstand nicht recht, was er mit »viel Charakter« meinte; aber sein Ton drückte Bewunderung aus, was ihre aufkeimende Neugier verstärkte. Es kam ihr mit einemmal seltsam vor, daß sie so wenig über den Berg wußte. Sie hatte nie Fragen gestellt, und nie hatte jemand sich erboten, sie aufzuklären. In North Dormer nahm man den Berg einfach hin und äußerte seine Geringschätzung mehr durch den Tonfall als durch deutlich ausgesprochene Kritik.

»Wissen Sie, es ist sonderbar«, fuhr er fort, »daß es gleich da drüben, auf diesem Hügel da, eine Handvoll Leute gibt, die sich den Teufel um jemanden scheren.«

Diese Worte durchfuhren sie. Es schien, als seien sie der Schlüssel zu ihrer eigenen Aufsässigkeit und zu ihrem Trotz, und sie hoffte sehnlichst, daß er ihr mehr erzählen werde. »Ich weiß nicht viel über sie. Leben sie schon immer da oben?«

»Niemand weiß anscheinend genau, seit wann. In Creston unten hat man mir erzählt, daß die ersten Siedler vermutlich Männer waren, die vor vierzig, fünfzig Jahren am Bau der Eisenbahn zwischen Springfield und Nettleton mitgearbeitet haben. Einige von ihnen fingen an zu trinken, bekamen vielleicht auch Ärger mit der Polizei und verschwanden – tauchten unter in den Wäldern. Ein, zwei Jahre später ging das Gerücht, sie lebten auf dem Berg. Dann kamen vermutlich andere hinzu – und Kinder wurden geboren. Inzwischen sollen über hundert Menschen da oben sein. Sie leben offenbar vollkommen außerhalb der Gerichtsbarkeit der Täler. Keine Schule, keine Kirche – und kein Sheriff sieht mal da oben nach dem Rechten. Aber spricht man denn in North Dormer nie von ihnen?«

»Ich weiß nicht. Sie sagen, sie sind schlecht.«

Er lachte. »Wirklich? Wir gehen hin und sehen selber nach, wollen wir?«

Sie errötete bei diesem Vorschlag und wandte ihr Gesicht seinem zu. »Sie wissen wahrscheinlich nicht – daß ich von da oben komme. Sie haben mich heruntergeholt, als ich noch klein war.«

»Sie?« Er erhob sich auf den Ellbogen und sah sie mit plötzlich erwachtem Interesse an. »Sie kommen vom Berg? Wie eigenartig! Vermutlich sind Sie deshalb so anders...«

Vor Freude errötete sie bis in die Stirn. Er bewunderte sie – und bewunderte sie, weil sie vom Berg kam!

»Bin ich...anders?« sagte sie triumphierend, mit geheuchelter Verwunderung.

»Oh, und wie!« Er ergriff ihre Hand und drückte einen Kuß auf die sonnengebräunten Knöchel.

»Kommen Sie«, sagte er, »gehen wir.« Er stand auf und schüttelte das Gras von seinen legeren grauen Sachen. »Was für ein schöner Tag! Und wohin führen Sie mich morgen?«

6

An diesem Abend saß Charity nach dem Essen allein in der Küche und lauschte Mr. Royall und dem jungen Harney, die sich draußen auf der Veranda unterhielten.

Sie war drinnen geblieben, nachdem der Tisch abgeräumt und die alte Verena hinauf ins Bett gehumpelt war. Das Küchenfenster stand offen, und Charity hatte sich in seine Nähe gesetzt, die Hände müßig auf den Knien. Es war ein kühler, stiller Abend. Jenseits der schwarzen Hügel färbte sich der bernsteinfarbene Westen blaßgrün, dann zu Dunkelblau, worin ein großer Stern stand. Der leise Schrei einer kleinen Eule drang durch das Dunkel, und zwischen ihren Rufen hörte man die Stimmen der beiden Männer leiser und wieder lauter werden.

In Mr. Royalls tiefer Stimme klang Genugtuung. Es war lange her, daß er einen Gesprächspartner von Lucius Harneys Bildung gehabt hatte: Charity ahnte, daß der junge Mann seine ganze gescheiterte und unvergessene Vergangenheit verkörperte. Als Miss Hatchard wegen der Krankheit einer verwitweten Schwester nach Springfield gerufen worden war und der junge Harney, der mittlerweile ernsthaft damit beschäftigt war, alle alten Häuser zwischen Nettleton und der Grenze zu New Hampshire zu zeichnen und zu vermessen, angefragt hatte, ob er während der Abwesenheit seiner Cousine im roten Haus verköstigt werden könne, hatte Charity gezittert bei dem Gedanken, daß Mr. Royall nein sagen würde. Es wäre nicht in Frage gekommen, den jungen Mann bei ihnen einzuquartieren: sie hatten keinen Platz für ihn. Aber wenn Mr. Royall gestattete, daß er seine Mahlzeiten im roten Haus einnähme, konnte er auch weiterhin im Haus von Miss Hatchard wohnen; und nach einem Tag Bedenkzeit willigte Mr. Royall ein.

Charity hatte den Verdacht, daß er froh sei, ein bißchen Geld zu verdienen. Er galt allgemein als geizig; aber sie vermutete allmählich, daß er wahrscheinlich ärmer sei, als die Leute annahmen. Seine Anwaltspraxis war inzwischen kaum mehr als eine vage Legende, die nur dann neue Nahrung erhielt, wenn er – was immer seltener vorkam – zu einem Fall nach Hepburn oder Nettleton geholt wurde; und er schien für den Lebensunterhalt hauptsächlich auf die kargen Erträge seines Hofes und die Aufträge der paar Versicherungsagenturen angewiesen zu sein, die er in der Umgebung vertrat. Jedenfalls hatte er Harneys Angebot, den Einspänner für eineinhalb Dollar pro Tag zu mieten, sofort angenommen; und daß er mit diesem Handel zufrieden war, hatte sich, ziemlich unerwartet, am Ende der ersten Woche darin geäußert, daß er Charity eine Zehndollarnote in den Schoß warf, als sie gerade dabei war, ihren alten Hut ein bißchen aufzuputzen.

»Da – kauf dir einen Sonntagshut, um den dich alle andern Mädchen beneiden«, sagte er mit einem schüchternen Zwinkern in seinen tiefliegenden Augen; und Charity erriet sofort, daß das unerwartete Geschenk – das einzige Geldgeschenk, das sie je von ihm erhalten hatte – Harneys erste Zahlung war.

Doch die Ankunft des jungen Mannes hatte Mr. Royall nicht nur finanziellen Nutzen gebracht. Er hatte dadurch auch seit Jahren zum erstenmal einen Mann als Gesprächspartner. Charity hatte nur eine vage Vorstellung von den Bedürfnissen ihres Vormunds; aber sie wußte, daß er sich den Menschen seiner Umgebung überlegen fühlte, und sie sah, daß Lucius Harney ihn genauso sah. Es überraschte sie, wie gewandt Mr. Royall offenbar reden konnte, nun, da er einen Zuhörer hatte, der ihn verstand; und sie war gleichermaßen beeindruckt von der freundlichen Ehrerbietung, die der junge Harney ihm entgegenbrachte.

Meist drehten sich die Gespräche um Politik und überstiegen Charitys Horizont; aber an diesem Abend war das Thema von besonderem Interesse für sie, denn sie hatten angefangen, vom Berg zu sprechen. Sie zog sich ein wenig vom Fenster zurück, damit sie nicht merkten, daß sie in Hörweite war.

»Der Berg? Der Berg?« hörte sie Mr. Royall sagen. »Also, der Berg ist ein Schandfleck, ja, genau das, Sir, ein Schandfleck. Diesen Abschaum da droben hätte man längst einsperren müssen – und das wäre auch passiert, wenn die Leute hier unten nicht so eine Heidenangst vor ihnen hätten. Der Berg gehört zu dieser Gemeinde, und North Dormer ist Schuld, wenn da drüben vor unseren Augen eine Bande von Dieben und Gesetzlosen haust, die die Gesetze ihres Landes mißachten. Mein Gott, es traut sich ja nicht einmal ein Sheriff oder ein Steuereinnehmer oder ein Leichenbeschauer da rauf. Wenn die Gemeinderäte hören, daß auf dem Berg irgend etwas faul ist, schauen sie schnell in die andere Richtung und bewilligen Gelder zur Verschönerung der Gemeindepumpe. Der einzige, der je raufgeht, ist der Pfarrer, und der geht rauf, weil sie immer nach ihm schicken, wenn einer von ihnen stirbt. Auf dem Berg halten sie viel von einem christlichen Begräbnis – aber ich hab' noch nie gehört, daß sie den Pfarrer zu einer Hochzeit hätten holen lassen. Und den Friedensrichter behelligen sie auch nicht damit. Sie hausen einfach zusammen wie die Heiden.«

Dann erklärte er in einer Art Fachsprache, wie es die kleine Kolonie illegaler Siedler fertiggebracht hatte, dem Gesetz die Stirn zu bieten, und Charity wartete mit brennender Neugierde auf den Kommentar Lucius Harneys; der junge Mann schien jedoch mehr daran interessiert, Mr. Royalls Ansichten zu hören, als seine eigenen zu äußern.

»Sie selbst sind wohl nie dort oben gewesen?« fragte er dann.

»O doch«, sagte Mr. Royall mit einem verächtlichen Lachen. »Die Neunmalklugen hier unten haben mir weismachen wollen, daß die mich erledigen würden, ehe ich umkehren könnte; aber niemand krümmte mir auch nur ein Haar. Dabei hatte ich gerade einen aus ihrer Bande für sieben Jahre hinter Schloß und Riegel gebracht.«

»Und danach sind Sie raufgegangen?«

»Ja, Sir, sofort danach. Der Kerl kam runter nach Nettleton und lief Amok, so wie sie's manchmal tun. Wenn sie für irgend jemand Holz geschlagen haben, kommen sie runter und versaufen das Geld; und dieser Mann beging am Schluß einen Totschlag. Ich erreichte, daß er verurteilt wurde, obwohl man selbst in Nettleton Angst vor dem Berg hatte; und dann passierte etwas Merkwürdiges. Der Kerl ließ mich zu sich ins Gefängnis holen. Ich ging hin, und er sagte folgendes zu mir: ›Der Idiot, der mich verteidigt hat, ist ein feiger Hosensch ... und so weiter‹, sagt er. ›Jemand muß für mich auf dem Berg was erledigen, und Sie sind der einzige von allen, die ich im Gericht gesehen hab', der aussieht, als könnt' er's.‹ Er sagte mir, er habe ein Kind da oben – oder zumindest glaubte er, es sei seines –, ein kleines Mädchen; und er wollte, daß es ins Tal gebracht und wie ein Christenmensch erzogen würde. Der Kerl tat mir leid, und ich ging rauf und holte das Kind.« Er hielt inne, und Charity lauschte mit klopfendem Herzen. »Das war das einzige Mal, daß ich auf dem Berg war«, schloß er.

Einen Augenblick herrschte Schweigen; dann sprach Harney. »Und das Kind – hatte es keine Mutter mehr?«

»O doch: es gab eine Mutter. Aber die war froh, es los zu sein. Sie hätte es jedem mitgegeben. Die da oben sind halbe Tiere, wie man hier unten sagt. Vermutlich ist die Mutter mittlerweile tot, bei dem Leben, das sie führte. Jedenfalls hab' ich seit diesem Tag nie mehr von ihr gehört.«

»Mein Gott, wie entsetzlich«, murmelte Harney; und Charity, die beinahe zu ersticken glaubte vor Demütigung, sprang auf und rannte nach oben. Jetzt wußte sie es endlich: daß sie das Kind eines trunksüchtigen Sträflings und einer Mutter war, die »ein halbes Tier« und froh war, sie los zu sein; und sie hatte gehört, wie diese Geschichte ihrer Herkunft dem einzigen Menschen erzählt wurde, in dessen Augen sie den Leuten in ihrer Umgebung überlegen erscheinen wollte! Ihr war nicht entgangen, daß Mr. Royall sie nicht erwähnt, ja sogar jede Andeutung vermieden hatte, durch die man sie als das Kind hätte identifizieren können, das er vom Berg geholt hatte; und sie wußte, daß er aus Rücksicht auf sie geschwiegen hatte. Doch was nutzte seine taktvolle Verschwiegenheit, da sie gerade erst an diesem Nachmittag, durch Harneys Interesse an der Siedlung der Gesetzlosen verführt, sich vor ihm damit gebrüstet hatte, daß sie vom Berg kam? Nun bewies ihr jedes Wort, das gefallen war, wie sehr eine solche Herkunft die Kluft zwischen ihnen vergrößern mußte.

In den zehn Tagen, die er sich mittlerweile in North Dormer aufhielt, hatte Lucius Harney zu ihr kein einziges Mal von Liebe gesprochen. Er hatte sich bei seiner Cousine für sie verwendet und Miss Hatchard von ihren Verdiensten als Bibliothekarin überzeugt; doch das war nur ein Akt der Gerechtigkeit gewesen, denn allein durch seine Schuld waren diese Verdienste in Zweifel gezogen worden. Er hatte sie gebeten, ihn im Land herumzukutschieren, als er Anwalt Royalls Einspänner gemietet hatte, um seine Ausflüge mit dem Zeichenblock zu unternehmen; aber auch das war nur natürlich, da er sich in der Gegend nicht auskannte. Und schließlich hatte er Mr. Royall gebeten, ihn als Kostgänger aufzunehmen, als seine Cousine nach Springfield gerufen worden war; aber wo sonst in North Dormer hätte er seine Mahlzeiten einnehmen können? Nicht bei Carrick Fry, dessen Frau gelähmt war und dessen große Familie sich schon viel zu zahlreich um seinen Tisch drängte, nicht bei den Targatts, die eine Meile außerhalb des Orts wohnten, nicht bei der armen alten Mrs. Hawes, die kaum noch die Kraft hatte, für sich selbst zu kochen, seit ihre älteste Tochter sie verlassen hatte, während Ally gezwungen war, sich ihren Lebensunterhalt als Näherin zu verdienen. Mr. Royalls Haus war das einzige, wo dem jungen Mann eine angemessene Gastfreundschaft geboten werden konnte. Es hatte also im äußeren Verlauf der Ereignisse nichts gegeben, was in Charitys Herzen die Hoffnungen hätte wecken können, vor denen es erbebte. Aber unter den sichtbaren Geschehnissen, die mit Lucius Harneys Ankunft in Zusammenhang standen, gab es eine verborgene Strömung, so geheimnisvoll und mächtig wie jene Kraft, welche die Bäume ausschlagen läßt, noch bevor das Eis von den Tümpeln verschwunden ist.

Der Auftrag, der Harney hergeführt hatte, war verbürgt; Charity hatte den Brief eines New Yorker Verlegers gesehen, in dessen Auftrag er eine Studie über die

Häuser aus dem 18. Jahrhundert in den weniger bekannten Regionen Neuenglands schreiben sollte. Aber unbegreiflich, wie die ganze Angelegenheit für sie war, und unverständlich, wie sie es fand, daß Harney hingerissen vor manchen vernachlässigten Häusern ohne Außenanstrich verharrte, während er andere, die von einem einheimischen Baumeister verschönert und »verbessert« worden waren, keines Blickes würdigte, konnte sie nur vermuten, daß der Eagle County weniger architektonische Schätze besaß, als Harney behauptete, und daß die Dauer seines Aufenthalts (die er auf einen Monat festgesetzt hatte) etwas zu tun hatte mit dem Ausdruck seiner Augen, als er damals in der Bibliothek vor ihr plötzlich verstummt war. Alles, was nachgefolgt war, schien aus diesem Blick erwachsen zu sein: seine Art, mit ihr zu reden, die Schnelligkeit, mit der er erfaßte, was sie sagen wollte, seine offenkundige Bereitschaft, ihre Ausflüge auszudehnen und jede Gelegenheit zu ergreifen, mit ihr zusammen zu sein.

Die Zeichen seiner Sympathie waren deutlich genug; aber es war schwer zu erraten, wieviel sie wirklich bedeuteten, denn sein Verhalten war so anders als alles, was sie in North Dormer je gesehen hatte. Er war zwangloser und zugleich respektvoller als alle, die sie je gekannt hatte; und manchmal empfand sie gerade dann, wenn er sich am zwanglosesten gab, den Abstand zwischen ihnen am stärksten. Sie waren durch Erziehung und unterschiedliche Umstände so weit voneinander entfernt, daß keine Bemühung Charitys den Abstand überbrücken konnte, und selbst wenn seine Jugend und seine Bewunderung ihn ihr ganz nahebrachten, schien ein zufällig hingeworfenes Wort, eine unbewußte Anspielung sie auf die andere Seite des Abgrunds zurückzustoßen.

Nie war diese Kluft so groß gewesen wie in jenem Augenblick, als sie hinauf in ihr Zimmer flüchtete, das Echo von Mr. Royalls Geschichte noch im Ohr. In der ersten Verwirrung betete sie darum, daß sie den jungen Harney niemals wiedersehen möge. Es schmerzte zu sehr, ihn sich als unbeteiligten, unvoreingenommenen Zuhörer einer solchen Geschichte vorstellen zu müssen. »Wenn er doch gehen würde: ich wünschte, er würde morgen gehen und nie mehr wiederkommen!« stöhnte sie in ihr Kissen; und bis tief in die Nacht lag sie da in ihrem zerknitterten Kleid, daß sie auszuziehen vergessen hatte, und ihr ganzes Inneres war ein tosender Jammer, auf dem ihre Hoffnungen und Träume herumwirbelten wie untergehende Strohhalme.

Von diesem ganzen Aufruhr war nur eine vage Betrübnis übrig, als sie am nächsten Morgen die Augen aufschlug. Ihr erster Gedanke war das Wetter, denn Harney hatte sie gebeten, ihn zu dem braunen Haus unter dem Porcupine zu bringen und auf dem Rückweg über Hamblin zu fahren; und da es ein langer Weg war, wollten sie um neun aufbrechen. Die Sonne stieg ohne eine Wolke empor, und früher als sonst war Charity in der Küche, bereitete Käsebrote vor, füllte Buttermilch in eine Flasche, packte ein paar Stücke Apfelkuchen ein und beschuldigte Verena, einen Korb weggegeben zu haben, den sie jetzt brauchte, und der immer an einem

Haken im Flur gehangen hatte. Als sie in ihrem rosa Baumwollkleid auf die Veranda trat, das in der Wäsche etwas ausgeblichen, aber immer noch leuchtend genug war, um ihr dunkles Haar und ihre braune Haut zur Geltung zu bringen, hatte sie das jubelnde Gefühl, eins mit dem Sonnenschein und dem Morgen zu sein, so daß auch die letzte Spur ihres Kummers verschwand. Was spielte es schon für eine Rolle, woher sie kam oder wessen Kind sie war, wenn die Liebe in ihren Adern tanzte und sie den jungen Harney die Straße herab auf sich zukommen sah?

Mr. Royall war ebenfalls auf der Veranda. Beim Frühstück hatte er nichts gesagt, aber als sie in ihrem rosafarbenen Kleid herauskam, den Korb in der Hand, sah er sie überrascht an. »Wohin gehst du denn?« fragte er.

»Mr. Harney bricht doch heute früher auf als sonst«, antwortete sie.

»Mr. Harney, Mr. Harney? Hat Mr. Harney immer noch nicht gelernt, wie man einen Wagen kutschiert?«

Charity gab keine Antwort, und er saß da, zurückgelehnt in seinem Sessel, und trommelte auf das Verandageländer. Es war das erste Mal, daß er in diesem Ton von dem jungen Mann gesprochen hatte, und Charity überlief leise ein ahnungsvoller Schauer. Nach einer Weile stand Mr. Royall auf und ging zu dem Stückchen Land hinter dem Haus, wo ein Tagelöhner hackte.

Die Luft war kühl und klar und schimmerte in dem herbstlichen Glanz, den der Nordwind im Frühsommer den Bergen verleiht; und die Nacht war so windstill gewesen, daß überall der Tau hing – nicht als feuchter

Dunst, sondern in einzelnen Tropfen, die wie Diamanten auf Farnen und Gräsern glitzerten. Es war eine lange Fahrt bis zum Fuß des Porcupine: zuerst durch das Tal, über dessen offenen Hängen sich die blauen Berge auftürmen, dann hinunter in die Buchenwälder, die dem Lauf des Creston folgen, einem braunen Bach, der über samtige Felsvorsprünge dahinschießt; dann wieder hinaus aufs Ackerland um den Crestonsee und schließlich nach und nach die Buckel des Eagle Range hinauf. Schließlich kamen sie auf dem Bergsattel an, und vor ihnen öffnete sich ein anderes Tal, grün und wild, und jenseits ragten wieder andere blaue Gipfel zum Himmel empor, wie die Wellen einer zurückweichenden Flut.

Harney band das Pferd an einem Baumstumpf fest, und unter einem alten Walnußbaum, aus dessen gespaltenem Stamm Hummeln hervorschwirrten, packten sie ihren Korb aus. Es war heiß geworden, und hinter sich hörten sie das mittägliche Murmeln des Waldes. Insekten tanzten in der Luft, und eine Schar weißer Schmetterlinge fächelte die zarten Spitzen des purpurroten Feuerkrauts. Im Tal unten sah man kein einziges Haus, und es schien, als seien Charity Royall und der junge Harney die einzigen Lebewesen in der tiefen Senke aus Himmel und Erde.

Charitys Hochstimmung verflog allmählich, und die beunruhigenden Gedanken krochen zu ihr zurück. Der junge Harney war still geworden, und als er so neben ihr lag, die Arme unter dem Kopf, den Blick auf das Blätterdach über sich geheftet, fragte sie sich, ob er darüber nachsann, was Mr. Royall ihm erzählt hatte, und ob sie dadurch wirklich in seiner Achtung gesunken sei. Sie wünschte, er hätte sie nicht gebeten, ihn ausgerechnet an diesem Tag zu dem braunen Haus zu führen; sie wollte nicht, daß er die Leute sähe, von denen sie herstammte, solange die Geschichte ihrer Herkunft noch frisch in seinem Gedächtnis war. Mehr als einmal war sie versucht gewesen, ihm vorzuschlagen, sie sollten dem Verlauf des Bergkamms folgen und direkt nach Hamblin fahren, wo ein kleines verlassenes Haus stand, das er sehen wollte; aber Scheu und Stolz hielten sie zurück. »Er soll ruhig sehen, zu was für Leuten ich gehöre«, sagte sie sich mit etwas gezwungenem Trotz; denn in Wirklichkeit war es Scham, die ihr den Mund verschloß.

Plötzlich streckte sie die Hand aus und zeigte zum Himmel. »Es zieht ein Sturm auf.«

Er folgte ihrem Blick und lächelte. »Vor diesem Wolkenfetzen zwischen den Tannen haben Sie Angst?«

»Sie steht über dem Berg, und eine Wolke über dem Berg bedeutet immer Schlimmes.«

»Ach, ich glaube nicht die Hälfte der schlimmen Dinge, die ihr alle vom Berg erzählt! Aber wir werden auf jeden Fall vor dem Regen unten am braunen Haus sein.«

Er behielt beinahe recht, denn nur ein paar vereinzelte Tropfen waren gefallen, als sie in den Weg unterhalb der schattigen Flanke des Porcupine einbogen und das braune Haus erreichten. Es stand allein am Rande eines Moors, das von Erlendickicht und hohen Binsen gesäumt war. Kein anderes Haus war zu sehen, und es war schwer vorstellbar, was den ersten Siedler dazu bewogen haben mochte, sein Haus an einem so unwirtlichen Ort zu errichten.

Charity hatte bereits so viel von ihrem Gefährten gelernt, daß sie verstand, was ihn an diesem Haus gereizt hatte. Sie bemerkte das fächerförmige Maßwerk des zerbrochenen Fensters über der Tür, die Kannelierungen der ungestrichenen Säulen an den Ecken und das runde Fenster im Giebel; und sie wußte, daß, aus Gründen, die sie immer noch nicht begriff, dies Dinge waren, die man bewundern und aufzeichnen mußte. Freilich hatten sie andere, viel »typischere« Häuser gesehen (das Wort stammte von Harney); und als er dem Pferd die Zügel über den Hals warf, sagte er mit einem leisen Schauder: »Wir werden nicht lange bleiben.«

Vor den schwankenden Erlen, die die weiße Unterseite ihrer Blätter dem Sturm zuwandten, wirkte das Haus besonders trostlos. Die Farbe war fast ganz von den Schindeln abgeblättert, die Fensterscheiben waren zerbrochen und mit Lumpen zugestopft, und der Garten war ein entsetzliches Gewirr aus Brennesseln, Kletten und hohem Sumpfgras, über dem dicke Schmeißfliegen summten.

Beim Geräusch der Räder spähte ein Kind mit dem Flachshaar und den blassen Augen Liff Hyatts über den Zaun und schlüpfte dann hinter ein Nebengebäude. Harney sprang vom Wagen und half Charity beim Aussteigen; genau in diesem Augenblick prasselte der Regen los. Er kam von der Seite, von einem heftigen

Sturm getrieben, bog Sträucher und junge Bäume zu Boden, riß ihnen die Blätter weg wie ein Herbststurm, verwandelte den Weg in einen Bach und jede Vertiefung in eine brodelnde Pfütze. Unablässig rollte der Donner durch das Dröhnen des Regens, und ein seltsamer Lichtstreif lief unter der dichter werdenden Finsternis über den Boden hin.

»Ein Glück, daß wir wenigstens hier sind«, lachte Harney. Er band das Pferd in einem Schuppen fest, dem das halbe Dach fehlte; dann hüllte er Charity in seinen Mantel und rannte mit ihr zum Haus. Der Junge war nicht mehr aufgetaucht, und da niemand auf ihr Klopfen reagierte, drehte Harney den Türknauf, und sie gingen hinein.

Die Tür führte in die Küche, in der sich drei Leute befanden. Eine alte Frau mit einem Tuch auf dem Kopf saß am Fenster. Sie hielt ein räudiges Kätzchen auf dem Schoß, und jedesmal, wenn das Tier auf den Boden sprang und davonzuhumpeln versuchte, bückte sie sich und hob es wieder auf, ohne daß sich der stumpfe Ausdruck ihres vom Alter gezeichneten Gesichts verändert hätte. Eine zweite Frau, das zerzauste Geschöpf, das Charity einmal im Vorbeifahren bemerkt hatte, stand gegen den Fensterrahmen gelehnt und starrte sie an; und nahe am Herd saß ein stoppelbärtiger Mann in zerrissenem Hemd auf einem Faß und schlief.

Der Raum war kahl und trostlos und die Luft geschwängert vom Geruch von Schmutz und kaltem Tabakrauch. Charity sank der Mut. Alte, oft belachte Geschichten über die Leute vom Berg fielen ihr wieder ein, und der starre Blick der Frau war so verwirrend, das Gesicht des schlafenden Mannes so aufgedunsen und gemein, daß sich in das Gefühl des Abscheus eine unbestimmte Furcht mischte. Sie fürchtete nicht um sich; sie wußte, es war unwahrscheinlich, daß die Hyatts sie behelligen würden; aber sie war sich nicht sicher, wie sie einen »Kerl aus der Stadt« behandeln würden.

Lucius Harney hätte über ihre Befürchtungen sicher gelacht. Er sah sich in dem Raum um und brachte, an alle gerichtet, ein »Guten Tag« hervor, ohne eine Antwort zu erhalten; dann fragte er die jüngere der beiden Frauen, ob sie sich hier unterstellen dürften, bis der Sturm vorbei sei.

Sie wandte den Blick von ihm ab und sah Charity an.

»Du bist das Mädchen von den Royalls, stimmt's?«

Charity stieg die Röte ins Gesicht. »Ich bin Charity Royall«, sagte sie, als wolle sie ihren Anspruch auf diesen Namen gerade an dem Ort geltend machen, wo er am ehesten in Frage gestellt werden konnte.

Die Frau schien nichts zu merken. »Ihr könnt bleiben«, sagte sie lediglich; dann wandte sie sich ab und beugte sich über eine Schüssel, in der sie irgend etwas umrührte.

Harney und Charity setzten sich auf eine Bank, die aus einem Brett bestand, das auf zwei Kisten ruhte. Sie blickten auf eine Tür, die an einer zerbrochenen Angel hing, und durch den Spalt sahen sie die Augen des flachshaarigen Jungen und eines blassen kleinen Mädchens mit einer Narbe auf der Wange. Charity lächelte und winkte die Kinder zu sich; aber sobald sie merkten, daß man sie entdeckt hatte, machten sie sich auf nackten Füßen davon. Ihr kam der Gedanke, daß sie vielleicht Angst hatten, den schlafenden Mann zu wecken, und wahrscheinlich teilte die Frau die Furcht, denn sie bewegte sich genauso geräuschlos hin und her und vermied es, in die Nähe des Herdes zu kommen.

Der Regen prasselte immer noch gegen das Haus, und an ein, zwei Stellen ergoß sich ein Strom durch die zugestopften Fensterscheiben und sammelte sich in Pfützen auf dem Fußboden. Hin und wieder miaute das Kätzchen, strampelte sich frei und sprang auf den Boden; dann bückte sich die alte Frau, packte es und hielt es mit ihren knochigen Händen fest; und ein-, zweimal wachte der Mann auf dem Faß beinahe auf, veränderte seine Haltung und döste wieder ein, wobei sein Kopf auf die behaarte Brust sank. Während die Minuten vergingen und der Regen immer noch gegen die Fenster schlug, überkam Charity ein Abscheu gegen dieses Haus und diese Menschen. Der Anblick der schwachsinnigen alten Frau, der verschüchterten Kinder und des zerlumpten Mannes, der seinen Rausch ausschlief, ließ ihr die Umgebung, in der sie lebte, als Inbegriff der Ruhe und des Wohlstands erscheinen. Sie dachte an die Küche in Mr. Royalls Haus, an den geschrubbten Fußboden, an das mit Porzellan gefüllte Büfett und an den eigentümlichen Geruch von Hefe, Kaffee und Schmierseife, den sie immer gehaßt hatte, der ihr aber nun *das* Symbol häuslicher Ordnung zu sein schien. Sie sah Mr. Royalls Zimmer vor sich, den hochlehnigen Roßhaarsessel, den ausgeblichenen Flickenteppich, die Bücherreihe auf dem Regal, den Stich mit dem Titel »Die Übergabe von Burgoyne« über dem Ofen, die Fußmatte mit dem braunweißen Spaniel auf moosgrünem Grund. Und dann wanderten ihre Gedanken zu Miss Hatchards Haus, wo alles Frische, Reinheit und Wohlgeruch atmete und mit dem verglichen ihr das rote Haus immer so armselig und unansehnlich erschienen war.

»Hier gehöre ich hin – hier bin ich zu Hause«, wiederholte sie sich in Gedanken immer wieder; aber die Worte waren ohne Bedeutung für sie. Instinkt und Gewohnheiten machten sie zu einer Fremden unter diesen armen Moorbewohnern, die wie Ungeziefer in ihrer Höhle hausten. Von ganzem Herzen wünschte sie, sie hätte Harneys Neugier nicht nachgegeben und ihn hierhergebracht.

Der Regen hatte sie bis auf die Haut durchnäßt, und sie begann in ihrem dünnen Kleid zu frieren. Die jüngere der beiden Frauen hatte dies offenbar bemerkt, denn sie verließ den Raum und kam mit einer angeschlagenen Teetasse wieder, die sie Charity reichte. Sie war halb voll Whiskey, aber Charity schüttelte den Kopf; Harney nahm jedoch die Tasse und führte sie an die Lippen. Charity sah, daß er in seiner Jackentasche kramte, nachdem er die Tasse abgesetzt hatte, und einen Dollar hervorzog; er zögerte einen Augenblick und steckte ihn dann wieder ein, und sie nahm an, daß er nicht wollte, daß sie sähe, wie er Leuten Geld anbot, die sie als Verwandte bezeichnet hatte.

Der schlafende Mann bewegte sich, hob den Kopf

und öffnete die Augen. Sie ruhten einen Moment lang geistesabwesend auf Charity und Harney, dann schloß er sie wieder, und sein Kopf sank auf die Brust; aber Angst trat in das Gesicht der Frau. Sie sah aus dem Fenster und ging dann auf Harney zu. »Ich glaub', Sie gehn jetzt besser«, sagte sie. Der junge Mann begriff und stand auf. »Danke«, sagte er und streckte seine Hand aus. Sie schien die Geste nicht wahrzunehmen und wandte sich ab, als sie die Tür öffneten.

Es regnete noch immer, aber sie merkten es kaum: die klare Luft war wie Balsam auf ihren Gesichtern. Die Wolken stiegen empor und teilten sich, und zwischen ihren Rändern strömte das Licht aus ferner Bläue herab. Harney band das Pferd los, und sie fuhren im nachlassenden Regen davon, in dem sich schon das Sonnenlicht brach.

Charity schwieg eine Zeitlang, und auch ihr Gefährte sprach nicht. Sie sah ihn scheu von der Seite an: er wirkte ernster als sonst, als habe auch ihn bedrückt, was sie gesehen hatten. Dann sagte sie unvermittelt: »Die Leute sind wie die, von denen ich herstamme. Sie könnten meine Verwandten sein, soviel ich weiß.« Er sollte nicht denken, daß es sie reute, ihm ihre Geschichte erzählt zu haben.

»Arme Geschöpfe«, erwiderte er. »Ich frage mich, warum sie sich da unten in diesem Fieberloch niedergelassen haben.«

Sie stieß ein ironisches Lachen aus. »Um sich zu verbessern. Auf dem Berg ist es noch schlimmer. Bash Hyatt hat die Tochter des Farmers geheiratet, dem früher das braune Haus gehört hat. Der beim Herd, das war er, glaube ich.«

Harney schien nicht zu wissen, was er darauf sagen sollte, und sie fuhr fort: »Ich hab' gesehen, wie Sie einen Dollar rausgeholt haben und ihn der armen Frau geben wollten. Warum haben Sie ihn wieder eingesteckt?«

Er wurde rot und beugte sich vor, um eine Sumpffliege vom Hals des Pferdes zu verscheuchen. »Ich war mir nicht sicher ...«

»War es deshalb, weil Sie wußten, daß es meine Leute sind, und dachten, es wär' mir peinlich, wenn Sie ihnen Geld geben?«

Er warf ihr einen vorwurfsvollen Blick zu. »Oh, Charity ...« Es war das erstemal, daß er sie beim Namen nannte. Ihr Jammer floß über.

»Ich ... ich schäme mich nicht. Es sind meine Leute, und ich schäme mich nicht ihretwegen«, schluchzte sie.

»Mein Liebes ...«, flüsterte er und legte seinen Arm um sie; und sie lehnte sich an ihn und weinte ihren Schmerz aus.

Es war zu spät, um noch nach Hamblin zu fahren, und die Sterne standen bereits am klaren Himmel, als sie das Tal von North Dormer erreichten und auf das rote Haus zufuhren.

7

Seit Charity wieder in Miss Hatchards Gunst stand, hatte sie nicht gewagt, ihre Dienstzeit in der Bibliothek auch nur um einen Augenblick zu verkürzen. Sie machte es sich sogar zum Grundsatz, vor der Zeit zu erscheinen, und legte eine lobenswerte Entrüstung an den Tag, wenn das jüngste der Targatt-Mädchen, das eingestellt worden war, um beim Abstauben und Ordnen der Bücher zu helfen, zu spät hereingetrödelt kam und ihre Pflichten vernachlässigte, um aus dem Fenster nach den Sollas-Jungs Ausschau zu halten. Dennoch kamen Charity die »Bibliothekstage« nach den aufregenden Stunden, die sie in Freiheit verbrachte, langweiliger vor denn je; und es wäre ihr schwergefallen, ihrer Untergebenen mit gutem Beispiel voranzugehen, wenn Lucius Harney nicht vor Miss Hatchards Abreise beauftragt worden wäre, gemeinsam mit dem ortsansässigen Schreiner die besten Möglichkeiten für die Belüftung der Gedächtnisbibliothek zu erkunden.

Er war darauf bedacht, diese Untersuchung an den Tagen zu betreiben, an denen die Bibliothek für das Publikum geöffnet war; und Charity konnte daher damit rechnen, einen Teil des Nachmittags in seiner Gesellschaft zu verbringen. Die Anwesenheit der kleinen Targatt und die Gefahr, von einem plötzlich von Wissensdurst ergriffenen Besucher gestört zu werden, beschränkte ihre Unterhaltung auf den Austausch von Gemeinplätzen; doch für Charity lag ein besonderer Reiz gerade in dem Kontrast zwischen diesen öffentlich ausgetauschten Artigkeiten und ihrer geheimen Vertrautheit.

Am Tag nach der Fahrt zu dem braunen Haus war »Bibliothekstag«, und Charity saß an ihrem Schreibtisch und arbeitete an der Revision des Katalogs, während die kleine Targatt, stets mit einem Auge am Fenster, die Titel eines Stapels Bücher herunterleierte. Charity war in Gedanken weit weg, in dem düsteren Haus am Moor und unter dem dämmernden Himmel während der langen Heimfahrt, als Lucius Harney sie mit liebevollen Worten getröstet hatte. An diesem Tag war er zum erstenmal, seit er bei ihnen die Mahlzeiten einnahm, nicht wie gewöhnlich zum Mittagessen erschienen. Keine Botschaft war gekommen, um sein Fernbleiben zu erklären, und Mr. Royall, der noch schweigsamer war als sonst, hatte keinerlei Überraschung gezeigt und keine Bemerkung gemacht. An sich hatte diese Gleichgültigkeit nichts zu besagen, denn Mr. Royall hatte, wie die meisten seiner Mitbürger, eine Art, die Dinge einfach hinzunehmen, als sei er längst zu dem Schluß gekommen, daß niemand, der in North Dormer lebte, hoffen könne, sie zu ändern. Aber für Charity hatte dieses Schweigen, das so ganz im Gegensatz zu ihrer leidenschaftlichen Hochstimmung stand, etwas

Beunruhigendes. Es war beinahe, als hätte Lucius Harney in ihrer beider Leben niemals eine Rolle gespielt: Mr. Royalls unerschütterlicher Gleichmut schien ihn in die Sphäre des Unwirklichen zu verweisen.

Während Charity mit ihrer Arbeit beschäftigt war, versuchte sie, die Enttäuschung über Harneys Fernbleiben abzuschütteln. Irgendein harmloser Zwischenfall hatte ihn wahrscheinlich daran gehindert, mittags zu ihnen zu kommen; aber sie war überzeugt, er sei darauf erpicht, sie wiederzusehen, und würde nicht warten wollen, bis sie sich beim Abendbrot in Anwesenheit von Mr. Royall und Verena begegneten. Sie überlegte gerade, was wohl seine ersten Worte sein würden, und versuchte einen Vorwand zu finden, unter dem sie die kleine Targatt loswerden könnte, da hörte sie draußen Schritte, und er kam mit Mr. Miles den Weg entlang.

Der Pfarrer von Hepburn kam, außer wenn er in der alten weißen Kirche, die durch einen ungewöhnlichen Zufall zu der Episkopalgemeinde gehörte, den Gottesdienst abhielt, nur selten nach North Dormer. Er war ein lebhafter, umgänglicher Mann, eifrig darauf bedacht, das Beste aus der Tatsache zu machen, daß ein kleiner Kern von »Kirchentreuen« in der sektiererischen Wildnis überlebt hatte, und entschlossen, den Einfluß der pfefferkuchenfarbenen Baptistengemeinde am anderen Ende des Dorfes zu untergraben; aber er wurde von seinen Gemeindepflichten in Hepburn, wo es Papiermühlen und Gasthäuser gab, sehr in Atem gehalten und konnte nicht oft Zeit für North Dormer erübrigen.

Charity, die in die weiße Kirche ging (wie alle besseren Leute in North Dormer), bewunderte Mr. Miles und hatte sich während des denkwürdigen Ausflugs nach Nettleton sogar vorgestellt, sie sei mit einem Mann verheiratet, der eine ebenso gerade Nase hätte und auch so schön reden könnte und der in einem Pfarrhaus aus braunem Sandstein lebte, das von wildem Wein überwachsen war. Die Entdeckung, daß bereits eine Dame mit gekräuseltem Haar und einem stattlichen Säugling dieses Privileg genoß, war ein Schlag gewesen; aber seit der Ankunft Lucius Harneys war Mr. Miles längst aus Charitys Träumen verbannt, und als er neben Harney den Weg heraufkam, sah sie ihn, wie er wirklich war: ein dicker Mann mittleren Alters, mit einer Glatze, die unter dem Pfarrershut vorguckte, und einer Brille auf der griechischen Nase. Sie fragte sich, was ihn an einem Werktag nach North Dormer geführt haben konnte, und war ein wenig gekränkt, weil Harney ihn in die Bibliothek mitbrachte.

Es stellte sich bald heraus, daß seine Anwesenheit Miss Hatchard zu verdanken war. Er hatte ein paar Tage in Springfield verbracht, wo er einen Pfarrkollegen vertreten hatte, und war von Miss Hatchard wegen der Pläne des jungen Harney zur Belüftung der Gedächtnisbibliothek zu Rate gezogen worden. Hand an das Mausoleum der Hatchards zu legen, war eine schwerwiegende Angelegenheit, und Miss Hatchard, stets voller Skrupel, und voller Skrupel wegen ihrer Skrupel (wie Harney es formulierte), wünschte Mr. Miles' Meinung zu hören, bevor sie etwas entschied.

»Ich konnte aus Ihrer Cousine nicht recht herausbekommen, was für Änderungen Sie planen«, erklärte Mr. Miles, »und da es auch die anderen Kuratoren nicht begriffen, dachte ich, es wäre besser, ich führe her und sähe mir das Ganze an – obwohl ich überzeugt bin«, fügte er hinzu und richtete seine freundlichen Brillengläser auf den jungen Mann, »daß niemand mehr von der Sache versteht als Sie – aber natürlich hat dieses Gebäude seine ganz besondere Würde!«

»Ein bißchen frische Luft wird es hoffentlich nicht entwürdigen«, erwiderte Harney lachend; und sie gingen zum anderen Ende der Bibliothek, während er dem Pfarrer seinen Plan auseinandersetzte.

Mr. Miles hatte die beiden Mädchen freundlich wie stets begrüßt, aber Charity sah, daß er mit anderen Dingen beschäftigt war, und schloß bald aus den Bruchstücken der Unterhaltung, die zu ihr herüberdrangen, daß er noch ganz erfüllt war von seinem Besuch in Springfield, der offenbar voller erfreulicher Ereignisse gewesen war.

»Ah, die Coopersons... ja, natürlich kennen Sie sie«, hörte sie ihn sagen. »Ein prächtiges altes Haus. Und Ned Cooperson hat ein paar wirklich bemerkenswerte impressionistische Bilder zusammengetragen...« Die Namen, die er anführte, waren Charity unbekannt. »Ja, ja, das Schaefer-Quartett spielte am Samstagabend in der Liederhalle, und am Montag hatte ich das Vergnügen, sie noch einmal bei den Towers zu hören. Sehr schön gespielt... Bach und Beethoven... Zuerst gab es einen Empfang im Freien... Übrigens habe ich Miss Balch mehrfach gesehen ... Sie sah außerordentlich schön aus ...«

Charity ließ ihren Bleistift fallen und vergaß das Geleier der kleinen Targatt ganz und gar. Warum hatte Mr. Miles plötzlich Annabel Balchs Namen ins Gespräch gebracht?

»Ach ja?« hörte sie Harney antworten; und er fuhr fort, indem er seinen Stock hob: »Sehen Sie, ich plane, diese Regale zu entfernen und in die Wand hier ein rundes Fenster brechen zu lassen, genau in der Achse des Fensters unter dem Giebel.«

»Ich nehme doch an, daß sie später herkommen und eine Weile bei Miss Hatchard bleiben wird?« Mr. Miles verfolgte immer noch seinen vorigen Gedankengang, dann drehte er sich rasch um und legte den Kopf in den Nacken: »Ja, ja, ich sehe ... ich verstehe: dadurch entsteht ein Durchzug, ohne daß das Äußere wesentlich verändert wird. Ich wüßte nichts dagegen einzuwenden.«

Das Gespräch ging noch kurze Zeit weiter, und allmählich kehrten die beiden Männer zu Charitys Schreibtisch zurück. Mr. Miles blieb wieder stehen und betrachtete das junge Mädchen nachdenklich. »Bist du nicht ein bißchen blaß, meine Liebe? Überarbeitest du dich auch nicht? Mr. Harney hat mir erzählt, daß ihr beide, du und Mamie, in der Bibliothek gründlich Ordnung macht.« Er war stets darauf bedacht, die Vornamen seiner Pfarrkinder nicht zu vergessen, und im richtigen Augenblick wandte er seine gütigen Brillengläser der kleinen Targatt zu.

Dann drehte er sich zu Charity um. »Nimm nicht alles so schwer, meine Liebe, nimm's nicht so schwer. Komm doch mal Mrs. Miles und mich in Hepburn besuchen«, sagte er, drückte ihr die Hand und winkte Mamie Targatt zum Abschied zu. Er verließ die Bibliothek, und Harney folgte ihm.

Charity glaubte, in Harneys Blick eine gewisse Befangenheit entdeckt zu haben. Sie nahm an, daß er nicht mit ihr allein sein wolle; und mit einem plötzlichen Stich im Herzen fragte sie sich, ob er die zärtlichen Worte bereue, die er ihr am Abend zuvor gesagt hatte. Sie waren eher brüderlich als verliebt gewesen; aber über der liebkosenden Wärme seiner Stimme war ihr entgangen, was sie genau bedeuteten. Er hatte ihr das Gefühl vermittelt, die Tatsache, daß sie ein elternloses Kind vom Berg war, sei nur ein weiterer Grund, sie an sich zu drücken und mit tröstlichem Gemurmel ihren Kummer zu lindern; und als die Fahrt zu Ende war und sie müde und fröstelnd aus dem Wagen stieg und ihr alles weh tat vor innerer Erregung, schritt sie aus, als sei der Boden eine sonnenbeschienene Woge und sie der Schaum auf ihrem Kamm.

Warum also hatte sich sein Verhalten plötzlich geändert, und warum verließ er die Bibliothek mit Mr. Miles? Ihre rastlose Phantasie heftete sich an den Namen Annabel Balch: sie bildete sich ein, Harneys Gesichtsausdruck habe sich in dem Augenblick verändert, als der Name fiel. Annabel Balch, die »außerordentlich schön aussah«, auf einem Empfang im Freien... Vielleicht hatte Mr. Miles sie genau in jenem Augenblick gesehen, als Charity und Harney in dem elenden Loch bei den Hyatts zwischen einem Trunkenbold und einer schwachsinnigen alten Frau gesessen hatten! Charity wußte nicht genau, was ein Empfang im Freien war, aber der flüchtige Blick, den sie auf die blumengesäumten Rasenflächen von Nettleton hatte werfen können, half ihr, sich die Szene vorzustellen, und neidvolle Erinnerungen an das »alte Zeug«, das Miss Balch eingestandenermaßen »abtrug«, wenn sie nach North Dormer kam, machte es nur zu leicht, sie sich in ihrer ganzen Pracht vorzustellen. Charity begriff, was für Gedankenverbindungen dieser Name geweckt haben mußte, und fühlte die Sinnlosigkeit, gegen die unsichtbaren Einflüsse in Harneys Leben anzukämpfen.

Als sie aus ihrem Zimmer zum Abendessen herunterkam, war er nicht da; und während sie auf der Veranda wartete, fiel ihr wieder ein, in welchem Ton Mr. Royall am Tag zuvor ihren frühen Aufbruch kommentiert hatte. Mr. Royall saß neben ihr, den Stuhl nach hinten gekippt, und stützte seine schweren schwarzen Zugstiefel auf die untere Stange des Geländers. Sein zerzaustes graues Haar sträubte sich über der Stirn wie der Kamm eines zornigen Vogels, und das Lederbraun seiner geäderten Wangen war rotgefleckt. Charity wußte, daß diese Flecken die Anzeichen eines kommenden Wutausbruchs waren. Plötzlich sagte er: »Wo bleibt das Abendessen? Hat sich Verena Marsh wieder einmal bei ihrem Sodateig vertan?«

Charity warf ihm einen überraschten Blick zu. »Sie wird vermutlich auf Mr. Harney warten.«

»So, so! Auf Mr. Harney? Dann sollte sie lieber auftragen. Er kommt nicht.« Er stand auf, ging zur Tür und rief in der Lautstärke, die notwendig war, um das Trommelfell der alten Frau zu erreichen: »Bring das Abendessen, Verena.«

Eine schlimme Ahnung ließ Charity erzittern. Es war etwas geschehen – dessen war sie sich nun sicher–, und Mr. Royall wußte, was es war. Aber um nichts in der Welt hätte sie ihm die Genugtuung verschafft, ihm ihre Angst zu zeigen. Sie nahm ihren gewohnten Platz ein, und er setzte sich ihr gegenüber und goß sich eine Tasse starken Tee ein, bevor er ihr die Kanne weiterreichte. Verena brachte Rührei, und er häufte sich den Teller voll. »Ißt du nichts?« fragte er. Charity nahm sich zusammen und begann zu essen.

Der Ton, in dem Mr. Royall gesagt hatte: »Er kommt nicht«, schien ihr von einer Unheil verheißenden Genugtuung erfüllt. Sie merkte, daß er Lucius Harney plötzlich haßte, und sie vermutete, daß sie die Ursache dieses Gefühlsumschwungs war. Aber sie hatte keine Möglichkeit herauszufinden, ob irgendein feindseliger Akt von Mr. Royalls Seite den jungen Mann bewogen hatte wegzubleiben, oder ob er einfach vermeiden wollte, sie nach der Fahrt zum braunen Haus wiederzusehen. Sie aß ihr Abendessen mit gespielter Gleichgültigkeit, doch sie wußte, daß Mr. Royall sie beobachtete und ihm ihre Unruhe nicht entging.

Nach dem Essen ging sie hinauf in ihr Zimmer. Sie hörte, wie Mr. Royall durch den Flur ging, und dann merkte sie an den Geräuschen unter ihrem Fenster, daß er auf die Veranda zurückgekehrt war. Sie setzte sich aufs Bett und kämpfte gegen den Wunsch an, hinunterzugehen und ihn zu fragen, was geschehen sei. »Lieber würde ich sterben«, murmelte sie vor sich hin. Mit einem Wort hätte er sie aus ihrer Ungewißheit erlösen können: aber niemals würde sie ihm die Genugtuung verschaffen, es ihr sagen zu dürfen.

Sie stand auf und beugte sich aus dem Fenster. Die Dämmerung hatte sich in Nacht verdunkelt, und sie betrachtete die zarte Sichel des jungen Mondes, die sich auf den Rand der Hügel herabsenkte. In der Dunkelheit sah sie ein, zwei Gestalten die Straße entlanggehen, aber der Abend war zu kalt zum Umherschlendern, und wenig später waren die Spaziergänger verschwunden. Hier und da gingen allmählich Lampen hinter den Fenstern an. Ein Lichtstrahl ließ einen Busch Lilien im Hof der Hawes weiß aufleuchten, und die Straße weiter hinunter warf Carrick Frys Rochesterlampe ihr grelles Licht auf den schlichten Blumenkübel in der Mitte seines Rasens.

Lange lehnte Charity im Fenster. Aber eine fieberhafte Unruhe verzehrte sie, und schließlich ging sie nach unten, nahm ihren Hut vom Haken und verließ mit raschen Schritten das Haus. Mr. Royall saß auf der Veranda, Verena neben ihm, die alten Hände gefaltet auf ihrem geflickten Rock. Als Charity die Treppe hinunterging, rief Mr. Royall hinter ihr her: »Wohin gehst du?« Sie hätte leicht antworten können: »Zu Orma« oder: »Runter zu den Targatts«; und beides hätte stimmen können, denn sie hatte kein festes Ziel. Aber sie eilte schweigend weiter, entschlossen, sein Recht, sie zu befragen, nicht anzuerkennen.

Beim Tor blieb sie stehen und sah rechts und links die Straße hinunter. Die Dunkelheit zog sie an, und sie überlegte, ob sie den Hügel hinaufsteigen und sich in die Tiefen des Lärchenwalds über der Viehkoppel stürzen solle. Dann blickte sie wieder unschlüssig die Straße hinunter, und dabei bemerkte sie einen Lichtschimmer, der durch die Rottannen vor Miss Hatchards Tor drang. Lucius Harney war also da – er war nicht mit Mr. Miles nach Hepburn gefahren, wie sie zunächst angenommen hatte. Aber wo hatte er zu Abend gegessen, und was hatte ihn veranlaßt, Mr. Royalls Haus fernzubleiben? Das Licht bewies eindeutig seine Anwesenheit, denn Miss Hatchards Dienstboten hatten freibekommen, und die Bauersfrau kam nur morgens, um dem jungen Mann das Bett zu machen und den Kaffee zu kochen. Gewiß saß er in diesem Augenblick neben jener Lampe. Um die Wahrheit zu erfahren, brauchte Charity nur durch das halbe Dorf zu gehen und an das erleuchtete Fenster zu klopfen. Sie zögerte noch eine kleine Weile, dann ging sie auf Miss Hatchards Haus zu.

Sie schritt rasch aus und strengte ihre Augen an, um jeden, der ihr begegnen mochte, rechtzeitig zu entdekken; und kurz vor dem Haus der Frys ging sie auf die andere Straßenseite, um dem Lichtschein aus ihrem Fenster auszuweichen. Immer wenn sie unglücklich war, hatte sie das Gefühl, einer mitleidlosen Welt ausgeliefert zu sein, und eine Art Drang, sich wie ein Tier zu verkriechen, befiel sie. Doch die Straße war leer, und sie gelangte unbemerkt durch das Tor und den Weg hinauf bis zum Haus. Seine weiße Fassade schimmerte undeutlich zwischen den Bäumen hindurch, und nur im Erdgeschoß zeigte sich ein helles Rechteck. Sie hatte geglaubt, die Lampe befinde sich in Miss Hatchards Wohnzimmer, aber nun sah sie, daß das Licht durch ein Fenster an der entgegengesetzten Ecke des Hauses schien. Sie kannte den Raum nicht, zu dem dieses Fenster gehörte, und blieb unter den Bäumen stehen, denn ein Gefühl der Fremdheit hielt sie zurück. Dann ging sie weiter, wobei sie vorsichtig auf das kurze geschnittene Gras trat und so dicht am Haus blieb, daß die Person im Zimmer, wer immer sie war, sie nicht würde sehen können, selbst wenn sie durch ihre Schritte aufgeschreckt würde.

Das Fenster ging auf eine schmale Veranda mit Pergola. Charity lehnte sich dicht an die Pergola, schob die Clematiszweige, die sich daran hochrankten, auseinander und sah eine Ecke des Zimmers. Sie erblickte das Fußende eines Mahagonibetts, einen Stich an der Wand, ein Waschgestell, über das ein Handtuch geworfen war, und ein Ende des mit grünem Tuch bezogenen Tischs, auf dem die Lampe stand. Die Hälfte des Lampenschirms ragte in ihr Blickfeld, und direkt darunter sah sie zwei gepflegte sonnengebräunte Hände, die eine mit einem Bleistift, die andere mit einem Lineal, die sich auf einem Zeichenbrett hin und her bewegten.

Ihr Herz tat einen Sprung, dann stand es still. Da war er, ein paar Schritte entfernt; und während sie auf Wogen des Leids umhergetrieben wurde, hatte er seelenruhig vor seinem Zeichenbrett gesessen. Der Anblick dieser beiden Hände, die sich mit ihrer gewohnten Geschicklichkeit und Genauigkeit auf dem Brett bewegten, riß sie aus ihrem Traum. Plötzlich ging ihr das Mißverhältnis zwischen dem, was sie empfunden hatte, und der Ursache ihrer Erregung auf; und sie wandte sich gerade vom Fenster ab, als die eine Hand plötzlich das Zeichenbrett beiseite stieß und die andere den Bleistift hinwarf.

Es war Charity oft aufgefallen, wie liebevoll Harney mit seinen Zeichnungen umging und wie ordentlich und methodisch er jede Arbeit ausführte und zu Ende brachte. Die Ungeduld, mit der er das Zeichenbrett weggeschoben hatte, deutete auf eine neue Seite hin. Die Geste ließ auf eine plötzliche Entmutigung oder Abneigung gegen seine Arbeit schließen, und sie fragte sich, ob auch ihn insgeheim eine tiefe Verwirrung erschüttere. Ihre Regung wegzulaufen, war gebremst; sie trat auf die Veranda und blickte in das Zimmer.

Harney hatte die Ellbogen auf den Tisch gestützt und sein Kinn auf die gefalteten Hände gelegt. Er hatte Rock und Weste ausgezogen und den weichen Kragen seines Flanellhemds aufgeknöpft; sie sah die kräftigen Linien seines jungen Halses und den Ansatz der Muskeln, die sich im Brustkorb fortsetzten. Er saß da und starrte vor sich hin, einen Ausdruck des Überdrusses und des Ekels vor sich selbst im Gesicht: es war fast so, als starre er auf ein verzerrtes Spiegelbild seiner eigenen Züge. Einen Augenblick lang betrachtete Charity ihn geradezu entsetzt, als sehe sie einen Fremden hinter den vertrauten Gesichtszügen; dann blickte sie an ihm vorbei und sah auf dem Boden einen halb mit Kleidern gefüllten Koffer offenstehen. Sie erkannte, daß er im Begriff war abzureisen und wahrscheinlich beschlossen hatte, wegzufahren, ohne sie noch einmal zu sehen. Sie erkannte, daß dieser Entschluß, aus welchem Grund auch immer er gefaßt worden war, ihn zutiefst aufgewühlt hatte, und kam augenblicklich zu dem Schluß, daß er seine Pläne geändert hatte, weil sich Mr. Royall insgeheim eingemischt hatte. Ihr ganzer alter Groll, ihre ganze Empörung flammten wieder auf, undeutlich verquickt mit der Sehnsucht, die Harneys Nähe geweckt hatte. Nur wenige Stunden früher hatte sie sich in seinem verständnisvollen Mitleid gut aufgehoben gefühlt; nun war sie wieder auf sich selbst zurückgeworfen, doppelt allein nach diesem Augenblick der Zusammengehörigkeit.

Harney ahnte noch immer nichts von ihrer Gegenwart. Er saß reglos da und starrte düster auf ein- und denselben Punkt auf der Tapete. Er hatte sich nicht einmal dazu aufraffen können, fertigzupacken, und seine Kleider und Papiere lagen um den Koffer verstreut am Boden. Nun öffnete er die gefalteten Hände und stand auf; und Charity, die sich hastig zurückzog, kauerte auf den Stufen der Veranda nieder. Die Nacht war so dunkel, daß keine große Gefahr bestand, von ihm gesehen zu werden, es sei denn, er öffnete das Fenster, aber davor würde Zeit genug sein, zu entschlüpfen und im Schatten der Bäume zu verschwinden. Er stand eine kleine Weile da und sah sich mit demselben Ausdruck des Ekels vor sich selbst im Zimmer um, als hasse er sich und alles um sich her; dann setzte er sich wieder an den Tisch, zeichnete noch ein paar Striche und warf dann den Bleistift weg. Schließlich ging er durch das Zimmer, stieß den Koffer mit dem Fuß beiseite und legte sich aufs Bett; die Arme unter dem Kopf verschränkt, starrte er verdrossen an die Decke. In derselben Haltung hatte ihn Charity neben sich im Gras oder auf Tannennadeln liegen sehen, den Blick zum Himmel gerichtet, während Freude über sein Gesicht gezuckt war wie das Flimmern der Sonnenstrahlen, die durch die Zweige auf sein Gesicht fielen. Aber nun war sein Gesicht so verändert, daß sie es kaum wiedererkannte; und der Kummer über seinen Kummer sammelte sich in ihrer Kehle, stieg ihr in die Augen und floß über.

Sie kauerte immer noch auf den Stufen, hielt den Atem an und machte sich so steif, daß sie völlig reglos saß. Eine Bewegung ihrer Hand, ein Klopfen an der Fensterscheibe, und sie konnte sich ausmalen, wie sein Gesicht sich plötzlich verändern würde. In jeder Schwingung ihres starren Körpers war sie sich bewußt, wie seine Augen und Lippen sie willkommen heißen würden; aber etwas hielt sie zurück. Es war nicht die Angst vor Strafe, sei sie menschlich oder göttlich; sie hatte sich nie im Leben vor etwas gefürchtet. Es war nur, daß sie mit einemmal begriff, was passieren würde, wenn sie hineinginge. Es war das, was sich zwischen jungen Männern und Mädchen *wirklich* abspielte und was in North Dormer in der Öffentlichkeit ignoriert und hinter vorgehaltener Hand hämisch belacht wurde. Es war das, wovon Miss Hatchard immer noch nichts ahnte, über das aber jedes Mädchen in Charitys Klasse Bescheid wußte, noch bevor es die Schule verließ. Es war das, was Ally Hawes' Schwester Julia zugestoßen war und damit geendet hatte, daß sie nach Nettleton ging und man nie mehr ihren Namen erwähnte.

Natürlich endete es nicht immer so aufregend, auch vielleicht nicht alles in allem so untragisch. Charity hatte stets geargwöhnt, daß das Schicksal der verstoßenen Julia auch seine guten Seiten haben könnte. Andere Geschichten, die im Dorf bekannt waren, hatten schlimmer geendet – trostlos, jämmerlich, nie eingestanden; andere hatten ihr Leben trübselig weitergeführt, ohne sichtbare Veränderung immer in derselben beengten, scheinheiligen Atmosphäre. Aber das waren nicht die Gründe, die Charity zurückhielten. Seit dem gestrigen Tag wußte sie genau, was sie fühlen würde, wenn Harney sie in seine Arme nähme: wie sich eine Hand mit der anderen verbände, ein Mund mit dem anderen verschmölze, und die hohe Flamme, die sie von Kopf bis Fuß verzehren würde. Aber dieses Gefühl war vermischt mit einem anderen: dem staunenden Stolz darauf, daß er sie gern mochte, der verwunderten Zärtlichkeit, die seine Zuneigung in ihr Herz gepflanzt hatte. Manchmal, wenn ihre Jugend in Wallung geriet, hatte sie sich vorgestellt, daß sie sich wie andere Mädchen verstohlenen Liebkosungen im Dämmerlicht hingäbe; aber sie konnte sich vor Harney nicht so erniedrigen. Sie wußte nicht, warum er wegging; aber da er wegging, hatte sie das Gefühl, sie dürfe nichts tun, was das Bild entstellen könnte, das er von ihr mitnahm. Wenn er sie haben wollte, mußte er zu ihr kommen: er durfte nicht dazu überrumpelt werden, sie so zu nehmen, wie man Mädchen wie Julia Hawes nahm...

Kein Laut kam aus dem schlafenden Dorf, und in der tiefen Dunkelheit des Gartens hörte sie hin und wieder ein leises Rascheln von Zweigen, als habe sie ein Nachtvogel gestreift. Einmal hörte man Schritte am Tor, und sie zog sich in ihre Ecke zurück; aber die Schritte verhallten und ließen eine noch tiefere Stille zurück. Ihr Blick ruhte noch immer auf Harneys gequältem Gesicht: sie hatte das Gefühl, sie könne sich erst wieder bewegen, wenn er sich bewege. Aber allmählich wurde sie ganz steif, weil sie so verkrampft dasaß, und mitunter waren ihre Gedanken so vage, daß es schien, als werde sie nur von einer unbestimmten Last an Müdigkeit an ihrem Platz festgehalten.

Eine lange Zeit verging in dieser seltsamen Nachtwache. Harney lag immer noch auf dem Bett, reglos, die Augen auf einen festen Punkt geheftet, als verfolge er seine Vision bis zum bitteren Ende. Schließlich bewegte er sich und veränderte ein wenig seine Haltung, und Charitys Herz klopfte rascher. Aber er streckte nur die Arme aus und lag dann wieder da wie zuvor. Mit einem tiefen Seufzer strich er sich das Haar aus der Stirn; dann entspannte sich sein ganzer Körper, sein Kopf sank seitlich auf das Kissen, und Charity sah, daß er eingeschlafen war. Das zarte Lächeln kehrte auf seine Lippen zurück, die Verstörtheit verschwand aus seinem

Gesicht, und es sah wieder so rein wie das eines Knaben aus.

Sie stand auf und stahl sich davon.

8

Sie hatte jegliches Zeitgefühl verloren und wußte nicht, wie spät es war, bis sie wieder auf die Straße trat und sah, daß alle Fenster zwischen Miss Hatchards Haus und dem der Royalls dunkel waren.

Als sie unter dem schwarzen Mantel der Rottannen hervorkam, bildete sie sich ein, sie sähe zwei Gestalten im Schatten um den Ententeich. Sie wich zurück und beobachtete die Stelle; aber nichts rührte sich, und sie hatte so lange in das erleuchtete Zimmer gestarrt, daß die Dunkelheit sie verwirrte, und sie dachte, sie müsse sich getäuscht haben.

Sie ging weiter und fragte sich, ob Mr. Royall wohl noch immer auf der Veranda sitze. In ihrem überspannten Zustand war es ihr ziemlich einerlei, ob er auf sie wartete oder nicht: ihr schien, als schwebe sie hoch über dem Leben auf einer großen Wolke des Unglücks, unter der die realen, alltäglichen Dinge zu bloßen Pünktchen im All geschrumpft waren. Aber die Veranda war leer, Mr. Royalls Hut hing an seinem Haken im Flur, und man hatte die Küchenlampe brennen lassen, damit Charity den Weg in ihr Zimmer fände. Sie nahm sie und ging hinauf.

Die Morgenstunden des folgenden Tages zogen sich hin, ohne daß etwas geschah. Charity hatte geglaubt, daß sie auf irgendeine Weise erfahren werde, ob Harney bereits abgereist war; aber die Taubheit hinderte Verena, eine Nachrichtenquelle zu sein, und niemand kam ins Haus, der Aufschluß hätte geben können.

Mr. Royall ging zeitig weg und kehrte erst zurück, als Verena den Tisch für das Mittagessen gedeckt hatte. Er kam herein, ging direkt in die Küche und rief der alten Frau zu: »Ich warte aufs Essen –«, dann wandte er sich ins Eßzimmer, wo Charity bereits Platz genommen hatte. Harneys Teller stand an seinem gewohnten Platz, doch Mr. Royall lieferte keine Erklärung für die Abwesenheit des jungen Mannes, und Charity stellte keine Fragen. Die fiebrige Überspanntheit der Nacht hatte sich gelegt, und sie sagte sich gleichgültig, beinahe zynisch, er sei fort, und nun werde ihr Leben wieder in die engen Bahnen zurücksinken, aus denen er es erhoben hatte. Einen Augenblick lang war sie versucht, sich höhnisch zu verlachen, weil sie die Kunstgriffe nicht angewandt hatte, die ihn vielleicht zum Bleiben bewegt hätten. Sie blieb am Tisch sitzen, bis das Essen vorbei war, damit Mr. Royall keine Bemerkungen über einen vorzeitigen Aufbruch machen konnte; doch als er aufstand, erhob sie sich ebenfalls, ohne Verena beim Abräumen zu helfen. Sie hatte den Fuß schon auf der Treppe, als er sie zurückrief.

»Ich habe Kopfweh. Ich geh' rauf und leg' mich hin.«

»Ich möchte, daß du erst herkommst; ich habe dir etwas zu sagen.«

Aus seinem Tonfall schloß sie, daß sie im nächsten Moment erfahren werde, was jeder Nerv in ihr zu wissen begehrte; doch als sie umkehrte, unternahm sie eine letzte Anstrengung, gleichgültig zu erscheinen.

Mr. Royall stand in der Mitte des Büros, seine buschigen Brauen waren finster zusammengezogen, sein Unterkiefer zitterte leicht. Zunächst dachte sie, er habe getrunken; dann sah sie, daß er nüchtern, doch von einer tiefgehenden, heftigen Erregung aufgewühlt war, die seinen üblichen, schnell verrauchenden Wutausbrüchen überhaupt nicht ähnlich sah. Und plötzlich begriff sie, daß sie ihn bis zu diesem Augenblick nie richtig wahrgenommen oder über ihn nachgedacht hatte. Außer damals, als er ihr zu nahegetreten war, war er für sie lediglich der Mensch gewesen, der stets da war, der unbestrittene Mittelpunkt des Lebens, so unvermeidlich, aber auch so uninteressant wie ganz North Dormer oder die anderen Lebensbedingungen, die das Schicksal ihr auferlegt hatte. Selbst damals hatte sie ihn nur in der Beziehung zu ihr gesehen, hatte sich aber nie Gedanken über seine eigenen Gefühle gemacht, hatte lediglich instinktiv gefolgert, er werde sie nicht mehr auf dieselbe Art und Weise belästigen. Nun aber begann sie sich zu fragen, wer er in Wirklichkeit sei. Er hielt die Rückenlehne seines Stuhls mit beiden Händen umklammert und sah Charity unverwandt an. Schließlich sagte er: »Charity, laß uns ausnahmsweise wie Freunde miteinander reden.«

Sie spürte sofort, daß etwas passiert war und daß er sie in der Hand hatte.

»Wo ist Mr. Harney? Warum ist er nicht zurückgekommen? Hast du ihn weggeschickt?« stieß sie hervor, ohne zu wissen, was sie sagte.

Die Veränderung, die in Mr. Royall vorging, erschreckte sie. Alles Blut schien aus seinen Adern zu weichen, und in der dunklen Blässe wirkten die tiefen Furchen in seinem Gesicht schwarz.

»Hatte er gestern nacht denn keine Zeit, dir ein paar von diesen Fragen zu beantworten? Du bist lange genug bei ihm gewesen!« sagte er.

Charity verschlug es die Sprache. Diese höhnische Bemerkung hatte so wenig mit dem zu tun, was sich in ihrem Inneren abgespielt hatte, daß sie sie kaum begriff. Doch der Instinkt der Selbstverteidigung erwachte in ihr.

»Wer behauptet denn, daß ich gestern nacht bei ihm war?«

»Mittlerweile behauptet es der ganze Ort.«

»Dann hast du ihnen diese Lüge in den Mund gelegt. Oh, ich habe dich immer schon gehaßt!« rief sie aus.

Sie hatte eine entsprechende Antwort erwartet, und es überraschte sie, daß ihr Ausruf in der Stille verhallte. »Ja, ich weiß«, sagte Mr. Royall langsam. »Aber das hilft uns jetzt nicht viel.«

»Mir hilft es, mir nichts daraus zu machen, was für Lügen du über mich erzählst!«

»Wenn es Lügen sind, dann sind es nicht meine Lügen: das schwör' ich bei der Bibel, Charity. Ich wußte nicht, wo du warst: ich habe das Haus gestern nacht nicht verlassen.«

Sie gab keine Antwort, und er fuhr fort. »Ist es eine Lüge, daß man dich gestern gegen Mitternacht aus Miss Hatchards Haus hat kommen sehen?«

Mit einem Lachen richtete sie sich auf, ihre ganze tollkühne Dreistigkeit kam zurück. »Ich hab' nicht nachgesehen, wie spät es war.«

»Du verlorenes Geschöpf... du... du... O mein Gott, warum hast du es mir gesagt?« stieß er hervor und ließ sich auf den Stuhl sinken, den Kopf auf die Brust gesenkt wie ein alter Mann.

Mit dem Bewußtsein der Gefahr war Charitys Selbstbeherrschung zurückgekehrt. »Glaubst du, ich würde mir die Mühe machen, *dich* anzulügen? Wer bist du denn, daß du mich fragen dürftest, wohin ich gehe, wenn ich nachts ausgehe?«

Mr. Royall hob den Kopf und sah sie an. Sein Gesicht war ruhig und beinahe sanft, und sie erinnerte sich, daß sie ihn als kleines Mädchen zuweilen so erlebt hatte, bevor Mrs. Royall starb.

»Laß uns nicht so weitermachen, Charity. Es kann uns beiden nichts Gutes bringen. Man hat dich gesehen, wie du ins Haus dieses Burschen gegangen bist... Man hat dich gesehen, als du herauskamst... Ich habe es so kommen sehen, und ich habe versucht, es zu verhindern. Gott ist mein Zeuge, ich habe – «

»Aha, also warst du es doch? Ich wußte, daß du es warst, der ihn weggeschickt hat!«

Er sah sie überrascht an. »Hat er dir das nicht gesagt? Ich dachte, er hätte verstanden.« Er sprach langsam, mit mühsamen Pausen. »Ich habe deinen Namen nicht erwähnt: eher hätte ich mir die Hand abgehackt. Ich habe ihm nur gesagt, daß ich das Pferd nicht länger entbehren kann und daß das Kochen für Verena zu anstrengend wird. Mir scheint, er gehört zu der Sorte, die so was öfter hören. Jedenfalls hat er es recht gelassen aufgenommen. Er sagte, er sei mit seiner Arbeit hier ohnehin beinahe fertig; und sonst ist kein Wort zwischen uns gefallen... Wenn er dir etwas anderes erzählt hat, hat er die Unwahrheit gesagt.«

Charity hörte ihm zu, wie versteinert vor Zorn. Es war ihr gleichgültig, was man sich im Dorf erzählte... Aber daß ihre Träume derart in den Schmutz gezogen wurden!

»Ich hab' dir doch gesagt, daß er mir nichts erzählt hat. Ich hab' gestern nacht nicht mit ihm gesprochen.«

»Du hast nicht mit ihm gesprochen?«

»Nein... Nicht, daß es mir etwas ausmacht, was irgendeiner von euch sagt... aber du kannst es ruhig wissen. Die Dinge stehen nicht so zwischen uns, wie du denkst... und die andern im Dorf. Er war nett zu mir; er war mein Freund; und plötzlich kam er nicht mehr, und ich wußte, daß du daran Schuld warst – du!« Ihre Erinnerungen flammten auf, unversöhnt, und kehrten sich gegen ihn. »Deshalb bin ich vergangene Nacht hingegangen, um herauszubekommen, was du zu ihm gesagt hast: das ist alles.«

Mr. Royall holte mühsam Atem. »Aber dann – wenn er nicht da war, was hast du dann die ganze Zeit dort gemacht? Charity, sag's mir um Himmels willen. Ich muß es wissen, damit ich ihr Gerede unterbinden kann.«

Sein mitleiderregender Verzicht auf alle Autorität über sie rührte sie nicht: sie empfand nur die Schändlichkeit seiner Einmischung.

»Begreifst du nicht, daß es mir einerlei ist, was die Leute sagen? Es stimmt, ich bin hingegangen, um ihn zu sehen; und er war in seinem Zimmer, und ich habe die ganze Zeit draußen gestanden und ihn beobachtet; aber ich wagte nicht hineinzugehen, aus Angst, er könnte glauben, ich laufe ihm nach...« Sie spürte, wie ihr die Stimme versagte, und raffte sich noch einmal trotzig auf. »Ich werde dir nie verzeihen, solange ich lebe!« rief sie.

Mr. Royall gab keine Antwort. Er saß da und dachte mit gesenktem Kopf nach, die geäderten Hände umklammerten die Armlehnen seines Stuhls. Das Alter schien über ihn gekommen zu sein, so wie sich der Wind nach einem Sturm auf den Hügel legt. Schließlich blickte er auf.

»Charity, du sagst, es sei dir einerlei; aber du bist das stolzeste Mädchen, das ich kenne, und das letzte, was ich möchte, daß die Leute über dich herziehen. Du weißt, daß du dauernd beobachtet wirst: du bist hübscher und gescheiter als alle andern, und das genügt schon. Aber bis vor kurzem hast du ihnen nie einen Anlaß gegeben. Jetzt haben sie ihn, und sie werden ihn nutzen. Ich glaube, was du sagst, aber sie werden dir nicht glauben... Mrs. Tom Fry hat dich hineingehen sehen... und zwei oder drei von ihnen haben darauf gelauert, daß du wieder herauskämst... Du bist tagtäglich von morgens bis abends mit dem Burschen zusammengewesen, seit er hergekommen ist... Ich bin Rechtsanwalt und weiß, wie zählebig böse Gerüchte sind.« Er hielt inne, doch sie stand reglos da und ließ sich nicht anmerken, ob sie ihm zustimme oder auch nur zuhöre. »Er ist ein anregender Gesprächspartner – ich selbst habe ihn gern hier gesehen. Die jungen Männer hier in der Gegend haben nicht die gleichen Möglichkeiten gehabt wie er. Aber eines ist so alt wie die Berge und so klar wie der Tag: wenn er dich richtig haben wollte, hätte er's gesagt.«

Charity sagte nichts. Es schien ihr, daß nichts bitterer sein könne, als diese Worte aus diesem Munde zu hören.

Mr. Royall stand auf. »Sieh her, Charity Royall: ein einziges Mal hatte ich einen sündigen Gedanken, und du hast mich dafür zahlen lassen. Ist denn diese Rechnung nicht allmählich beglichen...? Es gibt eine Seite in mir, der ich nicht immer Herr werde; aber ich habe mich dir gegenüber immer anständig verhalten, bis auf dieses einzige Mal. Und das hast du gewußt – du hast mir vertraut. Trotz all deiner Sticheleien und Spötteleien hast du immer gewußt, daß ich dich so liebe, wie ein Mann eine anständige Frau liebt. Ich bin ein paar Jahre älter als du, aber ich bin diesem Dorf und allen seinen Bewohnern haushoch überlegen, und auch das weißt du. Ich habe einmal einen Fehler begangen, aber das ist kein Grund, nicht von neuem anzufangen. Wenn du mit mir kommst, tu ich's. Wenn du mich heiratest, gehen wir fort von hier und lassen uns in irgendeiner großen Stadt nieder, wo es Menschen und Handel und

Wandel gibt. Es ist für mich noch nicht zu spät für einen neuen Anfang... Ich seh' es an der Art, wie man mich behandelt, wenn ich nach Hepburn oder nach Nettleton komme...«

Charity bewegte sich nicht. Nichts von dem, worum er sie bat, rührte an ihr Herz, und sie dachte nur an Worte, mit denen sie ihn verletzen und quälen könnte. Doch eine zunehmende Mattigkeit hielt sie davon ab. Was bedeutete schon, was er sagte? Sie sah, wie das frühere Leben wieder Besitz von ihr ergriff, und beachtete kaum, wie verlockend er den Neubeginn ausmalte.

Sie hörte, wie er drängte: »Charity – Charity – sag, daß du einverstanden bist«, und in seiner Stimme klangen alle seine verlorenen Jahre, all seine vergeudete Leidenschaft mit.

»Ach, und was soll das alles nützen? Wenn ich von hier fortgehe, dann nicht mit dir.«

Sie ging während sie sprach, zur Tür, doch er stand auf und stellte sich zwischen sie und die Schwelle. Plötzlich wirkte er groß und stark, als habe ihm das Ausmaß seiner Demütigung neue Kräfte verliehen.

»Ist das alles, ja? Es ist nicht viel.« Er lehnte sich gegen die Tür, so mächtig und stolz, daß er den schmalen Raum auszufüllen schien. »Nun gut – hör zu... Du hast recht: ich habe keinen Anspruch auf dich – warum solltest du einen gebrochenen Mann wie mich ansehen? Du willst den anderen... und ich mache dir keinen Vorwurf. Du hast dir das beste ausgesucht, als sich's dir anbot... nun, so habe ich's auch immer gehalten.« Er sah sie mit ernsten Augen an, und sie hatte den Eindruck, daß der Kampf in seinem Inneren an seinem Höhepunkt angelangt war. »Willst du, daß er dich heiratet?« fragte er.

Sie standen da und sahen sich lange an, Auge in Auge und mit dem so schrecklich ebenbürtigen Mut, der ihr manchmal das Gefühl gab, sein Blut fließe in ihren Adern.

»Willst du, daß er – bleibt? In einer Stunde habe ich ihn hier, wenn du's willst. Ich bin nicht umsonst seit dreißig Jahren Jurist. Er hat Carrick Frys Gespann gemietet, das ihn nach Hepburn bringen soll, aber er wird nicht vor der nächsten Stunde aufbrechen. Und ich kann ihm die Sache so darstellen, daß er nicht lange für seine Entscheidung brauchen wird ... Er ist gutmütig: so viel hab' ich gemerkt. Ich sag' nicht, daß es dir hinterher nicht leidtun wird, aber bei Gott, ich geb' dir die Chance dazu – wenn du ja sagst.«

Sie hörte ihn schweigend an, zu weit weg von allem, was er empfand und sagte, als daß irgendeine höhnische Bemerkung ihr hätte Erleichterung verschaffen können. Während sie zuhörte, blitzte in ihr für einen Bruchteil einer Sekunde der Anblick von Liff Hyatts schmutzigem Stiefel auf, wie er sich auf die weißen Brombeerblüten senkte. Nun war das gleiche geschehen; etwas Vergängliches, Kostbares hatte in ihr geblüht, und sie hatte ruhig zugesehen, wie es zertrampelt wurde. Während dieser Gedanke sie durchfuhr, bemerkte sie, daß Mr. Royall immer noch an der Tür lehnte, aber zusammengesunken, als wäre ihr Schweigen die Antwort, die er am meisten fürchtete.

»Ich will überhaupt keine Chance, die du mir geben kannst: ich bin froh, daß er fortgeht«, sagte sie.

Er blieb noch einen Augenblick so stehen, die Hand auf dem Türknauf. »Charity!« sagte er bittend. Sie gab keine Antwort, und er drehte den Türknauf und ging hinaus. Sie hörte, wie er sich am Haustürschloß zu schaffen machte, und sah ihn die Stufen hinuntergehen. Er schritt durch das Tor, und seine Gestalt, gebeugt und schwerfällig, entschwand langsam die Straße hinunter.

Eine Weile blieb sie da, wo er sie hatte stehen lassen. Sie zitterte noch immer von der Demütigung seiner letzten Worte, die so laut in ihren Ohren klangen, daß es schien, als müßten sie durch das ganze Dorf hallen und sie zu einem Geschöpf stempeln, das solch schändlichen Vorschlägen Gehör schenkte. Die Scham lastete auf ihr wie ein physischer Druck: das Dach und die Wände schienen näher an sie heranzurücken, und es verlangte sie, hinauszurennen unter den weiten Himmel, wo Platz zum Atmen wäre. Sie ging zur Haustür, und in diesem Augenblick kam Lucius Harney herein.

Er wirkte ernster und weniger selbstsicher als sonst, und einen Augenblick lang sprach keiner von beiden ein Wort. Dann streckte er seine Hand aus. »Wollen Sie gerade ausgehen?« fragte er. »Darf ich trotzdem hereinkommen?«

Ihr Herz schlug so heftig, daß sie sich nicht zu sprechen traute, und sie stand da und sah ihn mit tränenerfüllten Augen an; dann wurde ihr bewußt, wie verräterisch ihr Schweigen war, und sie sagte rasch: »Ja, kommen Sie herein.«

Sie ging ihm voraus ins Eßzimmer, und sie setzten sich einander gegenüber an den Tisch, zwischen sich die Karaffen mit Essig und Öl und den lackierten Brotkorb. Harney hatte seinen Strohhut auf den Tisch gelegt, und während er so dasaß in seiner lässigen Sommerkleidung, eine braune Krawatte unter dem Flanellkragen, das weiche braune Haar aus der Stirn gebürstet, stellte sie ihn sich so vor, wie sie ihn die Nacht zuvor gesehen hatte, auf dem Bett ausgestreckt, mit zerzausten Locken, die ihm in die Augen fielen, und dem bloßen Hals, der aus dem offenen Hemd hervorsah. Nie war er ihr so fern erschienen wie in dem Augenblick, als dieses Bild in ihrer Erinnerung aufblitzte.

»Es tut mir so leid, daß ich Abschied nehmen muß: vermutlich wissen Sie, daß ich abreise«, begann er, abrupt und verlegen; sie erriet, daß er sich fragte, wieviel sie von seinen Gründen, abzureisen, wußte.

»Ich nehme an, Sie waren mit Ihrer Arbeit schneller fertig, als Sie erwartet hatten«, sagte sie.

»Nun ja – das heißt, nein: es gibt noch vieles, was ich gern getan hätte. Aber meine Ferien sind begrenzt; und jetzt, wo Mr. Royall das Pferd selbst braucht, ist es ziemlich schwierig, irgendein Fortbewegungsmittel zu finden.«

»Es gibt nicht viele Gespanne hier in der Gegend zu mieten«, stimmte sie zu; und wieder entstand ein Schweigen.

»Die Tage hier waren ... unglaublich angenehm: ich wollte Ihnen dafür danken«, fuhr er fort, während ihm die Röte ins Gesicht stieg.

Sie wußte nicht, was sie antworten sollte, und er fuhr fort: »Sie sind ungeheuer freundlich zu mir gewesen, und ich wollte Ihnen sagen ... Ich wollte, ich wüßte Sie glücklicher, nicht so einsam ... Bestimmt ändern sich nach und nach die Dinge für Sie ...«

»Die Dinge ändern sich nicht in North Dormer: man gewöhnt sich einfach an sie.«

Diese Antwort schien die Reihenfolge seiner vorbereiteten Trostworte durcheinanderzubringen, und er sah sie unsicher an. Dann sagte er mit seinem liebenswerten Lächeln: »Das gilt nicht für Sie, das kann nicht sein.«

Das Lächeln schnitt ihr wie ein Messer ins Herz: alles in ihr begann zu zittern und die Fassung zu verlieren. Sie fühlte, wie ihr die Tränen in die Augen schossen, und stand auf.

»Also, auf Wiedersehen«, sagte sie.

Sie merkte, daß er ihre Hand nahm und daß sein Händedruck leblos war.

»Auf Wiedersehen.« Er wandte sich ab und blieb an der Schwelle stehen. »Richten Sie Verena einen Gruß von mir aus?«

Sie hörte, wie die Haustür geschlossen wurde, dann seinen raschen Schritt den Weg hinunter. Das Tor fiel klickend hinter ihm ins Schloß.

Als Charity am nächsten Morgen in der kalten Dämmerung aufstand und ihre Fensterläden öffnete, sah sie einen sommersprossigen Jungen auf der anderen Straßenseite stehen, der zu ihr hochschaute. Er war von einer

Farm, die drei, vier Meilen die Straße nach Creston hinunter lag, und sie überlegte, was er um diese Zeit hier tat und warum er so aufmerksam ihr Fenster beobachtete. Als er sie bemerkte, überquerte er die Straße und lehnte sich lässig ans Tor. Im Haus rührte sich noch niemand, und sie warf sich einen Schal über ihr Nachthemd, lief hinunter und aus dem Haus. Als sie am Tor ankam, schlenderte der Junge die Straße hinunter und pfiff sorglos vor sich hin; aber sie sah, daß ein Brief zwischen Stäben und Querbalken des Tors steckte. Sie zog ihn heraus und eilte in ihr Zimmer zurück.

Der Umschlag trug ihren Namen, und darin lag ein Blatt, das aus einem Notizbuch herausgerissen war.

Liebe Charity,

Ich kann nicht so weggehen. Ich bleibe ein paar Tage in Creston River. Werden Sie herkommen und mich am Crestonteich aufsuchen? Ich werde bis zum Abend auf Sie warten.

9

Charity saß vor dem Spiegel und probierte einen Hut auf, den Ally Hawes unter großer Geheimhaltung für sie aufgeputzt hatte. Er war aus weißem Stroh, hatte eine weiche Krempe und ein kirschrotes Futter, das ihr Gesicht erglühen ließ wie das Innere der Muschel auf dem Kaminsims im Salon.

Sie hatte das Stück Spiegelglas gegen Mr. Royalls schwarze Lederbibel gelehnt und einen weißen, mit einer Ansicht der Brooklynbrücke bemalten Stein davorgelegt, damit es nicht wegrutschte; und sie saß vor ihrem Spiegelbild, bog die Krempe erst in die eine, dann in die andere Richtung, während Ally Hawes' blasses Gesicht ihr über die Schulter sah wie das Gespenst verpaßter Gelegenheiten.

»Ich seh' schrecklich aus, nicht wahr?« sagte sie schließlich mit einem glücklichen Seufzer.

Ally lächelte und nahm den Hut wieder an sich. »Ich nähe die Rosen gleich hier drauf, dann kannst du ihn wegräumen.«

Charity lachte und fuhr sich mit den Fingern durch das dicke dunkle Haar. Sie wußte, daß es Harney gefiel, wenn sich die rötlichen Spitzen auf ihrer Stirn kräuselten und am Nacken in kleinen Locken ausliefen. Sie setzte sich auf ihr Bett und sah Ally zu, die sich mit konzentriertem Stirnrunzeln über den Hut beugte.

»Hättest du nicht mal Lust, für einen Tag nach Nettleton zu fahren?« fragte sie.

Ally schüttelte ohne aufzublicken den Kopf. »Nein. Ich muß immer an dieses eine schreckliche Mal denken, als ich mit Julia hinfuhr – zu dieser Ärztin.«

»Oh, Ally ...«

»Ich kann's nicht ändern. Das Haus liegt an der Ecke Wing Street und Lake Avenue. Die Straßenbahn fährt vom Bahnhof direkt daran vorbei, und damals, als uns der Pfarrer zu diesem Bildervortrag mitnahm, hab' ich's sofort wiedererkannt, als könnt' ich sonst nichts anderes sehen. Quer über die Fassade hängt ein großes schwarzes Schild mit goldenen Buchstaben – ›Private Sprechstunden‹. Um ein Haar wäre sie daran gestorben ...«

»Arme Julia!« Charity seufzte aus der Höhe ihrer Reinheit und Sicherheit. Sie hatte einen Freund, dem sie vertraute und der sie respektierte. Sie würde mit ihm den nächsten Tag – den 4. Juli – in Nettleton verbringen. Wen außer ihr ging das etwas an, und was war schon Schlimmes dabei? Der Jammer war eben, daß Mädchen wie Julia es nicht verstanden, wählerisch zu sein und sich üble Burschen vom Leibe zu halten ... Charity glitt vom Bett und streckte die Hände aus.

»Bist du fertig? Laß ihn mich noch einmal aufprobieren.« Sie setzte den Hut auf und lächelte ihrem Spiegelbild zu. An Julia dachte sie nicht mehr ...

Am nächsten Tag war Charity vor Morgengrauen auf und sah, wie sich der gelbe Sonnenaufgang hinter den Hügeln ausbreitete und der silbrige Glanz, der einem heißen Tag vorangeht, über den schlafenden Feldern zitterte.

Ihre Pläne hatte sie sich sehr sorgfältig zurechtgelegt. Sie hatte angekündigt, daß sie zu dem Band-of-Hope-Picknick nach Hepburn gehen werde, und da niemand aus North Dormer die Absicht hatte, sich so weit weg zu wagen, war es unwahrscheinlich, daß ruchbar würde, daß sie bei dem Fest gefehlt hatte. Und falls doch, so würde ihr das im übrigen nicht viel ausmachen. Sie war entschlossen, ihre Unabhängigkeit zu behaupten, und wenn sie sich erniedrigte, wegen des Hepburn-Picknicks zu schwindeln, dann hauptsächlich deshalb, weil ihr Instinkt, der sie die Entweihung ihres Glücks befürchten ließ, zur Heimlichkeit riet. Immer wenn sie mit Lucius Harney zusammen war, hätte sie sich am liebsten von einem undurchdringlichen Gebirgsnebel verhüllen lassen.

Es war ausgemacht, daß sie bis zu einer bestimmten Stelle an der Straße nach Creston gehen solle, wo Harney sie abholen würde; dann würde er sie über die Hügel nach Hepburn fahren, um rechtzeitig den Halb-Zehn-Uhr-Zug nach Nettleton zu erreichen. Harney hatte sich zunächst für den Ausflug nicht sehr erwärmt. Er hatte sich bereit erklärt, sie nach Nettleton zu bringen, hatte ihr aber dringend geraten, nicht am 4. Juli zu fahren, weil so viele Menschen unterwegs seien, die Züge wahrscheinlich Verspätung hätten und es für sie schwer sein würde, vor Anbruch der Nacht zurück zu sein; ihre offenkundige Enttäuschung bewog ihn jedoch, nachzugeben und sich sogar halbwegs angetan von dem Abenteuer zu zeigen. Charity verstand, warum er nicht begeisterter war: er hatte sicher Dinge gesehen, neben denen selbst ein 4. Juli in Nettleton langweilig wirken mußte. Sie hingegen hatte noch nie etwas erlebt; und eine große Sehnsucht erfaßte sie, an einem Feiertag durch die Straßen einer großen Stadt zu promenieren: an seinem Arm und im Gewühl einer festlichen Menge in ihren besten Kleidern. Diese Aussicht wurde nur dadurch getrübt, daß die Läden geschlossen sein würden; aber sie hoffte, er werde sie irgendwann noch einmal mitnehmen, wenn sie offen hätten.

Sie brach im ersten Sonnenlicht unbemerkt auf, denn sie huschte durch die Küche, als Verena sich gerade über den Herd beugte. Um keine Aufmerksamkeit zu erregen, hatte Charity den neuen Hut sorgfältig eingewickelt und einen langen grauen Schleier, der Mrs. Royall gehört hatte, über das neue weiße Musselinkleid geworfen, das Allys geschickte Finger für sie genäht hatten. Die zehn Dollar, die Mr. Royall ihr gegeben hatte, und auch einen Teil ihrer Ersparnisse hatte sie für die Erneuerung ihrer Garderobe ausgegeben; und als Harney aus dem Wagen sprang, um sie zu begrüßen, las sie den Lohn dafür in seinem Blick.

Der sommersprossige Junge, der ihr zwei Wochen zuvor den Zettel gebracht hatte, sollte bis zu ihrer Rückkehr mit dem Einspänner in Hepburn warten. Er hockte zu Charitys Füßen und ließ seine Beine zwischen den Rädern herunterbaumeln, und weil er dabei war, konnten sie nicht viel miteinander sprechen. Aber das war nicht so wichtig, denn ihre Vergangenheit war nun reich genug, um sie mit einer Geheimsprache zu versehen; und angesichts des langen Tages, der sich vor ihnen ausdehnte wie die blaue Weite jenseits der Hügel, lag in dem Aufschub eine köstliche, anregende Vorfreude.

Als Charity als Antwort auf Harneys Botschaft zu der Verabredung am Crestonteich gegangen war, war ihr Herz so voller Verdruß und Zorn gewesen, daß seine ersten Worte ihre Zuneigung zu ihm hätten zerstören können. Aber es traf sich, daß er das richtige Wort fand, das nur von schlichter Freundschaft sprach. Sein Ton hatte ihr sofort recht gegeben und ihren Vormund ins Unrecht gesetzt. Harney hatte keine Anspielung auf das gemacht, was zwischen Mr. Royall und ihm vorgefallen war, sondern hatte es einfach so dargestellt, als sei er weggegangen, weil in North Dormer Fuhrwerke schwierig aufzutreiben seien und weil Creston River günstiger liege. Er erzählte ihr, er habe wochenweise den Einspänner vom Vater des sommersprossigen Jungen gemietet, der als Stallmeister bei ein oder zwei melancholischen Sommerpensionen am Crestonsee diene, und er habe, mit dem Wagen erreichbar, etliche Häuser entdeckt, die zu zeichnen sich lohne; und er sagte, er könne, solange er sich in der Nachbarschaft aufhalte, nicht auf das Vergnügen verzichten, sie so oft wie möglich zu sehen.

Als sie sich voneinander verabschiedeten, versprach sie, auch weiterhin seine Führerin zu sein; und in den folgenden zwei Wochen durchstreiften sie die Hügel in fröhlicher Kameradschaft. Bei den meisten Freundschaften zwischen Jungen und Mädchen im Dorf wurde der Mangel an Gesprächsstoff durch zaghaftes Schmusen wettgemacht; aber außer dem einen Mal, als Harney sie auf dem Heimweg von den Hyatts in ihrem Kummer zu trösten versuchte, hatte er nie seinen Arm um sie gelegt oder versucht, sie zu einer unvermittelten Liebkosung zu verführen. Es schien ihm zu genügen, ihre Nähe wie die einer Blume einzuatmen; und da ihm die Freude über das Zusammensein mit ihr und seine Empfänglichkeit für ihre Jugend und Anmut beständig aus den Augen leuchteten und seiner Stimme einen weichen Klang verliehen, zeugte seine Zurückhaltung nicht von Kälte, sondern von der Achtung, wie sie einem Mädchen aus seiner Schicht zustand.

Der Einspänner wurde von einem alten Traber gezogen, der sie so flott durch die Gegend wirbelte, daß von seinem Schritt ein wenig Fahrtwind aufkam; aber als sie vor dem Bahnhof in Hepburn ankamen, senkte sich die volle Hitze des stickigen Morgens auf sie herab. Auf dem Bahnsteig drängte sich eine schweißgebadete Menge, und sie flüchteten sich in den Wartesaal, wo es ebenfalls von Menschen wimmelte, die die Hitze und das lange Warten auf verspätete Züge bereits entmutigt hatte. Blasse Mütter mühten sich mit quengelnden Kindern ab oder versuchten, ihre älteren Sprößlinge von dem verlockenden Schienenstrang fernzuhalten; Mädchen kicherten und schubsten sich mit ihren Burschen und reichten Bonbons in klebrigen Tüten herum, und Männer, schwitzend und ohne Kragen, schoben sich schlaftrunkene Kinder von einem Arm auf den anderen und hatten ein sorgenvolles Auge auf die verstreuten Mitglieder ihrer Familie.

Endlich fuhr der Zug ratternd ein und nahm die wartende Menge auf. Harney hob Charity in den ersten Wagen, und sie ergatterten eine Bank für zwei und saßen in glücklicher Abgeschiedenheit da, während der Zug schwankend an fruchtbaren Feldern und hitzeschlaffen Baumgruppen vorüberdröhnte. Der Morgendunst hatte sich zu einer Art klarem Zittern über allem verwandelt, vergleichbar dem durchsichtigen Flirren über einer Flamme; und die üppige Landschaft schien darunter hinzuwelken. Doch auf Charity wirkte die Hitze belebend: sie hüllte die ganze Welt in dieselbe Glut, die in ihrem Herzen brannte. Ab und zu wurde sie durch das Schwanken des Zuges gegen Harney geschleudert, und durch den dünnen Musselin fühlte sie die Berührung seines Ärmels. Sie richtete sich auf, ihre Augen begegneten sich, und der flammende Atem des Tages schien beide einzuhüllen. Der Zug donnerte in den Bahnhof von Nettleton; die aussteigenden Massen rissen sie in ihrer Flut mit und schwemmten sie auf einen kaum erkennbaren staubigen Platz hinaus, auf dem es von schäbigen Droschken und von Pferden gezogenen Omnibussen mit Vorhängen vor den Fenstern wimmelte; die Pferde trugen mit Quasten geschmückte Fliegennetze über dem Widerrist und drehten ihre hängenden Köpfe trübsinnig hin und her. Eine Horde Bus- und Droschkenfahrer schrie: »Zum Eagle House«, »Zum Washington House«, »Hierlang zum See«, »Gleich geht's los nach Greytop«; zwischen ihren Rufen hörte man das Krachen von Knallfröschen, das Knattern von Knallerbsen, das Knallen von Spielzeuggewehren und das Geschmetter einer Feuerwehrkapelle, die versuchte, die *Lustige Witwe* zu spielen, während sie in einen offenen Kutschwagen verfrachtet wurde, der mit flatternden Fahnen besteckt war.

Die baufälligen hölzernen Hotels rund um den Platz waren über und über mit Fähnchen und Lampions behängt, und als Harney und Charity in die Hauptstraße einbogen, in der die aus Backstein und Granit erbauten Warenhäuser standen, die die alten einstöckigen Läden verdrängten, und hoch aufragende Masten, die durch unzählige Drähte miteinander verbunden waren, die in der Hitze zu schwanken und zu summen schienen, sahen sie, wie die Doppelreihe der Fähnchen und Lampions sich fröhlich bis zum Park ganz am Ende der Aussicht hinzog. Der Lärm und die Farben dieses festtäglichen Spektakels schienen Nettleton in eine Metropole zu verwandeln. Charity konnte sich nicht vorstellen, daß Springfield oder selbst Boston etwas Großartigeres vorzuzeigen hätten, und sie fragte sich, ob Annabel Balch in ebendiesem Augenblick am Arm eines ebenso attraktiven jungen Mannes sich den Weg durch ein ebenso prächtiges Schauspiel bahne.

»Wohin wollen wir zuerst?« fragte Harney; aber als sie ihm ihre strahlenden Augen zuwandte, erriet er die

Antwort und sagte: »Wir schauen uns einfach mal um, ja?«

Auf der Straße wimmelte es von Leuten, die mit ihnen gereist waren, von Ausflüglern, die aus anderen Richtungen gekommen waren, von Nettletons eigener Bevölkerung und von den Mühlenarbeitern, die von den Fabriken am Creston herbeiströmten. Die Läden waren geschlossen, doch das fiel kaum auf, so zahlreich waren die Glastüren, die sich auf Bars, Restaurants und Drugstores öffneten, in denen aus jedem Hahn Sodawasser strömte, auf Obsthallen und Konditoreien, die vollgestopft waren mit Erdbeerkuchen, Kokosdrops, Tabletts mit glänzenden Melassebonbons, Schachteln mit Karamelbonbons und Kaugummi, Körben matschiger Erdbeeren und baumelnden Bananenstauden. Vor manchen Türen standen aufgebockte Bretter, auf denen sich Orangen und Äpfel, fleckige Birnen und staubbedeckte Himbeeren türmten; und die Luft dampfte vom Geruch nach Obst und abgestandenem Kaffee, Bier, Sarsaparilla und Bratkartoffeln.

Selbst die Läden, die geschlossen waren, boten hinter breitgespannten Schaufenstern Andeutungen verborgener Reichtümer dar. In manchen brachen sich Wellen von Seidenstoffen und Bändern an Küsten aus künstlichem Moos, aus dem entzückende Hüte wie tropische Orchideen emporwuchsen. In anderen öffneten die rosafarbenen Schlünde von Grammophonen ihre riesigen Windungen zu einem stummen Chor; oder funkelnde Fahrräder in ordentlichen Reihen schienen auf das Signal eines unsichtbaren Starters zu warten;

oder Modeartikel aus Kunstleder, Straß und Zelluloid ließen ihre verführerischen Reize baumeln; und in einer großen Vitrine, die ihren Inhalt in aufregenden Kontakt mit dem Publikum zu bringen schien, plauderten Damen aus Wachs in gewagter Kleidung anmutig miteinander, oder sie wiesen mit vertraulichen, doch unschuldigen Gesten auf ihre rosafarbenen Korsetts und durchsichtigen Strümpfe hin.

Plötzlich stellte Harney fest, daß seine Uhr stehengeblieben war, und sie betraten einen kleinen Juwelierladen, der zufällig noch offen war. Während die Uhr untersucht wurde, beugte sich Charity über den Ladentisch aus Glas, in dem auf dunkelblauem Samt Anstecknadeln, Ringe und Broschen wie Mond und Sterne glitzerten. Noch nie hatte sie Schmuck aus solcher Nähe gesehen, und sie hätte gern den gläsernen Deckel gehoben und die Hände in die glänzenden Kostbarkeiten getaucht. Doch schon war Harneys Uhr repariert, und er legte die Hand auf Charitys Arm und weckte sie aus ihren Träumen.

»Was gefällt Ihnen am besten?« fragte er und beugte sich neben ihr über den Ladentisch.

»Ich weiß nicht...« Sie zeigte auf ein goldenes Maiglöckchen mit weißen Blüten.

»Finden Sie die blaue Nadel nicht schöner?« meinte er, und sofort erkannte sie, daß das Maiglöckchen bloßer Kitsch war im Vergleich zu dem kleinen runden Stein, blau wie ein Bergsee, mit kleinen Lichtfünkchen rundherum. Sie errötete über ihr mangelndes Urteilsvermögen.

»Sie ist so schön, ich glaub', ich hatte Angst, sie anzusehen«, sagte sie.

Er lachte, und sie verließen den Laden; aber nach wenigen Schritten rief er: »Oh, beim Jupiter, ich habe etwas vergessen«, kehrte um und ließ sie in der Menge stehen. Sie stand da und starrte auf eine Reihe rosafarbener Grammophontrichter, bis er zurückkehrte und seinen Arm unter ihren schob.

»Sie brauchen keine Angst mehr zu haben, die blaue Nadel anzusehen, denn sie gehört jetzt Ihnen«, sagte er, und sie fühlte wie er ihr eine kleine Schachtel in die Hand drückte. Ihr Herz machte vor Freude einen Sprung, doch es erreichte ihre Lippen nur als schüchternes Gestammel. Sie erinnerte sich an andere Mädchen, die sie hatte Pläne aushecken hören, wie sie ihren Burschen Geschenke entlocken könnten, und wurde plötzlich von Angst ergriffen, daß Harney glauben könnte, sie habe sich über die hübschen Dinge in dem Glasbehältnis gebeugt in der Hoffnung, er werde ihr eines schenken.

Ein kleines Stück weiter die Straße hinunter, traten sie durch eine Glastür, die sich auf eine prächtige Halle mit einer Mahagonitreppe und Messingkäfigen in den Ecken öffnete. »Wir müssen etwas essen«, sagte Harney; und im nächsten Moment befand sich Charity in einer Garderobe aus lauter Spiegeln und glänzenden Flächen, in der sich eine Gruppe aufgetakelter Mädchen Puder auflegte und riesige federgeschmückte Hüte geraderückte. Erst als die Mädchen gegangen waren, traute sie sich, ihr erhitztes Gesicht in einem der

Marmorbecken zu kühlen und auch ihre Hutkrempe zurechtzubiegen, die die Sonnenschirme des Menschengewühls eingedrückt hatten. Die Kleider in den Auslagen hatten sie so beeindruckt, daß sie kaum wagte, sich im Spiegel zu betrachten; aber als sie es dann doch tat, gaben ihr das rosige Leuchten ihres Gesichts unter dem kirschfarbenen Hutfutter und die Rundung ihrer jungen Schultern, die unter dem durchsichtigen Musselin zu ahnen war, neuen Mut, und als sie die blaue Brosche aus der Schachtel genommen und sich an den Busen gesteckt hatte, ging sie mit hocherhobenem Haupt in das Restaurant, als sei sie schon immer neben jungen Männern in Flanellanzügen durch mosaikgeschmückte Säle flaniert.

Ihre Hochstimmung sank etwas beim Anblick der engtaillierten Kellnerinnen in Schwarz mit den entzückenden Häubchen auf den arroganten Köpfen, die herablassend zwischen den Tischen hin und her gingen. »Frühestens in einer Stunde«, ließ eine von ihnen beiläufig fallen, während sie an Harney vorbeiging; er blieb stehen und blickte zweifelnd um sich.

»Na, wir können doch hier nicht vor Hitze verschmachten«, stellte er fest; »versuchen wir's anders wo – «, und erleichtert folgte Charity ihm aus dieser Stätte ungastlicher Pracht.

Das »anderswo« war dann schließlich, nachdem sie eine Weile in der Hitze herumgelaufen und mehrfach abgewiesen worden waren, ausgerechnet ein kleines Gartenlokal in einer Seitenstraße, das sich als französisches Restaurant ausgab und ein paar wacklige Tische umfaßte, die unter einer Feuerbohnenpergola zwischen einem Beet mit Zinnien und Petunien und einer großen Ulme standen, die sich vom Nachbarhof herüberneigte. Hier verzehrten sie seltsam gewürzte Speisen, während Harney sich in einem wackligen Schaukelstuhl zurücklehnte, zwischen den Gängen rauchte und Charity einen hellen gelben Wein einschenkte, der, wie er sagte, genau der sei, den man in Frankreich in genau solch lustigen Lokalen trank.

Charity fand den Wein nicht so gut wie Sarsaparilla, doch sie nippte daran, weil es ihr Vergnügen bereitete, zu tun, was er tat, und weil sie sich vorstellte, sie sei allein mit ihm in einem fremden Land. Die Illusion wurde dadurch verstärkt, daß sie von einer vollbusigen Frau mit glattem Haar und einem angenehmen Lachen bedient wurden, die Harney mit unverständlichen Worten anredete und verblüfft und hocherfreut schien, als er ihr ebenso antwortete. Auch an den anderen Tischen saßen Leute, Mühlenarbeiter wahrscheinlich, die einfach, aber angenehm wirkten, in demselben schrillen Kauderwelsch redeten und Harney und Charity mit freundlichen Blicken betrachteten; und zwischen den Tischbeinen schnüffelte ein Pudel mit kahlen Stellen und rosaroten Augen nach Abfällen oder stellte sich komisch auf die Hinterbeine.

Harney zeigte keine Neigung aufzustehen, denn so heiß ihre Ecke auch war, sie war wenigstens schattig und ruhig; und von den Hauptstraßen drang das Geschepper der Straßenbahnen, das unaufhörliche Krachen von Knallerbsen, das Gedudel von Leierkästen, das Gebrüll von Megaphonen und das laute Summen von immer größer werdenden Menschenmassen herüber. Er lehnte sich zurück, zog an seiner Zigarre, tätschelte den Hund und rührte in dem Kaffee, der in den angeschlagenen Tassen dampfte. »So muß er sein«, erklärte er, und Charity revidierte eilends ihre frühere Auffassung von dem Gebräu.

Für den Rest des Tages hatten sie keine Pläne gemacht, und als Harney sie fragte, was sie als nächstes tun wolle, war sie durch die vielfältigen Möglichkeiten zu verwirrt, um eine Antwort zu finden. Schließlich gestand sie, daß sie gern zum See gehen würde, den sie bei ihrem früheren Besuch nicht gesehen hatte, und als er antwortete: »Oh, dafür bleibt noch Zeit – später ist es angenehmer«, schlug sie vor, sie könnten sich Bilder ansehen wie die, zu denen Mr. Miles sie geführt hatte. Harney, so kam ihr vor, sah etwas verwirrt drein; doch er fuhr sich mit einem feinen Taschentuch über die heiße Stirn, sagte fröhlich: »Gut, also gehen wir«, und erhob sich mit einem letzten kleinen Klaps für den Hund mit den rosa Augen.

Mr. Miles' Bilder waren in einem nüchternen YMCA-Saal mit weißgetünchten Wänden und einer Orgel vorgeführt worden; Harney jedoch führte sie in ein glitzerndes Haus – alles, was sie sah, schien zu glitzern –, wo sie zwischen riesigen Bildern hindurchgingen, die blonde Schönheiten zeigten, die Schurken in Abendanzügen erdolchten, und in einen Zuschauerraum mit Samtvorhängen gelangten, der bis auf den letzten Platz besetzt war. Danach verschmolz für eine

Weile alles in ihrem Kopf zu schwimmenden Kreisen aus Hitze und blendenden Wechseln von Hell und Dunkel. Alles, was die Welt zu bieten hatte, schien an ihr vorüberzuziehen in einem Durcheinander aus Palmen und Minaretten, angreifenden Kavallerieregimentern, brüllenden Löwen, drolligen Polizisten und finster blickenden Mördern; und die Menge um sie herum, die Hunderte von erhitzten, fahlen, Bonbons kauenden Gesichtern, jung, alt, mittelalt, doch alle von der gleichen ansteckenden Erregung erfaßt, wurden ein Teil des Spektakels und tanzten mit allem übrigen auf der Leinwand.

Schließlich wurde der Gedanke an eine kühle Straßenbahnfahrt zum See unwiderstehlich, und sie drängten sich aus dem Theater. Als sie auf dem Bürgersteig standen, Harney blaß von der Hitze und selbst Charity durch sie ein wenig aus der Fassung gebracht, fuhr ein junger Mann in einem elektrischen Gefährt vorbei, an dem ein Stofftransparent die Worte trug: »Rundfahrt um den See: zehn Dollar.« Ehe Charity wußte, was geschah, hatte Harney gewinkt, und sie stiegen ein. »Für fünfundzwanzig fahr' ich Sie raus zum Baseballspiel und wieder zurück«, schlug der Fahrer mit einschmeichelndem Grinsen vor, doch Charity antwortete rasch: »Oh, ich würde lieber auf dem See rudern.« Die Straße war so voller Menschen, daß sie nur langsam vorankamen; aber das Hochgefühl, in dem kleinen Wagen zu sitzen, während er sich an vollgestopften Pferdebussen und Straßenbahnen vorbeischlängelte, ließ die Zeit viel zu kurz erscheinen. »Nächste Abzweigung Lake Avenue«, rief der junge Mann über die Schulter; und als sie hinter einem großen Omnibus kurz anhielten, der unter Knights of Pythias ächzte, die Dreispitze und Schwerter trugen, blickte Charity nach oben und sah an der Ecke ein Backsteinhaus mit einem auffälligen schwarzgoldenen Schild an der Fassade. »Dr. Merkle. Private Sprechstunden nach Vereinbarung. Weibliche Assistenten«, las sie, und plötzlich fielen ihr Ally Hawes' Worte ein: »Das Haus lag an der Ecke Wing Street und Lake Avenue... quer über die Fassade hängt ein großes schwarzes Schild...« Durch all die Hitze und Begeisterung fühlte sie, wie ein kalter Schauder sie überlief.

10

Endlich der See – eine metallisch glänzende Fläche, verdüstert von tief herabhängenden Bäumen. Charity und Harney hatten sich ein Boot beschafft und ließen sich gemächlich treiben, weg von den Bootsstegen und Erfrischungsbuden, aber immer in der Nähe des Uferschattens. Wo die Sonne auf das Wasser schien, blitzten ihre Strahlen wieder blendend zum dunstigen Himmel zurück; und noch der geringste Schatten wirkte schwarz im Vergleich dazu. Der See war so glatt, daß das Spiegelbild der Bäume am Ufer auf eine feste Oberfläche gefirnißt schien; aber nach und nach, während die Sonne unterging, wurde das Wasser durchsichtig, und Charity, die sich über den Bootsrand lehnte, blickte fasziniert in Tiefen, die so klar waren, daß sich die auf dem Kopf stehenden Baumwipfel mit den grünen Gewächsen des Seegrundes verflochten.

Sie umrundeten eine Landzunge am anderen Ende des Sees, ruderten in eine schmale Bucht und ließen den Bug gegen einen vorstehenden Baumstamm gleiten. Ein grüner Schleier von Weidenzweigen hing über ihnen. Jenseits der Bäume glänzten Weizenfelder in der Sonne; und den ganzen Horizont entlang vibrierten die klar umrissenen Hügel im Licht. Charity lehnte sich im Heck zurück, und Harney zog die Ruder ein und legte sich stumm auf den Boden des Boots.

Seit ihrem Treffen am Crestonteich war er immer wieder in dieses grüblerische Schweigen verfallen, das so ganz anders war als die Pausen, wenn sie zu sprechen aufhörten, weil Worte überflüssig waren. In solchen Augenblicken trug sein Gesicht den Ausdruck, den es gehabt hatte, als sie ihn aus der Dunkelheit beobachtet hatte, und dann empfand sie wieder dieses Gefühl rätselhafter Fremdheit zwischen ihnen; doch gewöhnlich folgten solchen Anwandlungen von Zerstreutheit Ausbrüche von Fröhlichkeit, die den Schatten verjagten, bevor er sie frösteln machen konnte.

Sie dachte immer noch an die zehn Dollar, die er dem Fahrer des elektrischen Wagens gegeben hatte. Sie hatten ihnen zwanzig Minuten Vergnügen verschafft, und es schien unvorstellbar, daß jemand in der Lage sei, sich um diesen Preis einen Zeitvertreib zu erkaufen. Für zehn Dollar hätte er ihr einen Verlobungsring kaufen können; sie wußte, daß der von Mrs. Tom Fry, der aus Springfield stammte und mit einem Diamanten geschmückt war, nur acht Dollar fünfundsiebzig gekostet hatte. Aber sie wußte nicht, warum ihr dieser Gedanke gekommen war. Harney würde ihr nie einen Verlobungsring kaufen: sie waren Freunde und Kameraden, nichts weiter. Er war ihr gegenüber vollkommen aufrichtig gewesen: nie hatte er versucht, sie irrezuführen. Sie fragte sich, wie wohl das Mädchen sein mochte, dessen Hand auf seinen Ring wartete...

Der Bootsverkehr auf dem See wurde dichter, und das Klingeln von ununterbrochen eintreffenden Straßenbahnen verkündete, daß die Menge vom Baseballplatz zurückkehrte. Die Schatten auf dem perlgrauen Wasser wurden länger, und zwei weiße Wolken nahe der Sonne färbten sich golden. Auf dem gegenüberliegenden Ufer zimmerten ein paar Männer hastig ein hölzernes Gerüst zusammen. Charity fragte, wozu es diene.

»Na, für das Feuerwerk. Vermutlich wird es ein großes Spcktakel geben.« Harney sah sie an, und ein Lächeln stahl sich in sein bedrücktes Gesicht. »Haben Sie noch nie ein richtiges Feuerwerk gesehen?«

»Miss Hatchard läßt am 4. Juli immer schöne Raketen steigen«, erwiderte sie unsicher.

»Oh – « Seine Verachtung war grenzenlos. »Ich meine eine große Veranstaltung wie die hier, mit beleuchteten Booten und allem.«

Sie erglühte bei dieser Vorstellung. »Lassen sie auch vom See aus Feuerwerkskörper steigen?«

»Bestimmt. Haben Sie nicht das große Floß gesehen, an dem wir vorbeigekommen sind? Es ist wunderschön zu sehen, wie die Raketen ihre Bahn direkt vor einem vollenden.« Sie sagte nichts, und er steckte die Ruder wieder in die Dollen. »Wenn wir noch bleiben, sollten wir uns lieber etwas zu essen holen.«

»Aber wie kommen wir nachher zurück?« fragte sie vorsichtig und mit dem Gefühl, es würde ihr das Herz brechen, wenn sie das Schauspiel versäumte.

Er sah in einem Fahrplan nach, fand einen Zug, der um zehn Uhr fuhr, und beruhigte sie: »Der Mond geht so spät auf, daß es um acht Uhr dunkel sein wird, so daß wir eine gute Stunde zuschauen können.«

Die Dämmerung senkte sich herab, und entlang dem Ufer zeigten sich die ersten Lichter. Die Straßenbahnen, die mit Getöse aus Nettleton herbeigefahren kamen, wurden zu großen leuchtenden Schlangen, die sich zwischen den Bäumen hinein und hinaus wanden. Die hölzernen Gasthäuser am Seeufer tanzten im Licht der Laternen, und die Dämmerung hallte wider von Gelächter und Rufen und dem Platschen ungeschickt eingetauchter Ruder.

Harney und Charity hatten einen Tisch in der Ecke einer Seeterrasse gefunden und warteten geduldig auf ein Fischgericht, das endlos lange nicht kam. Direkt unter ihnen plätscherte das Wasser gegen die Pfeiler, aufgerührt durch den Wellenschlag eines kleinen weißen, mit bunten Kugeln geschmückten Vergnügungsdampfers, der Gäste über den See fuhr. Schon jetzt, als er zur ersten Fahrt ablegte, war das Deck schwarz von Menschen.

Plötzlich hörte Charity hinter sich das Lachen einer Frau. Es klang vertraut, und sie wandte sich um. Eine Gruppe auffällig gekleideter Mädchen und eleganter junger Männer mit Abzeichen von Geheimgesellschaften am Revers und neuen Strohhüten, die sie auf dem kurz geschorenen Haar weit in den Nacken geschoben hatten, waren auf die Terrasse eingefallen und verlangten lärmend nach einem Tisch. Es war das Mädchen an der Spitze der Gruppe, das gelacht hatte. Sie trug einen großen Hut mit einer langen weißen Feder, und unter seinem Rand hervor blickte sie Charity aus ihren schwarz umrandeten Augen mit belustigtem Wiedererkennen an.

»Sag bloß, wenn das nicht wie ein Heimattreffen ist!« bemerkte sie zu dem Mädchen neben sich, und Gekicher und Blicke gingen hin und her. Charity wußte sofort, daß das Mädchen mit der weißen Feder Julia Hawes war. Sie hatte ihr blühendes Aussehen verloren, und die Schminke unter den Augen ließ das Gesicht schmaler erscheinen; aber ihre Lippen hatten immer noch denselben schönen Schwung und dasselbe spöttische Lächeln, als habe die Person, auf die sie ihren Blick richtete, insgeheim etwas Lächerliches an sich, das ihr sofort aufgefallen war.

Charity errötete bis in die Haarwurzeln und sah weg. Sie fühlte sich durch Julias höhnische Bemerkung gedemütigt und ärgerte sich darüber, daß der Spott einer solchen Person ihr etwas anhaben konnte. Sie fürchtete, Harney könnte bemerken, daß die lärmende Schar sie erkannt hatte; aber sie fanden keinen freien Tisch und zogen geräuschvoll weiter.

Auf einmal hörte man ein leises Brausen in der Luft, und ein silbriger Schauer ging aus dem blauen Abendhimmel nieder. An einer anderen Stelle schossen einzelne blasse Leuchtkugeln zwischen den Bäumen empor, und eine Rakete mit Feuerschweif strich wie die Ankündigung eines Wunders am Horizont entlang. Zwischen diesen in Abständen aufleuchtenden Blitzen senkte sich der samtene Vorhang der Dunkelheit herab, und in den Pausen, wenn es wieder finster war, sanken die lauten Stimmen der Menge zu gedämpftem Gemurmel herab.

Schließlich mußten Charity und Harney, durch Neuankömmlinge vertrieben, ihren Tisch aufgeben und sich durch das Gedränge an den Bootsstegen hindurchkämpfen. Eine Weile sah es so aus, als könnten sie sich nicht vor der Flut der Nachdrängenden retten; aber schließlich gelang es Harney, die letzten zwei Plätze auf der Tribüne zu erobern, von der aus die Privilegierteren sich das Feuerwerk anschauen konnten. Die Plätze lagen hintereinander jeweils am Ende einer Reihe. Charity hatte den Hut abgenommen, um freie Sicht zu haben; und jedesmal, wenn sie sich zurücklehnte, um die Bahn einer zerstiebenden Rakete zu verfolgen, konnte sie Harneys Knie an ihrem Hinterkopf spüren.

Nach einer Weile hörte dieses Feuerwerk einzelner Raketen auf. Eine längere Pause, in der es dunkel blieb, folgte, dann löste sich die ganze Nacht in Blüten auf. Von jedem Punkt des Horizonts aus schossen goldene und silberne Bögen empor und kreuzten sich, himmlische Obstgärten erblühten, warfen ihre flammenden Blütenblätter ab und beluden ihre Zweige mit goldenen Früchten; und die ganze Zeit war die Luft von einem leisen, übernatürlichen Summen erfüllt, als bauten große Vögel ihre Nester in diesen unsichtbaren Wipfeln.

Hin und wieder entstand eine kurze Pause, und eine Woge aus Mondlicht überflutete den See. Für den Bruchteil einer Sekunde erhellte es Hunderte von Booten, die sich dunkel wie Stahl von dem schimmernden

Wellengekräusel abhoben; dann verschwand es wieder, wie wenn sich große durchscheinende Flügel zusammenfalteten. Charitys Herz klopfte vor Entzücken. Es war, als habe sich ihr die ganze verborgene Schönheit der Dinge offenbart. Sie konnte sich nicht vorstellen, daß es auf der Welt noch irgend etwas Schöneres geben könne, doch hörte sie in ihrer Nähe jemanden sagen: »Warte nur, bis das Abschlußbild kommt«, und sofort wurden ihre Hoffnungen aufs neue beflügelt. Schließlich, als ihr schien, der ganze Himmelsbogen sei ein einziges großes Lid, das auf ihren geblendeten Augäpfeln liege und aus ihnen beständig Strahlen funkelnden Lichts aussende, senkte sich wieder samtene Dunkelheit herab, und ein erwartungsvolles Gemurmel lief durch die Menge.

»Jetzt – jetzt!« sagte dieselbe Stimme aufgeregt; und Charity griff nach dem Hut auf ihren Knien und drückte ihn an sich in dem Bemühen, ihre Begeisterung zu zügeln.

Einen Augenblick lang schien die Nacht noch undurchdringlicher zu werden; dann hob sich ein großes Bild wie ein Sternbild davon ab. Es war gekrönt von einem goldenen Schnörkel mit der Inschrift: »Washington überschreitet den Delaware«, und über eine Flut von unbewegten goldenen Wellen zog der Nationalheld vorbei; aufrecht, feierlich und riesengroß stand er mit verschränkten Armen im Heck eines langsam dahintreibenden goldenen Bootes.

Ein langgezogenes »Oh« brach aus dem Publikum hervor: die Tribüne ächzte und erbebte unter seinem hingerissenen Erzittern. »Oh«, stieß Charity hervor: sie hatte vergessen, wo sie war, hatte zum Schluß sogar vergessen, daß Harney bei ihr war. Sie schien zu den Sternen entrückt...

Das Bild erlosch, und Dunkelheit senkte sich herab. Im Finstern spürte Charity, wie ihr Kopf von zwei Händen ergriffen wurde: ihr Gesicht wurde nach hinten gezogen, und Harneys Lippen preßten sich auf ihre. Mit plötzlichem Ungestüm schlang er die Arme um sie und drückte ihren Kopf an seine Brust, während sie seine Küsse erwiderte. Ein unbekannter Harney hatte sich offenbart, ein Harney, der sie beherrschte und über den sie dennoch, wie sie spürte, eine neue, geheimnisvolle Macht besaß.

Doch die Menge setzte sich allmählich in Bewegung, und er mußte sie freigeben. »Komm«, sagte er mit verlegener Stimme. Er kletterte an der Seite der Tribüne hinunter und fing sie mit erhobenen Armen auf, als sie zu Boden sprang. Er legte ihr den Arm um die Taille, um ihr gegen die abwärts drängenden Massen Halt zu geben; und sie klammerte sich an ihn, sprachlos und selig, als sei das ganze Gewühl und Durcheinander um sie herum nichts als ein schwacher Windhauch.

»Komm«, wiederholte er, »wir müssen versuchen, die Straßenbahn zu erreichen.« Er zog sie mit sich fort, und sie folgte, immer noch wie im Traum. Sie gingen nebeneinander, als seien sie eins, so entrückt in ihrer Verzückung, daß die Leute, die sie von allen Seiten anrempelten, körperlos erschienen. Aber als sie zur Endstation kamen, ratterte die hell erleuchtete Straßenbahn bereits davon, die Perrons schwarz von Fahrgästen. Die dahinter wartenden Wagen waren genauso überfüllt, und das Gedränge an der Endstation war so dicht, daß es aussichtslos erschien, sich um einen Platz zu bemühen.

»Letzte Fahrt den See entlang«, brüllte es aus einem Megaphon vom Bootssteg her; und die Lichter des kleinen Dampfers kamen tanzend aus der Dunkelheit.

»Es hat keinen Sinn, hier zu warten. Sollen wir den See entlanggehen?« schlug Harney vor.

Sie bahnten sich den Weg zurück zum Ufer, als gerade die Laufplanke an der Seite des weißen Schiffes heruntergelassen wurde. Das elektrische Licht am Ende des Bootsstegs schien voll auf die aussteigenden Passagiere, und Charity erkannte unter ihnen Julia Hawes mit schief sitzender weißer Feder, das Gesicht gerötet von derbem Gelächter. Am Ende der Laufplanke blieb sie unvermittelt stehen, und ihre dunkel umrandeten Augen sprühten boshaft.

»He, Charity Royall!« rief sie; und dann, während sie über die Schulter nach hinten blickte: »Hab' ich euch nicht gesagt, es wär' ein Familientreffen? Hier kommt Opas kleiner Liebling, um ihn nach Hause zu bringen!«

Ein Gekicher lief durch die Gruppe; und dann, sie alle überragend und, verzweifelt um einen aufrechten Gang bemüht und sich am Geländer festhaltend, trat Mr. Royall steifbeinig an Land. Wie die jungen Männer aus der Gruppe trug er das Abzeichen einer Geheimgesellschaft im Knopfloch seines schwarzen Gehrocks.

Auf dem Kopf hatte er einen neuen Panamahut, und seine schmale schwarze Krawatte mit gelockertem Knoten baumelte auf seine zerknitterte Hemdbrust herab. Sein Gesicht, fahlbraun, mit roten Zornesflekken und eingesunkenen Lippen wie bei einem Greis, wirkte in der grellen Beleuchtung wie eine klägliche Ruine.

Er kam direkt hinter Julia Hawes und hatte eine Hand auf ihren Arm gelegt; aber als er an Land war, machte er sich frei und entfernte sich ein, zwei Schritte von seinen Gefährten. Er hatte Charity sofort gesehen, und sein Blick glitt langsam von ihr zu Harney, der immer noch einen Arm um sie gelegt hielt. Er stand da und starrte die beiden an, bemüht, das greisenhafte Beben seiner Lippen unter Kontrolle zu bringen; dann richtete er sich mit der zitterigen Majestät des Betrunkenen auf und streckte den Arm aus.

»Du Hure – du verdammte barhäuptige Hure du!« sagte er langsam und deutlich.

Die kleine Gesellschaft reagierte mit beschwipstem Gelächter, und Charity griff sich unwillkürlich mit beiden Händen an den Kopf. Ihr fiel ein, daß ihr der Hut vom Schoß gefallen war, als sie aufsprang, um die Tribüne zu verlassen; und plötzlich ging ihr auf, wie sie aussehen mußte: ohne Hut, mit zerzausten Haaren, den Arm eines Mannes um ihre Taille, vor sich diese betrunkene Bande, die angeführt wurde von der jämmerlichen Gestalt ihres Vormunds. Das Bild erfüllte sie mit Scham. Seit ihrer Kindheit wußte sie über Mr. Royalls »Gewohnheiten« Bescheid: hatte ihn, wenn sie zu Bett ging, mit verdrossener Miene, eine Flasche in Reichweite, in seinem Arbeitszimmer sitzen sehen, oder wenn er müde und streitsüchtig von seinen Geschäftsreisen aus Hepburn oder Springfield zurückkam; aber die Vorstellung, daß er sich in aller Öffentlichkeit in Gesellschaft von übel beleumdeten Mädchen und Tagedieben sehen ließ, war neu und erschreckend für sie.

»Oh –«, flüsterte sie, von Jammer überwältigt; dann löste sie sich aus Harneys Arm und ging direkt auf Mr. Royall zu. »Du kommst jetzt heim mit mir – du kommst sofort heim mit mir«, sagte sie mit leiser, strenger Stimme, als habe sie nicht gehört, mit welchen Worten er sie angesprochen hatte; und eines der Mädchen rief: »Sagt mal, wieviele Kerle will die eigentlich?«

Wieder ertönte Gelächter, gefolgt von einer gespannten Pause, während der Mr. Royall Charity unverwandt anstarrte. Schließlich öffneten sich seine zuckenden Lippen. »Ich hab' gesagt: ›Du – verdammte – Hure!‹ « sagte er noch einmal ganz deutlich und hielt sich dabei an Julias Schulter fest.

Gelächter und spöttische Rufe ertönten nun aus dem Kreis derer, die die Gruppe umstanden; und eine Stimme rief von der Laufplanke her: »Nun, Leute, wird's bald? Alle an Bord!« Das Gedrängel der Passagiere riß die Akteure der kurzen Szene auseinander. Charity klammerte sich an Harneys Arm und schluchzte verzweifelt. Mr. Royall war verschwunden, nur aus der Ferne hörte sie das leiser werdende Lachen Julias. Das Schiff, beladen bis zur Heckreling, dampfte davon zu seiner letzten Fahrt.

11

Um zwei Uhr am Morgen brachte der sommersprossige Junge aus Creston sein müdes Pferd vor der Tür des roten Hauses zum Stehen, und Charity stieg aus. Harney hatte sich von ihr in Creston River verabschiedet und den Jungen beauftragt, sie nach Hause zu fahren. Sie war immer noch wie betäubt vor Kummer und erinnerte sich nicht sehr deutlich an das, was geschehen war, oder was sie in der endlosen Zeitspanne seit ihrer Abfahrt von Nettleton miteinander gesprochen hatten; doch der Instinkt des verletzten Tiers, sich zu verstekken, war so stark in ihr, daß sie erleichtert war, als Harney ausstieg und sie allein weiterfuhr.

Der Vollmond hing über North Dormer und bleichte den Dunst, der die Senken zwischen den Hügeln füllte und durchscheinend über den Feldern schwebte. Charity blieb einen Augenblick am Tor stehen und blickte in die schwindende Nacht. Sie sah zu, wie der Junge wegfuhr und der Kopf des Pferdes schwerfällig auf und ab nickte; dann ging sie ums Haus zur Küchentür und tastete unter der Matte nach dem Schlüssel. Sie fand ihn, schloß die Tür auf und ging ins Haus. Die Küche war dunkel, aber Charity entdeckte eine Schachtel

Streichhölzer, zündete eine Kerze an und ging nach oben. Mr. Royalls Tür, die der ihren gegenüberlag, stand offen und gab den Blick frei auf sein unbeleuchtetes Zimmer; offensichtlich war er noch nicht zurück. Sie ging in ihr Zimmer, verriegelte die Tür und begann langsam, das Band um ihre Taille aufzuknoten und das Kleid auszuziehen. Unter dem Bett sah sie die Papiertüte, in der sie ihren neuen Hut vor neugierigen Blicken versteckt hatte.

Lange Zeit lag sie schlaflos auf dem Bett und starrte hinauf zum Mondlicht an der niedrigen Decke; es dämmerte am Himmel, als sie einschlief, und als sie erwachte, schien ihr die Sonne ins Gesicht.

Sie zog sich an und ging in die Küche hinunter. Verena war da, allein: aus ihren alten stumpfen Augen blickte sie Charity ruhig an. Nichts wies darauf hin, daß Mr. Royall zu Hause war, und die Stunden vergingen, ohne daß er auftauchte. Charity war wieder in ihr Zimmer gegangen und saß teilnahmslos da, die Hände auf dem Schoß. In Stößen bewegte schwüle Luft die Baumwollvorhänge, und Fliegen summten matt gegen die bläulichen Fensterscheiben.

Um eins humpelte Verena herauf, um zu fragen, ob Charity nicht zum Essen komme; doch sie schüttelte den Kopf, und die Alte ging wieder weg und sagte: »Dann deck' ich's zu.«

Die Sonne drehte sich weiter und wanderte aus dem Zimmer, und Charity setzte sich ans Fenster und blickte durch die halbgeöffneten Läden die Dorfstraße hinunter. Nicht ein Gedanke war in ihrem Kopf, nur ein dunkler Strudel sich drängender Bilder; und sie beobachtete die Leute, die auf der Straße vorbeikamen, Dan Targatts Gespann, das mit einer Ladung Kiefernstämmen nach Hepburn unterwegs war, das alte weiße Pferd des Küsters, das an der Böschung auf der anderen Straßenseite graste, als betrachte sie diese vertrauten Szenen von jenseits des Grabes.

Sie wurde aus diesem dumpfen Dämmerzustand gerissen, als sie Ally Hawes bei Frys aus der Tür treten und mit ihrem ungleichmäßigen hinkenden Gang langsam auf das rote Haus zukommen sah. Bei diesem Anblick stellte sich die zerrissene Verbindung zur Wirklichkeit wieder her. Charity erriet, daß Ally zu ihr kam, um etwas über den gestrigen Tag zu erfahren: niemand sonst war in das Geheimnis des Ausflugs nach Nettleton eingeweiht, und Ally war zutiefst geschmeichelt gewesen, daß sie davon erfahren durfte.

Bei dem Gedanken, sie sehen zu müssen, ihrem Blick begegnen und auf ihre Fragen antworten oder ihnen ausweichen zu müssen, stürzte der ganze Schrecken der Ereignisse der letzten Nacht wieder auf Charity ein. Was ein fiebriger Alptraum gewesen war, wurde zur nackten, unumstößlichen Tatsache. Die arme Ally verkörperte in diesem Augenblick North Dormer mit all seiner niederträchtigen Neugier, seiner verstohlenen Bosheit, seiner geheuchelten Unkenntnis der Sünde. Charity wußte, daß, obwohl angeblich alle Beziehungen zu Julia abgebrochen waren, die weichherzige Ally noch immer insgeheim in Verbindung mit ihr stand;

und zweifellos würde Julia triumphierend die Gelegenheit nutzen, sich über den Skandal am Bootssteg zu verbreiten. Übertrieben und verzerrt war die Geschichte wahrscheinlich bereits auf dem Weg nach North Dormer.

Mit ihrem schleppenden Gang hatte sich Ally noch nicht weit von Frys Tor entfernt, als sie von der alten Mrs. Sollas angehalten wurde, einer großen Schwätzerin, die sehr langsam sprach, weil sie sich noch immer nicht an ihre neuen Zähne aus Hepburn hatte gewöhnen können. Aber auch dieser Aufschub würde nicht lange dauern; in zehn Minuten stünde Ally vor der Tür, und Charity würde hören, wie sie Verena in der Küche begrüßte und dann mit zittriger Stimme vom Fuß der Treppe nach ihr riefe.

Plötzlich wurde ihr bewußt, daß Flucht, sofortige Flucht, der einzig vorstellbare Ausweg war. Das Verlangen zu entfliehen, vertrauten Gesichtern, Orten, an denen man sie kannte, zu entkommen, war bei ihr in Augenblicken der Verzweiflung immer stark gewesen. Wie ein Kind glaubte sie, daß eine fremde Umgebung und neue Gesichter die wundersame Macht besäßen, ihr Leben zu verändern und bittere Erinnerungen auszulöschen. Aber solche Regungen waren nur flüchtige Launen, verglichen mit der kühlen Entschlossenheit, die sich ihrer nun bemächtigt hatte. Ihr schien, sie könne keine Stunde länger unter dem Dach des Mannes bleiben, der sie öffentlich entehrt hatte, und Leuten gegenübertreten, die sich bald schadenfroh an allen Details ihrer Demütigung weiden würden.

Ihr vorübergehendes Mitleid mit Mr. Royall war von Haß verdrängt worden: alles in ihr schauderte vor dem unwürdigen Anblick des betrunkenen alten Mannes zurück, der sie in Gegenwart einer Bande von Tagedieben und Straßenmädchen angepöbelt hatte. Plötzlich durchlebte sie noch einmal deutlich den entsetzlichen Augenblick, als er versucht hatte, in ihr Zimmer einzudringen, und was sie bislang für einen verrückten Fehltritt gehalten hatte, erschien ihr nun als eine ganz gewöhnliche Episode in einem lasterhaften, verderbten Leben.

Während ihr diese Gedanken durch den Kopf schossen, hatte sie ihre alte Schultasche aus Segeltuch hervorgeholt und stopfte hastig ein paar Kleidungsstücke und das kleine Bündel Briefe hinein, die sie von Harney erhalten hatte. Unter dem Nadelkissen holte sie den Bibliotheksschlüssel hervor und legte ihn so hin, daß er sofort ins Auge fiel; dann kramte sie ganz hinten in einer Schublade nach der blauen Brosche, die Harney ihr geschenkt hatte. Sie hätte nie gewagt, sie in North Dormer vor aller Augen zu tragen, doch nun steckte sie sie an ihren Busen, als wäre sie ein Talisman, der sie auf ihrer Flucht beschützen solle. Diese Vorbereitungen hatten nur ein paar Minuten gedauert, und als sie damit fertig war, stand Ally Hawes immer noch an der Ecke bei Frys und unterhielt sich mit der alten Mrs. Sollas...

Charity hatte sich, wie stets in Augenblicken großer Empörung, gesagt: »Ich geh' auf den Berg – ich geh' zurück zu meinen Leuten.« Nie zuvor hatte sie es wirklich ernst gemeint; doch als sie nun ihre Lage durchdachte, schien kein anderer Weg offen. Sie hatte nie einen Beruf erlernt, der ihr an einem fremden Ort Unabhängigkeit verliehen hätte, und sie kannte niemanden in den großen Städten im Tal, bei dem sie auf eine Anstellung hätte hoffen können. Miss Hatchard war noch immer verreist; aber selbst wenn sie in North Dormer gewesen wäre, so wäre sie der letzte Mensch gewesen, an den sich Charity gewandt hätte, denn einer der Gründe, die sie zur Flucht bewogen, war der Wunsch, Lucius Harney nicht zu begegnen. In dem überfüllten, hell erleuchteten Zug auf der Rückfahrt von Nettleton, war jeglicher Austausch von Vertraulichkeiten unmöglich gewesen; aber während ihrer Fahrt von Hepburn nach Creston River hatte sie Harneys bruchstückhaften Trostworten – wiederum gehemmt durch die Anwesenheit des sommersprossigen Jungen – entnommen, daß er sie am nächsten Tag treffen wollte. Zunächst hatte dieses Versprechen sie auf unbestimmte Weise getröstet; aber in der trostlosen Klarheit der folgenden Stunden hatte Charity erkannt, daß es unmöglich sei, ihm je wieder zu begegnen. Ihr Traum von Kameradschaft war vorbei; und die Szene am Bootssteg, so abstoßend und entwürdigend sie gewesen war, hatte immerhin das Licht der Wahrheit auf den kurzen Augenblick ihrer Tollheit geworfen. Es war, als hätten die Worte ihres Vormunds sie vor den Augen der grinsenden Menge nackt ausgezogen und aller Welt die geheimen Regungen ihres Gewissens enthüllt. All dies dachte sie nicht klar zu Ende; sie folgte nur dem blinden Antrieb ihres

Elends. Sie wollte niemals irgend jemanden mehr sehen, den sie gekannt hatte; und vor allem wollte sie Harney nicht wiedersehen ...

Sie stieg den Bergweg hinter dem Haus hinauf und nahm eine Abkürzung durch den Wald, die zur Straße nach Creston führte. Ein bleifarbener Himmel hing schwer über den Feldern, und im Wald war die unbewegte Luft stickig; aber sie schritt rasch aus, ungeduldig die Straße zu erreichen, die der nächste Weg zum Berg war.

Dazu mußte sie ein, zwei Meilen der Straße nach Creston folgen und sich bis auf eine halbe Meile dem Dorf nähern; sie ging rasch, aus Angst, Harney zu begegnen. Aber er war nirgends zu sehen, und sie war schon fast an der Abzweigung angekommen, als sie die Seiten eines großen weißen Zelts zwischen den Bäumen an der Straße hindurchschimmern sah. Sie vermutete, es gehöre zu einem Wanderzirkus, der zum 4. Juli hergekommen sei; aber als sie näher kam, sah sie über der zurückgeschlagenen Klappe ein großes Schild mit der Aufschrift »Missions-Zelt«. Das Innere schien leer, doch ein junger Mann in einem schwarzen Alpakarock mit strähnigem, über dem runden, weißen Gesicht gescheitelten Haar trat unter der Eingangsklappe hervor und kam lächelnd auf sie zu. »Schwester, dein Erlöser weiß alles. Willst du nicht hereinkommen und deine Sündenlast bei Ihm abladen?« fragte er in schmeichelndem Ton und legte seine Hand auf ihren Arm.

Charity starrte ihn an und errötete. Einen Augenblick lang glaubte sie, der Wanderprediger müsse etwas über die Szene in Nettleton gehört haben; dann erkannte sie, wie unsinnig diese Annahme war.

»Ich wünschte bloß, ich hätt' was abzuladen!« erwiderte sie in einer ihrer hitzigen selbstironischen Anwandlungen, und der junge Mann murmelte bestürzt: »Oh, Schwester, du sollst nicht Gott lästern...«

Aber Charity hatte ihren Arm bereits seinem Griff entzogen und rannte die Abzweigung hinauf, zitternd vor Furcht, einem vertrauten Gesicht zu begegnen. Nun war sie vom Dorf aus nicht mehr zu sehen und auf dem Weg ins Waldesinnere. Sie konnte nicht hoffen, noch an diesem Nachmittag die fünfzehn Meilen bis zum Berg zu schaffen; aber sie kannte eine Stelle auf halbem Weg nach Hamblin, wo sie schlafen konnte und wo niemand nach ihr suchen würde. Es war ein kleines verlassenes Haus, das an einem Hang in einem der einsamen Einschnitte zwischen den Hügeln lag. Sie war schon einmal vor Jahren dort gewesen, als sie auf einem Ausflug in das darunter gelegene Walnußwäldchen zum Nüsse sammeln gegangen war. Die kleine Gesellschaft hatte sich vor einem plötzlich aufgekommenen Gebirgssturm in das Haus geflüchtet, und Charity erinnerte sich, daß Ben Sollas, der Mädchen gern einen Schrecken einjagte, ihnen erzählt hatte, angeblich spuke es darin.

Allmählich fühlte sie sich erschöpft und müde, denn sie hatte seit dem Morgen nichts gegessen und war es nicht gewohnt, so lange zu gehen. Ihr war ein wenig schwindlig, und sie setzte sich einen Augenblick an den Wegrand. Da hörte sie plötzlich das Klingeln einer

Fahrradglocke und sprang auf, um sich im Wald zu verstecken; doch bevor sie loslaufen konnte, bog das Fahrrad um die Kurve, und Harney, der abgesprungen war, kam ihr mit ausgestreckten Armen entgegen.

»Charity! Was in aller Welt tust du hier?«

Sie starrte ihn an, als sei er eine Erscheinung, und sein unvermutetes Auftauchen überraschte sie so sehr, daß sie kein Wort über die Lippen brachte.

»Wo wolltest du hin? Hast du vergessen, daß ich kommen wollte?« fuhr er fort, während er versuchte, sie an sich zu ziehen; doch sie fuhr vor seiner Umarmung zurück.

»Ich wollte weg – ich will dich nicht mehr sehen – ich will, daß du mich in Ruhe läßt«, stieß sie heftig hervor.

Er sah sie an, und sein Gesicht wurde ernst, als werde es vom Schatten einer Ahnung gestreift.

»Weg – von mir, Charity?«

»Von allen. Ich will, daß du mich in Frieden läßt.«

Er stand da und blickte unschlüssig den einsamen Waldweg entlang, der sich in weiten, sonnengefleckten Fernen verlor.

»Wo wolltest du denn hin?«

»Nach Hause.«

»Nach Hause – in dieser Richtung?«

Sie warf trotzig den Kopf in den Nacken. »Zu mir nach Hause – dort hinauf: zum Berg.«

Während sie sprach, merkte sie, daß seine Miene sich veränderte. Er hörte ihr nicht mehr zu, er sah sie nur an mit dem leidenschaftlichen, gedankenvollen Ausdruck, den sie in seinen Augen gesehen hatte, nachdem sie sich auf der Tribüne in Nettleton geküßt hatten. Er war wieder der neue Harney, der Harney, der sich ihr plötzlich in dieser Umarmung gezeigt hatte und der von der Freude über ihre Gegenwart so durchdrungen schien, daß es ihm völlig gleichgültig war, was sie fühlte oder dachte.

Lachend ergriff er ihre Hände. »Was meinst du, wie ich dich gefunden habe?« fragte er fröhlich. Er zog das Bündel mit seinen Briefen aus der Tasche und schwenkte es vor ihren verwunderten Augen hin und her.

»Du hast sie fallen lassen, du unachtsames junges Ding – mitten auf der Straße fallen lassen, gar nicht weit von hier; und der junge Mann vom Missionszelt hob sie gerade in dem Augenblick auf, als ich vorbeikam.« Er trat einen Schritt zurück, hielt Charity auf Armeslänge von sich entfernt und studierte ihr verwirrtes Gesicht mit dem aufmerksam forschenden Blick seiner kurzsichtigen Augen.

»Hast du wirklich geglaubt, du könntest vor mir weglaufen? Du siehst, es sollte nicht sein«, sagte er; und bevor sie antworten konnte, küßte er sie erneut, nicht stürmisch, sondern zärtlich, fast brüderlich, als habe er ihren fassungslosen Kummer erraten und wolle ihr sagen, daß er sie verstehe. Er flocht seine Finger in ihre.

»Komm – laufen wir ein Stückchen. Ich möchte mit dir reden. Es gibt so viel zu sagen.«

Er sprach mit der Fröhlichkeit eines Knaben, sorglos und zuversichtlich, als sei nichts geschehen, was sie beide beschämen oder in Verlegenheit bringen könnte;

und einen Augenblick lang, in der plötzlichen Erlösung von ihrer einsamen Qual, fühlte sie, wie sie seiner Stimmung nachgab. Aber er hatte sich umgedreht und führte sie die Straße zurück, die sie gekommen war. Sie erstarrte und blieb stehen.

»Ich geh' nicht zurück«, sagte sie.

Sie sahen einander eine Weile schweigend an; dann antwortete er freundlich: »Gut: dann gehen wir eben in die andere Richtung.«

Sie blieb reglos stehen und sah stumm zu Boden, während er fortfuhr: »Gibt es da oben nicht irgendwo ein Haus – ein kleines verlassenes Haus –, das du mir irgendwann einmal zeigen wolltest?« Sie gab immer noch keine Antwort, und er sprach weiter, in demselben zärtlichen, beruhigenden Ton: »Komm, laß uns jetzt dahin gehen, uns hinsetzen und in Ruhe miteinander reden.« Er ergriff eine ihrer Hände, die seitlich herabhingen, und preßte seine Lippen auf die Handfläche. »Glaubst du, ich lasse zu, daß du mich wegschickst? Glaubst du, ich begreife nicht?«

Das kleine alte Haus – die Holzwände von der Sonne zu einem geisterhaften Grau gebleicht – stand in einem Obstgarten oberhalb der Straße. Die Zaunpfähle waren umgefallen, aber das zerbrochene Tor hing noch zwischen seinen Pfosten, und der Weg zum Haus war von verwilderten Rosenbüschen gesäumt, deren kleine blasse Blüten über wuchernde Gräser herabhingen. Schlanke Pfeiler und ein kunstvoll geschnitztes Oberlicht rahmten die Öffnung, in der früher die Tür gewesen war; die Tür selbst, auf die ein alter Apfelbaum gefallen war, vermoderte im Gras.

Auch im Innern hatten Wind und Wetter alles zu dem gleichen fahlen Silberton gebleicht; das Haus war so trocken und sauber wie das Innere einer längst ausgetrockneten Muschel. Aber es mußte außergewöhnlich solide gebaut worden sein, denn die kleinen Zimmer hatten noch immer etwas von ihrem menschlichen Aspekt bewahrt: die hölzernen Kamineinfassungen mit ihren strengen klassischen Ornamenten waren noch an ihrem Platz, und die Ecken einer Zimmerdecke zeigten noch eine dünne Schicht ihrer Stuckverzierung.

Harney hatte an der Hintertür eine alte Bank gefunden und schleppte sie ins Haus. Charity nahm darauf Platz und lehnte den Kopf in einem Zustand schläfriger Mattigkeit gegen die Wand. Er hatte erraten, daß sie hungrig und durstig war, und hatte ihr ein paar Tafeln Schokolade aus seiner Fahrradtasche gebracht und seinen Trinkbecher aus der Quelle im Obstgarten gefüllt; nun saß er zu ihren Füßen, rauchte eine Zigarette und blickte wortlos zu ihr auf. Draußen wurden die nachmittäglichen Schatten auf dem Gras länger, und durch den leeren Fensterrahmen gegenüber sah sie den Berg, der mit seiner dunklen Masse gegen einen schwülen Sonnenuntergang andrängte. Es wurde Zeit zu gehen.

Sie erhob sich, und auch er sprang auf und schob besitzergreifend seinen Arm unter ihren. »Hör zu, Charity, du kommst jetzt mit mir zurück.«

Sie sah ihn an und schüttelte den Kopf. »Ich geh' nie mehr zurück. Du verstehst das nicht.«

»Was verstehe ich nicht?« Sie schwieg, und er fuhr fort: »Was am Bootssteg passiert ist, war schrecklich – es ist ganz natürlich, daß du so empfindest. Aber im Grunde macht es wirklich nichts: dich können solche Dinge nicht treffen. Du mußt versuchen zu vergessen. Und du mußt zu verstehen suchen, daß Männer... Männer manchmal...«

»Ich kenne mich aus mit Männern. Deshalb ja.«

Auf ihre scharfe Erwiderung errötete er leicht, als habe sie ihn auf eine Weise getroffen, von der Charity nichts ahnte.

»Nun, dann... weißt du auch, daß man ihnen manchmal etwas zugute halten muß... Er hatte getrunken...«

»Auch da kenne ich mich aus. Ich hab' ihn schon früher so erlebt. Aber er hätte es nicht gewagt, so mit mir zu sprechen, wenn er nicht...«

»Wenn er nicht was? Was meinst du damit?«

»Sich nicht gewünscht hätte, daß ich so wie diese anderen Mädchen wär...« Sie senkte die Stimme und wandte den Blick von ihm ab. »Damit er nicht aus dem Haus muß...«

Harney starrte sie an. Einen Augenblick lang schien er nicht zu begreifen, was sie gemeint hatte; dann verdüsterte sich sein Gesicht. »Der verdammte Hund! Dieser niederträchtige Schweinehund!« Sein Zorn flammte auf, und er wurde rot bis an die Schläfen. »Ich hätte mir nie träumen lassen – großer Gott, wie widerlich«, und er verstummte, als schreckten seine Gedanken vor dem zurück, was sie ihm enthüllt hatte.

»Ich geh' nie mehr dorthin zurück«, wiederholte sie verbissen.

»Nein –«, stimmte er zu.

Es folgte ein langes Schweigen, während dessen Charity meinte, er suche in ihrem Gesicht nach mehr Aufklärung über das, was sie ihm anvertraut hatte; und Schamröte stieg ihr ins Gesicht.

»Ich weiß, was du von mir denken mußt«, stieß sie hervor, »wenn ich dir solche Dinge erzähle ...«

Doch während sie sprach, wurde ihr erneut bewußt, daß er nicht mehr zuhörte. Er kam näher und preßte sie an sich, als entreiße er sie einer drohenden Gefahr. Leidenschaftlich blickte er ihr in die Augen, und sie fühlte das heftige Pochen seines Herzens, während er sie an seine Brust drückte.

»Küß mich noch einmal – wie gestern abend«, sagte er und strich ihr das Haar zurück, als wolle er ihr ganzes Gesicht in seinen Kuß saugen.

12

Eines Nachmittags gegen Ende August saß eine Gruppe junger Mädchen in einem Zimmer im Haus von Miss Hatchard inmitten eines fröhlichen Durcheinanders aus Flaggen, knallrotem, blauem und weißem Glanzmusselin, Erntegarben und farbigen Schriftbändern.

North Dormer bereitete sich auf seine Heimatwoche vor. Diese Form von sentimentalem Provinzialismus steckte damals noch in ihren Anfängen, und da es wenig Präzedenzfälle gab und der Wunsch, ein Beispiel zu geben, ansteckend wirkte, war die Angelegenheit zu einem Gegenstand ausführlicher und leidenschaftlicher Diskussionen unter Miss Hatchards Dach geworden. Die Anregung zu den Festlichkeiten war mehr von jenen ausgegangen, die North Dormer verlassen hatten, als von jenen, die gezwungen waren, hier zu leben, und es war nicht ganz einfach, im Dorf die rechte Begeisterung zu entfachen. Aber Miss Hatchards heller, steifer Salon war das Zentrum eines fortwährenden Kommens und Gehens aus Hepburn, Nettleton, Springfield und sogar aus noch weiter entfernten Städten; und wann immer ein Besucher eintraf, wurde er durch die Diele geführt und durfte einen Blick auf die Gruppe Mädchen werfen, die in ihre anmutigen Vorbereitungen vertieft war.

»All die alten Namen ... all die alten Namen ...«, hörte man Miss Hatchard sagen, während sie an ihren Krücken durch die Halle tappte. »Targatt ... Sollas ... Fry: das ist Miss Orma Fry, die hier die Sterne auf die Drapierung für die Orgelempore näht. Bleibt sitzen, Mädchen ... und das ist Miss Ally Hawes, unsere geschickteste Näherin ... und Miss Charity Royall, die unsere Girlanden aus Immergrün flicht ... Mir gefällt, daß alles selbstgemacht ist, Ihnen nicht auch? Wir haben uns um keine Talente von außerhalb bemühen müssen: mein junger Cousin, Lucius Harney, der Architekt – wissen Sie, er ist hier, um an einem Buch über Häuser aus der Kolonialzeit zu arbeiten –, er hat das Ganze so geschickt in die Hand genommen; aber Sie müssen sich seinen Entwurf für die Bühne ansehen, die wir im Rathaus errichten werden.«

In der Tat war eines der ersten Ergebnisse der Aufregungen um die Heimatwoche gewesen, daß Lucius Harney wieder auf der Dorfstraße aufgetaucht war. Es hatte vage geheißen, er sei nicht weit weg, aber einige Wochen lang hatte ihn niemand in North Dormer gesehen, und erst unlängst war berichtet worden, er habe Creston River verlassen, wo er sich angeblich aufgehalten hatte, und sei endgültig aus der Gegend verschwunden. Bald nach Miss Hatchards Rückkehr bezog er jedoch wieder sein altes Quartier in ihrem Haus und begann bei der Planung der Festlichkeiten eine führende Rolle zu übernehmen. Er stürzte sich ausgesprochen wohlgelaunt auf das Vorhaben, war so fruchtbar in seinen Entwürfen und so unerschöpflich in seinen Einfällen, daß er der ziemlich lustlos betriebenen Unternehmung sofort Auftrieb gab und das ganze Dorf mit seiner Begeisterung ansteckte.

»Lucius hat soviel Sinn für die Vergangenheit, daß er in uns allen ein Gefühl unserer Privilegiertheit geweckt hat«, pflegte Miss Hatchard zu sagen, wobei sie bei dem Wort »Privilegiertheit« verweilte, das eines ihrer Lieblingswörter war. Und bevor sie den Besucher in den Salon zurückführte, wiederholte sie zum hundertsten Mal, er halte es vermutlich für sehr kühn, daß das kleine North Dormer damit angefangen habe, eine eigene Heimatwoche zu veranstalten, wo doch so viele größere Orte noch nicht auf diese Idee gekommen seien; aber schließlich seien Vereine wichtiger als die Zahl der Einwohner, nicht wahr? Und natürlich habe North Dormer so viele Vereine ... historische, literarische (hier folgte ein pietätvoller Seufzer im Gedenken an Honorius) und kirchliche ... er kenne doch bestimmt das alte zinnerne Kommunionsservice, das 1769 aus England importiert worden war? Und es sei so wichtig, in einer reichen, materialistischen Epoche das Beispiel zu geben, wie man zu den alten Idealen Familie und Heim zurückkehre – und so weiter. Mit diesen abschließenden Worten erreichte sie gewöhnlich wieder die Mitte der Diele, so daß die Mädchen ihre unterbrochene Arbeit wieder aufnehmen konnten.

Der Tag, an dem Charity Royall Girlanden aus Tannenzweigen für die Prozession flocht, war der letzte vor dem Fest. Als Miss Hatchard die jungen Mädchen von North Dormer zur Mitarbeit an den Festvorbereitungen aufforderte, hatte Charity zunächst gezögert; aber man hatte ihr deutlich gemacht, daß ihr Fernbleiben zu Mutmaßungen Anlaß geben könnte, und so hatte sie sich widerstrebend den anderen Helferinnen angeschlossen. Die Mädchen, die anfangs scheu und verlegen waren und auch nicht wußten, welcher Art genau die geplante Gedenkfeier sein sollte, hatten bald Interesse an den unterhaltsamen Details ihrer Aufgabe gefunden und waren gepackt durch die Aufmerksamkeit, die ihnen zuteil wurde. Um nichts in der Welt hätten sie die Nachmittage bei Miss Hatchard versäumt, und während sie zuschnitten, nähten, drapierten und klebten, begleiteten ihre Zungen so eifrig das Rattern der Nähmaschine, daß Charitys Schweigen unter dem ganzen Geplauder unbemerkt Zuflucht fand.

Innerlich war sie sich der heiteren Betriebsamkeit um sie herum auch jetzt noch kaum bewußt. Seit ihrer Rückkehr ins rote Haus am Abend jenes Tages, als Harney sie auf ihrem Weg zum Berg eingeholt hatte, lebte sie in North Dormer wie in einem luftleeren Raum. Sie war zurückgekehrt, weil Harney, der zunächst, wie es schien, ebenfalls der Ansicht gewesen war, sie könne es unmöglich tun, sie schließlich davon überzeugt hatte, daß jeder andere Weg Wahnsinn sei. Sie habe nichts mehr von Mr. Royall zu befürchten. Dessen sei sie sicher, hatte sie erklärt, freilich nicht das hinzugefügt, was ihn hätte entlasten können, daß er ihr nämlich zweimal die Ehe angetragen hatte. Ihr Haß auf ihn machte es ihr im Augenblick unmöglich, etwas zu sagen, was ihn in Harneys Augen zum Teil hätte entschuldigen können.

Harney aber, einmal davon überzeugt, daß ihr nichts zustoßen werde, hatte tausend Gründe gefunden, um sie zur Rückkehr zu bewegen. Der erste und unwiderlegbarste war, daß sie nirgendwo anders hingehen könne. Aber der, dem er den größten Nachdruck verlieh, war der, daß Flucht einem Geständnis gleichkäme. Wenn – was kaum zu vermeiden war – Gerüchte über die skandalöse Szene in Nettleton nach North Dormer dringen sollten, wie sonst konnte ihr Verschwinden dann gedeutet werden? Ihr Vormund hatte sie in aller Öffentlichkeit bloßgestellt, und unmittelbar danach verschwand sie aus seinem Haus. Wer nach Gründen forschte, konnte kaum umhin, unfreundliche Schlüsse zu ziehen. Wenn Charity hingegen sofort zurückginge und ihr normales Leben weiterführte, würde man den Zwischenfall als das betrachten, was er in Wirklichkeit war – als den Zornausbruch eines betrunkenen alten Mannes, der tobte, weil man ihn in verrufener Gesellschaft überrascht hatte. Es würde heißen, Mr. Royall habe sein Mündel beleidigt, um sich selbst zu rechtfertigen, und die unerquickliche Geschichte würde den ihr gebührenden Platz in den Annalen seiner undurchsichtigen Ausschweifungen finden.

Charity sah die Stärke dieses Arguments; doch wenn sie sich fügte, dann nicht so sehr deshalb, als vielmehr weil es Harneys Wunsch war. Seit jenem Abend in dem verlassenen Haus konnte sie sich keinen Grund vorstellen, warum sie etwas tun oder lassen sollte, außer daß Harney etwas wollte oder nicht wollte. Alle ihre sprunghaften, widersprüchlichen Gemütsbewegungen lösten sich in einer fatalistischen Hinnahme seines Willens auf. Nicht, daß sie bei ihm irgendeine Überlegenheit im Charakter gespürt hätte – es gab bereits Augenblicke, in denen sie wußte, daß sie die Stärkere war –, aber alles übrige im Leben war nur noch ein trüber Rand um den glänzenden Mittelpunkt ihrer Leidenschaft. Wann immer sie einen Augenblick nicht daran dachte, fühlte sie sich so wie manchmal, wenn sie im Gras gelegen und zu lange in den Himmel geblickt hatte; ihre Augen waren dann so erfüllt vom Licht, daß alles um sie her verschwamm.

Jedesmal, wenn Miss Hatchard im Laufe ihrer periodisch wiederkehrenden Vorstöße in das Arbeitszimmer eine Anspielung auf ihren jungen Cousin, den Architekten, fallen ließ, hatte dies auf Charity die gleiche Wirkung. Sie ließ dann die Girlande aus Tannenzweigen auf die Knie sinken und versank in eine Art Trance. Es war so offenkundig widersinnig, daß Miss Hatchard auf diese vertraulich besitzergreifende Art von Harney sprach, als ob sie irgendeinen Anspruch auf ihn hätte oder ihn auch nur im geringsten kennte. Sie, Charity Royall, war der einzige Mensch auf Erden, der ihn wirklich kannte, ihn kannte von den Sohlen seiner Füße bis zum zerzausten Schopf seiner Haare, das wechselnde Licht in seinen Augen kannte und die Modulationen seiner Stimme, alles kannte, was er liebte und ablehnte, und alles, was es an ihm zu kennen galt, so detailliert und zugleich so unbewußt, wie ein Kind die Wände des Zimmers kennt, in dem es jeden Morgen aufwacht. Dieses Wissen war es, von dem niemand in ihrer Umgebung etwas ahnte und das niemand verstanden hätte, das ihr Leben zu etwas anderem und Unantastbarem machte, als vermöchte nichts sie zu verletzen oder zu erschrecken, solange ihr Geheimnis gewahrt blieb.

Der Raum, in dem die Mädchen arbeiteten, war eben der, der Harneys Schlafzimmer gewesen war. Harney war nach oben umquartiert worden, um für die Heimatwochen-Helferinnen Platz zu schaffen; die Möbel aber waren nicht umgeräumt worden, und wenn Charity bei der Arbeit saß, hatte sie beständig das Bild vor Augen, das sie aus dem mitternächtlichen Garten erblickt hatte. Der Tisch, an dem Harney gesessen hatte, war der, um den die Mädchen nun versammelt waren; und Charitys Platz war in der Nähe des Bettes, auf dem sie ihn hatte liegen sehen. Manchmal, wenn die anderen nicht guckten, beugte sie sich vor, als wolle sie etwas aufheben, und legte ihre Wange einen Augenblick auf das Kissen.

Gegen Sonnenuntergang gingen die Mädchen auseinander. Ihre Arbeit war getan, und am nächsten Morgen bei Tagesanbruch würden die Draperien und Girlanden befestigt und die farbigen Schriftbänder im Rathaus angebracht werden. Die ersten Gäste sollten rechtzeitig zum mittäglichen Bankett, das unter einem Zelt auf Miss Hatchards Grundstück stattfinden sollte, von Hepburn herübergefahren kommen; und danach sollten die Feierlichkeiten beginnen. Blaß vor Erschöpfung und Aufregung bedankte sich Miss Hatchard bei ihren jungen Helferinnen und winkte ihnen, auf ihre Krükken gestützt, von der Veranda zum Abschied zu, während sie ihnen nachsah, wie sie in Grüppchen die Straße hinuntergingen.

Charity war als eine der ersten davongehuscht; aber am Tor hörte sie, wie Ally Hawes ihr nachrief, und sie wandte sich widerstrebend um.

»Willst du nicht mit rüberkommen und dein Kleid anprobieren?« fragte Ally und sah sie voll sehnsüchtiger Bewunderung an. »Ich möchte sichergehen, daß die Ärmel nicht mehr solche Falten ziehen wie gestern.«

Charity sah sie mit zusammengekniffenen Augen an. »Ach, es ist doch schön«, sagte sie und eilte weiter, ohne auf Allys Protest zu hören. Sie wollte, daß ihr Kleid so hübsch wäre wie die der anderen Mädchen – wollte, um genau zu sein, daß es die der anderen übertrumpfe, da sie bei den »Vorführungen« mitwirken sollte –, aber sie hatte gerade jetzt keine Zeit, um sich mit solchen Dingen zu beschäftigen...

Sie hastete die Straße entlang zur Bibliothek, deren Schlüssel sie um den Hals trug. Aus dem Durchgang an der Rückseite zerrte sie ein Fahrrad hervor und schob es zum Straßenrand. Sie blickte sich um, ob eines der Mädchen sich nähere; aber sie waren gemeinsam in Richtung Rathaus davongeschlendert, und sie sprang auf den Sattel und bog in die Straße nach Creston ab. Fast die ganze Strecke ging es bergab, und die Füße auf die Pedale gestemmt, flog sie durch den stillen Abend dahin wie einer der Falken, die sie oft auf reglosen Schwingen abwärts hatte gleiten sehen. Zwanzig Minuten, nachdem sie aus Miss Hatchards Haustür getreten war, bog sie in den Waldweg ein, auf dem Harney sie am Tag ihrer Flucht eingeholt hatte; und ein paar Minuten später sprang sie vor dem Tor des verlassenen Hauses von ihrem Fahrrad.

In dem goldbestäubten Sonnenuntergang sah es mehr denn je wie eine zerbrechliche Muschel aus, die viele Jahreszeiten getrocknet und ausgewaschen hatten; aber auf der Rückseite, wohin Charity ihr Fahrrad schob, gab es Anzeichen, daß das Haus in letzter Zeit bewohnt wurde. Eine roh aus Brettern gezimmerte Tür hing im Kücheneingang; Charity stieß sie auf und trat in einen Raum, der nach Zeltlagerart primitiv möbliert war. Am Fenster stand ein Tisch, ebenfalls aus Brettern, mit einem Tonkrug, der einen großen Strauß wilder Astern enthielt. Zwei mit Segeltuch bespannte Stühle standen daneben, und in einer Ecke lag eine Matratze, mit einer mexikanischen Decke darüber.

Im Zimmer war niemand, und Charity lehnte ihr Fahrrad an das Haus, stieg den Hang hinauf und setzte sich auf einen Stein unter einem alten Apfelbaum. Die Luft war vollkommen still, und von ihrem Platz aus würde sie das Klingeln einer Fahrradglocke von der Straße schon von weitem hören...

Sie war immer froh, wenn sie vor Harney in das Häuschen kam. Sie liebte es, Zeit dafür zu haben, jede Einzelheit der verschwiegenen Anmut des Ortes in sich aufzunehmen – die Schatten der Apfelbäume, die sich auf dem Gras wiegten, die alten Walnußbäume, deren Kronen sich unterhalb der Straße wölbten, die Wiesen, die im nachmittäglichen Licht nach Westen hin abfielen –, bevor sein erster Kuß alles auslöschte. Alles, was nicht in Beziehung zu den an diesem friedlichen Ort verbrachten Stunden stand, war so unbestimmt wie die Erinnerung an einen Traum. Das einzig Wirkliche war die wundersame Entfaltung ihres neuen Ichs, das Sichausstrecken ihrer eingezogenen Fühler zum Licht. Sie hatte ihr ganzes Leben unter Menschen verbracht, deren Gefühle verkümmert zu sein schienen, weil sie nicht in Anspruch genommen wurden; und wunderbarer noch als Harneys Liebkosungen waren anfangs die Worte gewesen, die sie begleiteten. Sie hatte sich Liebe stets als etwas Verworrenes und Heimliches vorgestellt, und er hatte daraus etwas gemacht, was hell und klar war wie die Sommerluft.

Einen Tag, nachdem sie ihm den Weg zu dem verlassenen Haus gezeigt hatte, hatte er seine Sachen gepackt und war von Creston River nach Boston aufgebrochen; aber an der ersten Station war er mit seiner Reisetasche aus dem Zug gesprungen und zu den Hügeln hinaufgestiegen. Zwei goldene, regenlose Augustwochen lang hatte er in dem Haus kampiert, sich Eier und Milch von dem einsamen Bauernhof im Tal geholt, wo niemand ihn kannte, und sich sein Essen auf einem Spirituskocher zubereitet. Er stand jeden Tag mit der Sonne auf, machte einen Kopfsprung in den braunen Tümpel, den er entdeckt hatte, und lag lange Stunden in dem wohlriechenden Tannenwald oberhalb des Hauses oder wanderte am Joch des Eagle Ridge entlang, hoch über den dunstigen blauen Tälern, die sich zwischen den endlosen Hügeln nach Osten und Westen ausdehnten. Und an den Nachmittagen kam Charity zu ihm.

Von einem Teil dessen, was von ihren Ersparnissen noch übrig war, hatte sie sich für einen Monat ein Fahrrad gemietet, und jeden Tag nach dem Mittagessen, sobald ihr Vormund sich zu seiner Kanzlei aufgemacht hatte, eilte sie in die Bibliothek, holte ihr Fahrrad hervor und jagte die Straße nach Creston hinunter. Sie wußte, daß Mr. Royall, wie jedermann in North Dormer, über ihre Erwerbung vollkommen im Bilde war: vermutlich wußte er, so gut wie alle anderen im Dorf, welchen Gebrauch sie davon machte. Es kümmerte sie nicht: in ihren Augen war er so machtlos, daß sie ihm, hätte er danach gefragt, wahrscheinlich die Wahrheit gesagt hätte. Aber sie hatten seit der Nacht am Bootssteg in Nettleton kein Wort mehr miteinander gewechselt. Er war erst drei Tage nach jener Begegnung nach North Dormer zurückgekommen, als Charity und Verena sich gerade zum Abendbrot hinsetzten. Er hatte seinen Stuhl an den Tisch herangezogen, seine Serviette aus der Büfettschublade geholt, sie aus dem Ring gezogen und sich so unbekümmert an den Tisch gesetzt, als komme er von einer seiner üblichen Nachmittagssitzungen bei Carrick Fry zurück; und die lange Gewohnheit des Zusammenlebens ließ es beinahe normal erscheinen, daß Charity nicht einmal die Augen hob, als er hereinkam. Sie hatte ihm einfach zu verstehen gegeben, daß ihr Schweigen nicht zufällig war, indem sie vom Tisch aufstand, während er noch aß, und wortlos nach oben ging, um sich in ihrem Zimmer einzuschließen. Danach gewöhnte er sich an, laut und freundlich mit Verena zu sprechen, wenn Charity im Zimmer war; doch sonst gab es keine augenfällige Veränderung in ihrer Beziehung.

Charity dachte an diese Dinge nicht logisch zusammenhängend, während sie dasaß und auf Harney wartete, sondern sie blieben ihr gegenwärtig als düsterer Hintergrund, vor dem ihre kurzen Stunden mit ihm wie Waldbrände aufloderten. Nichts sonst war von Bedeutung, weder Gutes noch Böses, oder das, was ihr vielleicht so erschienen war, ehe sie ihn kannte. Er hatte sie mitgenommen und in eine neue Welt entführt, aus der zu bestimmten Stunden das Gespenst ihrer selbst zurückkehrte, um gewisse Gewohnheitshandlungen auszuführen, doch so oberflächlich und unwirklich, daß sie sich zuweilen darüber wunderte, daß die Leute, zwischen denen sie herumging, sie anscheinend sehen konnten...

Hinter dem düsteren Berg war die Sonne in spiegelndem Gold untergegangen. Von einer Weide den Hang hinauf klang das Läuten von Kuhglocken; ein Rauchwölkchen hing über dem Bauernhof im Tal, schwebte in der klaren Luft und verschwand. Ein paar Minuten lang zeichneten sich in dem klaren Licht, das ganz aus Schatten bestand, Felder und Wälder mit unwirklicher Deutlichkeit ab; dann löschte die Dämmerung sie aus, und das kleine Haus wurde wieder grau und geisterhaft unter den dürren Apfelzweigen.

Charitys Herz krampfte sich zusammen. Der erste Einbruch der Dämmerung nach einem strahlenden Tag gab ihr oft das Gefühl einer versteckten Bedrohung: es war, als blicke man auf die Welt, wie sie sein würde, wenn die Liebe daraus verschwunden wäre. Sie fragte sich, ob sie eines Tages an diesem Platz säße und vergeblich nach ihrem Liebsten Ausschau hielte...

Die Klingel seines Fahrrads ertönte vom Weg her, und im Nu war sie am Tor, und seine Augen lachten in ihre. Sie gingen durch das hohe Gras zurück und stießen die Tür an der Rückseite des Hauses auf. Das Zimmer wirkte zunächst ganz dunkel, und sie mußten sich Hand in Hand hineintasten. Im Fensterrahmen wirkte der Himmel hell im Vergleich, und über der schwarzen Masse der Astern in dem Tonkrug schimmerte ein einzelner weißer Stern wie ein Nachtfalter.

»Es gab im letzten Augenblick noch so viel zu tun«, erklärte Harney, »und ich mußte nach Creston fahren und jemanden abholen, der das Fest über bei meiner Tante wohnt.«

Er hatte seine Arme um sie gelegt, und seine Küsse waren auf ihren Lippen und in ihrem Haar. Unter seiner Berührung drängten Dinge ans Licht, die tief in ihr verborgen waren, und öffneten sich wie Blumen im Sonnenschein. Charity verflocht ihre Finger mit den seinen, und Seite an Seite setzten sie sich auf die behelfsmäßige Lagerstatt. Sie hörte kaum die Entschuldigungen für seine Verspätung: in seiner Abwesenheit wurde sie von tausend Zweifeln gequält, aber sobald er auftauchte, fragte sie sich nicht mehr, woher er kam, weshalb er sich verspätet, wer ihn von ihr ferngehalten hatte. Es schien, als müßten die Orte, an denen er gewesen, und die Menschen, mit denen er zusammengetroffen war, aufhören zu existieren, wenn er sie verließ, genauso wie ihr eigenes Leben während seiner Abwesenheit zum Stillstand kam.

Er fuhr nun fort, wortreich und munter auf sie einzureden, bedauerte sein Zuspätkommen, murrte darüber, daß man seine Zeit so sehr in Anspruch nehme, und ahmte gutgelaunt Miss Hatchards wohltätige Aufregung nach. »Sie hat in aller Eile Mr. Miles losgeschickt, um Mr. Royall zu bitten, er möge morgen im Rathaus eine Rede halten: ich erfuhr erst davon, als es schon ausgemacht war.« Charity sagte nichts, und er fügte hinzu: »Schließlich ist es vielleicht gut so. Niemand außer ihm wäre dazu imstande.«

Charity gab keine Antwort: es war ihr gleichgültig, welche Rolle ihr Vormund bei der morgigen Feier spielte. Wie alle anderen Gestalten, die ihre enge Welt bevölkerten, existierte er für sie nicht mehr. Sie hatte sogar aufgehört, ihn zu hassen.

»Morgen werde ich dich nur von weitem sehen«, fuhr Harney fort. »Aber am Abend ist dann der Ball im Rathaus. Willst du, daß ich dir verspreche, mit keinem anderen Mädchen zu tanzen?«

Mit keinem anderen Mädchen? Gab es denn andere? Sogar diese Gefahr hatte sie vergessen, so abgekapselt schienen er und sie in ihrer geheimen Welt. Ihr Herz machte einen erschreckten Satz.

»Ja, versprich es.«

Er lachte und nahm sie in seine Arme. »Du Gänschen – nicht einmal, wenn sie häßlich sind?«

Er strich ihr das Haar aus der Stirn, beugte ihr Gesicht nach hinten, wie es seine Art war, und neigte sich vor, so daß sein Kopf sich schwarz zwischen ihren Augen und dem blassen Himmel abzeichnete, an dem der weiße Stern dahinschwebte...

Seite an Seite radelten sie den dunklen Waldweg zurück zum Dorf. Spät ging der Mond auf, kugelrund und glühend, verwandelte das verschwommene Grau der Bergketten in massives Schwarz und erhellte den oberen Teil des Himmels so stark, daß die Sterne so blaß waren, als spiegelten sie sich im Wasser. Am Waldrand, eine halbe Meile von North Dormer entfernt, sprang Harney von seinem Rad, nahm Charity zu einem letzten Kuß in die Arme und wartete dann, während sie allein weiterfuhr.

Sie waren später dran als sonst, und anstatt das Fahrrad zur Bibliothek zu bringen, lehnte Charity es an die Rückseite des Holzschuppens und betrat die Küche des roten Hauses. Verena saß allein da; als Charity hereinkam, blickte sie sie aus sanften, undurchdringlichen Augen an, nahm dann einen Teller und ein Glas Milch vom Bord und stellte beides stumm auf den Tisch. Charity dankte mit einem Nicken, setzte sich und fiel hungrig über ihr Stück Pastete her und leerte das Glas. Ihr Gesicht brannte von der raschen Fahrt durch die Nacht, und ihre Augen waren geblendet vom Schein der Küchenlampe. Sie kam sich vor wie ein Nachtvogel, der plötzlich gefangen und in einen Käfig gesperrt wird.

»Er ist seit dem Abendessen noch nicht wieder zurück«, sagte Verena. »Er ist drüben im Rathaus.«

Charity hörte ihr nicht zu. Im Geist flog sie noch durch den Wald. Sie wusch den Teller und das Glas ab und tastete sich dann die dunkle Treppe hinauf. Als sie die Tür öffnete, blieb sie wie gebannt stehen. Ehe sie weggegangen war, hatte sie die Fensterläden gegen die Nachmittagshitze geschlossen, aber sie waren einen Spalt weit aufgegangen, und ein Strahl des Mondlichts, das schräg ins Zimmer fiel, lag auf ihrem Bett, beleuchtete ein Kleid aus chinesischer Seide, das jungfräulich darauf ausgebreitet lag. Charity hatte mehr, als sie sich leisten konnte, für das Kleid ausgegeben, das die aller anderen Mädchen überstrahlen sollte; sie hatte North Dormer zeigen wollen, daß sie Harneys Bewunderung würdig sei. Über dem Kleid, auf dem Kissen zusammengefaltet, lag der weiße Schleier, den die jungen Frauen, die an den Vorführungen teilnahmen, unter einem Asternkranz tragen würden; und neben dem Schleier lag ein Paar zierlicher weißer Satinschuhe, die Ally aus einem alten Koffer zutage gefördert hatte, in dem sie geheimnisvolle Schätze aufbewahrte.

Charity stand da und starrte auf die ausgebreitete weiße Pracht. Sie rief ihr ein Traumbild in Erinnerung, dem sie in der Nacht nach ihrer ersten Begegnung mit Harney nachgehangen hatte. Solche Träume hatte sie nicht mehr, ein wärmerer Glanz war an ihre Stelle getreten... aber es war töricht von Ally, daß sie all diese weißen Sachen auf ihrem Bett ausgestellt hatte, so wie Hattie Targatts Hochzeitskleid aus Springfield ausgebreitet worden war, als sie Tom Fry heiratete, damit die Nachbarn es bestaunen konnten...

Charity nahm die Schuhe und besah sie sich neugierig. Bei Tag würden sie zweifellos ein wenig abgetragen aussehen, aber im Mondlicht schienen sie aus Elfenbein geschnitzt. Sie setzte sich auf den Boden, um sie anzuprobieren, und sie paßten wie angegossen, nur daß sie auf den hohen Absätzen ein wenig schwankte, als sie aufstand. Sie sah auf ihre Füße hinab, die dank der anmutigen Form der Schuhe wunderbar gewölbt und schmaler wirkten. Nie zuvor hatte sie solche Schuhe gesehen, nicht einmal in den Schaufenstern in Nettleton... nie, außer... ja, einmal hatte sie ein Paar von gleicher Form an Annabel Balch bemerkt.

Schamröte überlief sie. Ally nähte manchmal für Miss Balch, wenn dieses strahlende Geschöpf sich herabließ, nach North Dormer zu kommen, und gewiß erhielt sie abgelegte Kleidungsstücke als Geschenk: die Schätze in dem geheimnisvollen Koffer stammten alle von den Leuten, für die sie arbeitete. Es konnte keinen Zweifel geben, daß die weißen Schuhe Annabel Balch gehört hatten...

Als sie so dastand und bedrückt auf ihre Füße starrte, hörte sie das dreimalige Kling-ling-ling einer Fahrradglocke unter ihrem Fenster. Es war Harneys Geheimsignal, wenn er auf dem Heimweg vorbeifuhr. Sie stolperte auf den hohen Absätzen zum Fenster, stieß die Läden auf und lehnte sich hinaus. Er winkte ihr zu und flog vorbei, und sein schwarzer Schatten tanzte fröhlich auf der verlassenen, mondbeschienenen Straße vor ihm her; sie lehnte am Fenster und sah ihm nach, bis er unter den Rottannen des Hatchardschen Anwesens verschwand.

13

Das Rathaus war voller Menschen, und es war erstikkend heiß darin. Als Charity hineinschritt, die dritte der in weißen Musselin gekleideten und von Orma Fry angeführten Reihe, nahm sie vor allem wahr, wie prächtig sich die bekränzten Säulen ausnahmen, die die grün ausgelegte Bühne rahmten, auf die sie zuging, und wie fremd ihr die Gesichter waren, die sich in den vordersten Reihen umwandten, um die nahende Prozession zu betrachten.

Aber alles war nur ein verwirrendes Durcheinander von Gesichtern und Farben, bis sie sich schließlich im hinteren Teil der Bühne wiederfand, ihren großen Strauß aus Astern und Goldruten ordentlich vor sich in der Hand, und den nervösen Blick von Lambert Sollas, dem Organisten aus Mr. Miles' Kirche, erwiderte, der von Nettleton hergekommen war, um das Harmonium zu spielen, nun dahinter Platz genommen hatte und mit seinem Dirigentenblick die Reihe der aufgeregten Mädchen überflog.

Einen Augenblick später tauchte Mr. Miles rosig und augenzwinkernd aus dem Hintergrund auf, als segelte er in seinem weiten weißen Gewand heran, und überragte im Nu die gesenkten Häupter in den vordersten Reihen. Er betete mit Nachdruck und kurz und zog sich dann zurück, und ein wildes Kopfnicken von Lambert Sollas mahnte die Mädchen, daß sie nun gleich mit »Home, Sweet Home« folgen würden. Für Charity war es eine Freude zu singen: es schien, als könne ihre heimliche Verzückung zum erstenmal aus ihr hervorbrechen und der Welt ihren Trotz entgegenschleudern. All das Glühen ihres Blutes, der Atem der sommerlichen Erde, das Rauschen des Waldes, der fröhliche Vogelgesang bei Sonnenaufgang, die drückende Mattigkeit am Mittag – all das schien sich in ihrer ungeschulten Stimme auszudrücken, die emporgetragen und geführt wurde vom gesamten Chor.

Und dann war plötzlich das Lied zu Ende, und nach einer ungewissen Pause, in der Miss Hatchards perlgraue Handschuhe verstohlen Zeichen zum Saalende hin gaben, tauchte Mr. Royall auf, stieg die Stufen zur Bühne hinauf und erschien hinter dem blumenbekränzten Rednerpult. Er ging dicht an Charity vorbei, und sie bemerkte, daß sein feierlich-starres Gesicht den majestätischen Ausdruck trug, der sie in ihrer Kindheit stets erschreckt und fasziniert hatte. Sein Gehrock war sorgfältig gebürstet und geplättet, und die Enden seiner schmalen schwarzen Schleife waren beinahe gleich lang, so daß ihn das Binden einen langen Kampf gekostet haben mußte. Sein Aussehen fiel ihr um so mehr auf, als sie ihm zum ersten Mal direkt ins Gesicht blickte seit der Nacht in Nettleton, und nichts an seinem feierlichen und eindrucksvollen Auftreten zeigte auch nur mehr eine Spur der kläglichen Gestalt am Bootssteg.

Er stand einen Augenblick hinter dem Rednerpult, die Fingerspitzen leicht aufgestützt, und verbeugte sich leicht zum Publikum; dann richtete er sich auf und begann.

Zunächst achtete sie nicht auf das, was er sagte: nur Satzbruchstücke, klangvolle Zitate, Anspielungen auf berühmte Männer, wobei der pflichtschuldige Tribut an Honorius Hatchard nicht fehlte, rauschten an ihren unaufmerksamen Ohren vorbei. Sie versuchte, Harney unter den Ehrengästen in der vordersten Reihe zu entdecken; doch er war nirgendwo in der Nähe von Miss Hatchard, die, bekrönt von einem perlgrauen Hut, der zu ihren Handschuhen paßte, direkt vor dem Pult saß, flankiert von Mrs. Miles und einer bedeutend aussehenden fremden Dame. Charity saß fast ganz am einen Ende der Bühne, und von dort aus wurde die Sicht auf das andere Ende der vordersten Reihe durch die Zweige verdeckt, die das Harmonium verbargen. Die Anstrengung, an dem Schirm aus Laub vorbei oder durch die Lücken dazwischen Harney zu erspähen, ließ sie alles andere vergessen; doch die Mühe war vergeblich, und allmählich wurde ihre Aufmerksamkeit durch die Rede ihres Vormunds gefesselt.

Sie hatte ihn nie zuvor in der Öffentlichkeit reden hören, aber der getragene Klang seiner Stimme war ihr vertraut von den Malen, da er laut vorlas oder vor den Gemeinderäten, die sich bei Carrick Fry um den Ofen versammelt hatten, seine Reden schwang. Heute erklang seine Stimme voller und feierlicher, als sie sie je zuvor vernommen hatte: er sprach langsam, mit Pausen, die seine Zuhörer zum stummen Mitdenken aufzufordern schienen; und Charity bemerkte das Licht der Anteilnahme auf ihren Gesichtern.

Er kam zum Ende seiner Ansprache. »... Die meisten von euch«, sagte er, »die meisten von euch, die heute hierher zurückgekehrt sind, um für kurze Zeit wieder die Verbindung zu diesem kleinen Ort herzustellen, haben sich nur zu einer pietätvollen Pilgerfahrt aufgemacht und werden alsbald wieder in geschäftige Städte und zu einem Leben, das erfüllt ist von bedeutenderen Aufgaben, zurückkehren. Doch ist das nicht der einzige Weg, nach North Dormer zurückzukommen. Manche von uns, die in ihrer Jugend von hier aufgebrochen sind... die wie ihr aufgebrochen sind in geschäftige Städte und zu bedeutenderen Aufgaben... sind ganz anders zurückgekommen – für immer zurückgekommen. Ich bin einer von diesen, wie viele von euch wissen...« Er hielt inne, und unter den Zuhörern breitete sich erwartungsvolle Stille aus. »Meine persönliche Geschichte ist ohne Bedeutung, aber sie kann als Beispiel dienen: nicht so sehr für jene von euch, die sich bereits an anderen Orten ein Leben aufgebaut haben, als für die jungen Männer, die vielleicht eben jetzt daran denken, diese stillen Hügel zu verlassen und sich ins Kampfgewühl zu stürzen. Dinge, die sie jetzt nicht vorhersehen können, werden manche dieser jungen Männer vielleicht eines Tages in diesen kleinen Ort und an ihren heimischen Herd zurückkehren lassen: sie kehren vielleicht für immer wieder...« Er sah in die Runde und wiederholte feierlich: »Für *immer*. Das möchte ich betonen... North Dormer ist ein armseliger kleiner Ort, der sich beinahe verliert in einer überwältigenden Landschaft: vielleicht wäre es heute ein bedeutenderer Ort, entspräche mehr der Umgebung, wenn die, welche zurückkehren mußten, mit dem inneren Gefühl zurückgekommen wären, daß sie für *immer* zurückkehren wollten... und nicht aus Not... oder einfach aus Gleichgültigkeit...

Meine Herren, wir wollen die Dinge so sehen, wie sie sind. Manche von uns sind in unseren Heimatort zurückgekehrt, weil wir anderswo gescheitert waren. Auf die eine oder andere Weise waren unsere Pläne fehlgeschlagen... hatten sich unsere Träume nicht erfüllt. Aber daß wir anderswo gescheitert sind, ist noch kein Grund, hier zu scheitern. Gerade unsere Bemühungen an bedeutenderen Orten, selbst wenn sie nicht erfolgreich waren, hätten uns dazu verhelfen sollen, North Dormer zu einem bedeutenderen Ort zu machen... und ihr, ihr jungen Männer, die ihr euch eben jetzt rüstet, dem Ruf eures Ehrgeizes zu folgen und der alten Heimat Valet zu sagen – nun, laßt euch das von mir gesagt sein: wenn ihr je in die alte Heimat zurückkehrt, dann lohnt es sich, um ihretwillen zurückzukehren... Und dazu müßt ihr sie lieb behalten, während ihr in der Ferne seid; und selbst wenn ihr gegen euren Willen zurückkommt – und denkt, das alles sei nur ein bitterer Irrtum des Schicksals oder der Vorsehung –, müßt ihr versuchen, das Beste daraus zu machen und das Beste für eure alte Stadt; und nach einer Weile – nun, meine Damen und Herren, ich gebe Ihnen mein Rezept, was immer es taugen mag –, nach einer Weile werdet ihr vermutlich sagen können, so wie ich heute sagen kann: ›Ich bin froh, daß ich hier bin.‹ Glaubt es mir, ihr alle, am besten dienen wir dem Ort, an dem wir leben, wenn wir uns freuen, hier zu leben.«

Mit diesen Worten endete er, und ein ergriffenes, überraschtes Gemurmel ging durch das Publikum. Die Rede entsprach nicht im mindesten dem, was man erwartet hatte, aber sie bewegte die Leute mehr als alles, was sie erwartet hatten, sie bewegt hätte. »Bravo, bravo!« rief eine Stimme in der Mitte des Saals. Ein Beifallssturm nahm den Ruf auf, und als er allmählich verebbte, hörte Charity, wie Mr. Miles zu jemandem in seiner Nähe sagte: »Das war die Rede eines *Mannes* –« Er wischte seine Brillengläser.

Mr. Royall hatte das Rednerpult verlassen und seinen Platz in der Stuhlreihe vor dem Harmonium eingenommen. Ein eleganter weißhaariger Herr – ein entfernter Verwandter der Hatchards – begab sich nach ihm hinter das mit Goldruten geschmückte Pult und begann, hübsche Dinge zu sagen über den alten Eicheneimer, über geduldige weißhaarige Mütter, über das Wäldchen, in das die Jungen früher zum Nüssesammeln gingen... und Charity begann sich wieder nach Harney umzusehen...

Plötzlich schob Mr. Royall seinen Stuhl zurück, und einer der Ahornzweige vor dem Harmonium fiel krachend um. Er gab die Sicht auf das Ende der ersten

Reihe frei, und auf einem der Stühle erblickte Charity Harney und daneben eine Dame, deren Gesicht ihm zugewandt war und beinahe von der Krempe ihres Hutes verdeckt wurde. Charity brauchte das Gesicht nicht zu sehen. Sie erkannte auf den ersten Blick die schlanke Gestalt, das helle, unter dem Hut hochgesteckte Haar, die langen, blassen, gefältelten Handschuhe, über die Armbänder gestreift waren. Als der Zweig zu Boden fiel, wandte Miss Balch den Kopf zur Bühne, und in ihrem hübschen schmallippigen Lächeln verweilte noch der Abglanz von etwas, das ihr Nachbar ihr zugeflüstert hatte...

Jemand trat vor, um den umgefallenen Zweig wieder hinzustellen, und Miss Balch und Harney waren Charitys Blicken wieder entzogen. Für Charity hatte jedoch der Anblick der beiden Gesichter alles andere ausgelöscht. Blitzartig hatten sie ihr die nackte Wahrheit über ihre Lage enthüllt. Hinter dem zerbrechlichen Schirm der Liebkosungen ihres Liebsten war das ganze unergründliche Geheimnis seines Lebens verborgen: seine Beziehungen zu anderen Menschen – zu anderen Frauen –, seine Ansichten, seine Vorurteile, seine Prinzipien, das Netz von Einflüssen und Interessen und Ambitionen, in das jedermann verstrickt ist. Von alledem wußte sie nichts, außer was er ihr von seinen architektonischen Bestrebungen erzählt hatte. Sie hatte stets geahnt, daß er mit wichtigen Leuten in Verbindung stand, in komplizierte Beziehungen verstrickt war – aber sie hatte das Gefühl gehabt, dies alles übersteige ihr Vorstellungsvermögen bei weitem, so daß das ganze

Thema wie ein leuchtender Dunstschleier im entferntesten Winkel ihrer Gedanken hing. Im Vordergrund standen, alles andere verbergend, der Glanz seiner Gegenwart, Licht und Schatten seines Gesichts, die Art, wie seine kurzsichtigen Augen, wenn sie auf ihn zuging, größer und tiefer wurden, als wollte er Charity in sie hineinziehen; und vor allem die Glut der Jugend und Zärtlichkeit, mit der seine Worte sie umhüllten.

Nun sah sie ihn von sich losgelöst, sah, wie er ins Unbekannte entglitt und einem anderen Mädchen Dinge zuflüsterte, die dasselbe Lächeln schelmischer Komplizenschaft hervorriefen, das er so oft auf ihre Lippen gezaubert hatte. Das Gefühl, das sie beherrschte, war nicht Eifersucht: zu sicher war sie seiner Liebe. Es war eher Entsetzen vor dem Unbekannten, vor all den geheimnisvollen Reizen, die ihn selbst in diesem Augenblick von ihr wegzogen, und vor ihrer Machtlosigkeit, es mit ihnen aufzunehmen.

Sie hatte ihm alles gegeben, was sie hatte – aber was war das schon, verglichen mit den anderen Gaben, die das Leben für ihn bereithielt? Sie begriff nun die Lage von Mädchen wie ihr, denen so etwas widerfuhr. Sie gaben alles, was sie hatten, aber ihr Alles war nicht genug: es konnte ihnen nur ein paar Augenblicke erkaufen.

Die Hitze war drückend geworden – Charity spürte, wie sie sich in erstickenden Wogen auf sie herabsenkte, und die Gesichter in dem überfüllten Saal fingen an zu tanzen, so wie die Bilder auf der Leinwand in Nettleton geflimmert hatten. Einen Moment lang löste sich Mr. Royalls Gesicht aus dem verschwommenen Durcheinander. Er hatte seinen Platz vor dem Harmonium wieder eingenommen und saß ganz in ihrer Nähe, den Blick auf ihr Gesicht geheftet; und dieser Blick schien bis ins Innerste ihrer verworrenen Empfindungen zu dringen... Ein Gefühl körperlichen Unwohlseins überkam sie – und dann eine entsetzliche Ahnung. Das Licht der leidenschaftlichen Stunden in dem kleinen Haus überflutete sie jetzt mit dem grellen Schein der Furcht. Sie zwang sich, den Blick von ihrem Vormund abzuwenden, und merkte, daß der Redefluß des Hatchardschen Cousins aufgehört hatte und Mr. Miles wieder mit seinen Flügeln schlug. Bruchstücke seiner Ansprache schwirrten durch ihr verstörtes Hirn. »... Eine reiche Ernte geheiligter Erinnerungen... eine geweihte Stunde, zu der in Zeiten schwerer Prüfungen unsere Gedanken andächtig zurückkehren werden... Und nun, o Herr, lasset uns demütig und inbrünstig Dank sagen für diesen gesegneten Tag der Wiedervereinigung hier in der alten Heimat, zu der wir von so weit zurückgekehrt sind. Bewahre sie uns fürderhin, o Herr, in all ihrer schlichten Lieblichkeit – in der Freundlichkeit und Weisheit ihrer alten Menschen, im Mut und Fleiß ihrer jungen Männer, in der Frömmigkeit und Reinheit dieser Schar unschuldiger Mädchen.« Er wedelte mit seinen weißen Flügeln in ihre Richtung, und im selben Augenblick stimmte Lambert Sollas unter heftigem Nicken die ersten Akkorde von »Auld Long Syne« an... Charity sah starr geradeaus, dann ließ sie ihre Blumen fallen und stürzte mit dem Gesicht nach unten vor Mr. Royalls Füße.

14

Die Heimatwoche von North Dormer schloß selbstverständlich die zur Gemeinde gehörigen Dörfer mit ein, und die Festlichkeiten sollten sich über alle Ortschaften verteilen, angefangen von Dormer und den beiden Creston bis hin zu Hamblin, dem einsamen Weiler am Nordhang des Berges, wo stets der erste Schnee fiel. Am dritten Tag gab es in Creston und Creston River Ansprachen und feierliche Darbietungen; am vierten sollten die wichtigsten Ausführenden in Wagen nach Dormer und Hamblin gebracht werden.

Es war am vierten Tag, als Charity zum erstenmal wieder in das kleine Haus zurückkehrte. Sie hatte Harney nicht mehr allein gesehen, seit sie sich in der Nacht vor Beginn der Festlichkeiten am Waldrand getrennt hatten. In der Zwischenzeit war sie vielen Stimmungen ausgesetzt gewesen, aber für den Augenblick war das Entsetzen, das sie im Rathaus ergriffen hatte, an den äußersten Rand ihres Bewußtseins zurückgewichen. Sie war ohnmächtig geworden, weil es im Saal so drückend heiß gewesen war und weil die Redner kein Ende gefunden hatten... Auch andere Leute hatten unter der Hitze zu leiden, und den Saal verlassen müssen, bevor die Darbietungen zu Ende waren. Den ganzen Nachmittag hatte man es donnern hören, und alle sagten hinterher, daß man hätte etwas unternehmen müssen, um den Saal zu belüften...

Beim Ball an jenem Abend – zu dem sie widerstrebend gegangen war und nur, weil sie Angst hatte fernzubleiben, war sie sofort wieder beruhigt gewesen. Schon beim Eintreten hatte sie gesehen, daß Harney auf sie wartete, und er war mit freundlichen, fröhlichen Augen auf sie zugegangen und hatte sie zu einem Walzer entführt. Sie spürte die Musik in den Füßen, und obwohl sie nur mit den Burschen aus dem Dorf geübt hatte, fiel es ihr nicht schwer, ihre Schritte seinen anzupassen. Während sie über das Parkett kreisten, fielen alle unsinnigen Ängste von ihr ab, und sie vergaß sogar, daß sie vermutlich in Annabel Balchs Schuhen tanzte.

Als der Walzer vorüber war, verließ Harney sie mit einem letzten Händedruck, um Miss Hatchard und Miss Balch zu begrüßen, die gerade eintraten. Einen Augenblick lang empfand Charity Angst, als Miss Balch erschien, doch sie verging wieder. Das triumphierende Wissen, daß sie schöner war und Harney sich dessen bewußt, wischte ihre Befürchtungen beiseite. Miss Balch wirkte in ihrem unvorteilhaften Kleid abgehärmt und farblos, und Charity meinte, in ihren von blassen Wimpern umrandeten Augen einen besorgten Ausdruck zu entdecken. Miss Balch nahm neben Miss Hatchard Platz, und es wurde bald deutlich, daß sie nicht zu tanzen vorhatte. Charity tanzte auch nicht oft. Harney erklärte ihr, Miss Hatchard habe ihn gebeten, jedes der Mädchen einmal aufzufordern; aber er fragte Charity jedesmal förmlich um Erlaubnis, bevor er eine auf die Tanzfläche führte, und das vermittelte ihr ein noch weit stärkeres Gefühl geheimen Triumphes, als wenn sie mit ihm im Saal herumwirbelte.

An all das dachte sie, während sie in dem verlassenen Haus auf ihn wartete. Es war ein schwüler Spätnachmittag, und sie hatte ihren Hut beiseite geworfen und sich der Länge nach auf der mexikanischen Decke ausgestreckt, denn im Haus war es kühler als unter den Bäumen. Sie lag da, die Arme unter dem Kopf verschränkt, und blickte hinaus auf die schartige Flanke des Berges. Der Himmel dahinter war vom zersplitterten Strahlenglanz der untergehenden Sonne erfüllt, und Charity erwartete in Kürze Harneys Fahrradklingel vom Weg her zu hören. Er war mit dem Fahrrad nach Hamblin geradelt, anstatt mit seiner Cousine und ihren Freunden im Wagen zu fahren, damit er früher entwischen und auf dem Heimweg bei dem verlassenen Haus haltmachen konnte, das auf der Straße nach Hamblin lag. Sie hatten zusammen gelächelt bei der komischen Vorstellung, daß sie die überfüllten Wagen auf dem Rückweg würden vorbeirattern hören, während sie dicht beieinander in ihrem Versteck oberhalb der Straße lägen. Derlei kindliche Triumphe gaben ihr immer noch ein Gefühl unbekümmerter Sicherheit. Dennoch hatte sie nicht ganz die Angstvisionen aus dem Rathaus vergessen. Das Gefühl, daß all dies von Dauer sei, hatte sie verloren, und jeder Augenblick mit Harney würde nun von Zweifeln umzingelt sein.

Der Berg wurde purpurrot vor dem feurigen Sonnenuntergang, von dem er durch einen schmalen Saum bebenden Lichts getrennt schien, und über dieser Flammenwand war der ganze Himmel von einem reinen Blaßgrün wie ein kalter Bergsee im Schatten. Charity lag da, sah hinauf und hielt Ausschau nach dem ersten weißen Stern...

Ihr Blick war immer noch auf die oberen Gefilde des Himmels gerichtet, als sie merkte, daß ein Schatten durch das vom Abendrot überflutete Zimmer gehuscht war: das mußte Harney gewesen sein, der vor der untergehenden Sonne am Fenster vorbeigegangen war... Sie richtete sich halb auf und ließ sich dann wieder auf ihre verschränkten Arme zurückfallen. Die Kämme waren ihr aus dem Haar gerutscht, und es zog sich wie ein kräftiges dunkles Seil über ihre Brust. Sie lag ganz still da, ein schläfriges Lächeln auf den Lippen, die trägen Lider halb geschlossen. Jemand machte sich an dem Vorlegeschloß zu schaffen, und sie rief: »Hast du die Kette losgemacht?« Die Tür ging auf, und Mr. Royall trat ins Zimmer.

Sie fuhr hoch und lehnte sich gegen die Kissen; wortlos sahen sie einander an. Dann schloß Mr. Royall die Tür und ging ein paar Schritte auf sie zu.

Charity sprang auf. »Warum bist du hergekommen?« stammelte sie.

Das letzte Leuchten des Sonnenuntergangs lag auf dem Gesicht ihres Vormunds, das in dem gelben Glanz aschfahl wirkte. »Weil ich wußte, daß du hier bist«, antwortete er schlicht.

Sie hatte bemerkt, daß ihr das Haar offen auf die Brust hing, und es schien ihr, als könne sie erst mit ihm reden, wenn sie sich die Frisur geordnet hätte. Sie griff nach ihren Kämmen und versuchte, das Haar aufzustecken. Mr. Royall sah ihr schweigend zu.

»Charity«, sagte er, »er wird jeden Augenblick hier sein. Laß mich zuvor mit dir reden.«

»Du hast kein Recht, mit mir zu reden. Ich kann tun und lassen, was ich will.«

»Ja. Und was willst du tun?«

»Ich brauche nicht darauf zu antworten, auch auf alles andere nicht.«

Er hatte den Blick abgewandt und sah sich neugierig in dem von der Sonne beleuchteten Zimmer um. Violette Astern und rote Ahornblätter füllten den Krug auf dem Tisch; auf einem Bord an der Wand standen eine Lampe, der Wasserkessel, ein kleiner Stapel Tassen und Untertassen. Die mit Segeltuch bespannten Stühle waren um den Tisch gruppiert.

»Also hier trefft ihr euch«, sagte er.

Sein Ton war ruhig und beherrscht, und das brachte sie aus der Fassung. Sie war darauf vorbereitet gewesen, ihm Heftigkeit mit Heftigkeit zu vergelten, aber daß er die Dinge, wie sie waren, so ruhig hinnahm, machte sie wehrlos.

»Hör zu, Charity – du sagst mir dauernd, ich hätte keine Rechte über dich. Man könnte die Sache so oder so sehen – aber das will ich jetzt nicht erörtern. Ich weiß nur, daß ich dich, so gut ich konnte, großgezogen und es immer gut mit dir gemeint habe – außer einmal, eine schlimme halbe Stunde lang. Es ist nicht gerecht, diese halbe Stunde gegen alles andere aufzuwiegen, und das weißt du. Sonst hättest du nicht weiterhin unter meinem Dach gelebt. Und mir scheint, dein Verhalten gibt mir eine Art Recht; das Recht zu versuchen, dich vor Schwierigkeiten zu bewahren. Ich verlange nicht, daß du irgendwelche anderen Rechte in Betracht ziehst.«

Sie hörte schweigend zu und stieß dann ein leises Lachen aus. »Wart' lieber, bis ich in Schwierigkeiten bin«, sagte sie.

Er schwieg einen Augenblick, als wäge er ihre Worte. »Ist das deine ganze Antwort?«

»Ja, das ist alles.«

»Gut – ich werde warten.«

Er wandte sich langsam um, doch während er sich umdrehte, geschah das, worauf Charity gewartet hatte; die Tür ging auf, und Harney trat ein.

Er blieb überrascht stehen, hatte sich aber rasch wieder in der Gewalt und ging mit freimütigem Blick auf Mr. Royall zu.

»Wollten Sie mich besuchen kommen, Sir?« sagte er kühl und warf seine Mütze mit Besitzermiene auf den Tisch.

Wieder sah sich Mr. Royall langsam im Zimmer um; dann richtete er den Blick auf den jungen Mann.

»Ist das Ihr Haus?« fragte er.

Harney lachte. »Nun ja – ebensogut wie das von jedem anderen. Ich komme gelegentlich hierher, um zu zeichnen.«

»Und Miss Royall zu empfangen?«

»Wenn sie mir die Ehre erweist –«

»Ist das das Heim, in das Sie sie bringen wollen, wenn Sie heiraten?«

Es folgte ein unendlich langes, bedrückendes Schweigen. Charity, bebend vor Zorn, trat einen Schritt vor und blieb dann stumm stehen, zu gedemütigt, um etwas sagen zu können. Harney hatte die Augen vor dem Blick des alten Mannes niedergeschlagen, nun aber hob er sie wieder, und Mr. Royall fest ins Gesicht blikkend sagte er: »Miss Royall ist kein Kind. Ist es nicht ziemlich absurd, von ihr zu sprechen, als wäre sie eins? Ich glaube, sie ist der Ansicht, es stehe ihr frei, zu kommen und zu gehen, wie es ihr paßt, ohne daß irgend jemand Fragen stellt.« Er hielt inne, dann fügte er hinzu: »Ich bin bereit, jede Frage zu beantworten, die sie mir stellen möchte.«

Mr. Royall wandte sich an Charity. »Dann frag ihn, wann er dich heiraten wird –« Es folgte wieder ein Schweigen, und er lachte nun seinerseits – ein brüchiges Lachen mit einem kratzenden Unterton. »Du wagst es nicht!« brach es plötzlich leidenschaftlich aus ihm hervor. Er trat dicht an Charity heran, den rechten Arm erhoben, nicht als Drohung, sondern als tragische Ermahnung.

»Du wagst es nicht, und das weißt du – und du weißt auch, warum!« Abrupt wandte er sich wieder dem jungen Mann zu. »Und Sie wissen, warum Sie sie nicht gefragt haben, ob sie Sie heiraten will, und warum Sie das auch nicht vorhaben. Weil Sie es nämlich nicht zu tun brauchten: weder Sie noch irgendein anderer. Ich bin der einzige, der so dumm war, es nicht zu wissen; und ich glaube, niemand wird meinen Fehler wiederholen – jedenfalls niemand in Eagle County. Alle wissen, was sie ist und woher sie kam. Alle wissen, daß ihre Mutter eine Frau aus Nettleton war, die einem dieser Kerle vom Berg nachgelaufen ist und dort oben wie eine Heidin mit ihm gelebt hat. Ich habe sie vor sechzehn Jahren gesehen, als ich hinaufstieg, um dieses Kind herunterzuholen. Ich ging, um sie vor dem Leben zu bewahren, das ihre Mutter führte – aber ich hätte sie besser in dem elenden Loch gelassen, aus dem sie kam ...«

Er hielt inne und starrte düster auf die beiden jungen Leute, dann über sie hinweg auf den bedrohlichen Berg mit seinem Saum aus Feuer; schließlich setzte er sich an den Tisch, auf dem sie so oft ihr einfaches Mahl angerichtet hatten, und bedeckte sein Gesicht mit den Händen. Harney lehnte mit finsterer Miene am Fenster: an den Fingern drehte er ein kleines Päckchen, das an einer Schnur herabhing... Charity hörte, wie Mr. Royall ein-, zweimal tief Atem holte, und seine Schultern zitterten ein wenig. Wenig später erhob er sich und durchquerte das Zimmer. Er blickte die beiden jungen Leute nicht mehr an: sie sahen, wie er sich zur Tür tastete und nach dem Riegel suchte; dann trat er in die Dunkelheit hinaus. Als er gegangen war, herrschte ein langes Schweigen. Charity wartete, daß Harney etwas sagte; aber er schien zunächst keine Worte zu finden. Schließlich brachte er ohne jeden Zusammenhang hervor: »Ich frage mich, wie er es herausgefunden hat.«

Sie gab keine Antwort, und er warf das Päckchen hin, das er in der Hand gehalten hatte, und kam auf sie zu.

»Es tut mir so leid, Liebste..., daß das passieren mußte...«

Sie warf stolz den Kopf zurück. »Mir hat es nie leid getan – keinen einzigen Augenblick!«

»Nein.«

Sie wartete, daß er sie in die Arme nähme, aber er wandte sich unschlüssig von ihr weg. Das letzte Leuchten hinter dem Berg war verschwunden. Alles im Zimmer war grau und schattenhaft geworden, und herbstliche Feuchtigkeit kroch von der Mulde unterhalb des Obstgartens herauf und legte ihre kalte Hand auf ihre glühenden Gesichter. Harney schritt durch die Länge des ganzen Raumes, kam dann zurück und setzte sich an den Tisch.

»Komm«, sagte er gebieterisch.

Sie setzte sich neben ihn, und er löste die Schnur von dem Päckchen und legte einen Stapel belegter Brote auf den Tisch.

»Ich habe sie vom Liebesfest im Hamblin mitgehen lassen«, sagte er mit einem Lachen und schob die Brote zu ihr hinüber. Sie lachte auch, nahm eines und begann zu essen.

»Hast du keinen Tee gemacht?«

»Nein«, sagte sie. »Ich vergaß –«

»Na schön – jetzt ist es zu spät, Wasser heiß zu machen.« Er sagte nichts mehr; sie saßen einander gegenüber und verzehrten schweigend die Brote. In dem kleinen Zimmer war es dunkel geworden, und Harneys Gesicht war für Charity nur noch ein undeutlicher Fleck. Plötzlich beugte er sich über den Tisch und legte seine Hand auf ihre.

»Ich werde eine Zeitlang weggehen müssen – ein, zwei Monate vielleicht, um ein paar Dinge zu regeln; aber dann komme ich wieder zurück... und wir heiraten.«

Seine Stimme klang wie die eines Fremden: nichts war mehr da von dem Ton, den Charity kannte. Ihre Hand lag schlaff unter seiner, und sie ließ sie dort, hob den Kopf und versuchte zu antworten. Doch die Worte erstarben ihr in der Kehle. Reglos saßen beide da, in dieser Haltung vertrauensvoller Zuneigung, als habe sie ein seltsamer Tod überrascht. Schließlich sprang Harney mit einem leichten Erschauern auf. »Mein Gott, wie feucht es ist – wir hätten nicht mehr lange herkommen können.« Er ging zu dem Bord, holte einen Kerzenleuchter aus Zinn herunter und zündete die Kerze an; dann lehnte er einen ausgehängten Fensterladen in den leeren Fensterrahmen und stellte die Kerze auf den Tisch. Sie warf einen merkwürdigen Schatten auf seine gerunzelte Stirn und verwandelte das Lächeln auf seinen Lippen in eine Grimasse.

»Aber es war doch schön, nicht wahr, Charity...? Was ist los – warum stehst du da und starrst mich an? Waren die Tage hier nicht schön?« Er ging auf sie zu und zog sie an seine Brust. »Und es wird andere geben – noch viele... vergnügtere... sogar noch vergnügtere... nicht wahr, Liebste?«

Er beugte ihren Kopf nach hinten, tastete nach der Biegung ihres Halses unter dem Ohr und küßte sie dorthin und auf das Haar und die Augen und die Lippen. Verzweifelt klammerte sie sich an ihn, und als er sie auf dem Lager auf seine Knie zog, hatte sie das Gefühl, als würden sie gemeinsam in einen bodenlosen Abgrund hinabgesogen.

15

An diesem Abend nahmen sie wie gewöhnlich am Waldrand Abschied voneinander. Harney wollte am nächsten Morgen früh aufbrechen. Er bat Charity, bis zu seiner Rückkehr niemandem etwas von ihren Plänen zu erzählen, und sie war, zu ihrem eigenen Erstaunen, froh über den Aufschub. Wie Blei lastete die Scham auf ihr und lähmte jedes andere Gefühl, und sie sagte Harney Lebewohl fast ohne jede Gefühlsregung. Seine wiederholten Versprechen, zurückzukehren, erschienen beinahe verletzend. Sie zweifelte nicht daran, daß er wiederkommen würde; ihre Zweifel waren viel tiefer und weniger benennbar.

Seit der schwärmerischen Zukunftsvision, die nach der ersten Begegnung in ihrer Phantasie aufgeblitzt war, hatte sie kaum wieder daran gedacht, daß er sie heiraten könne. Sie hatte den Gedanken nicht aus ihrem Kopf verbannen müssen; er war gar nicht dagewesen. Wenn sie überhaupt in die Zukunft blickte, dann spürte sie instinktiv, daß die Kluft zwischen ihnen zu tief war und daß die Brücke, die ihrer beider Leidenschaft hinüber geschlagen hatte, so wenig greifbar war wie ein Regenbogen. Aber sie blickte selten in die Zukunft; jeder

Tag war so erfüllt, daß er sie ganz in Beschlag nahm... Jetzt war ihre erste Empfindung, daß alles anders sein und daß auch sie zu etwas ganz anderem für Harney würde. Statt isoliert und einzigartig zu bleiben, würde sie mit vielen Menschen verglichen werden, und unbekannte Dinge würde man von ihr erwarten. Sie war zu stolz, um sich zu fürchten, aber ihre innere Freiheit erlahmte...

Harney hatte keinerlei Termin für seine Rückkehr genannt; er hatte gesagt, er werde sich zunächst umsehen und verschiedene Dinge regeln müssen. Er hatte versprochen, er werde schreiben, sobald etwas entschieden sei, hatte ihr seine Adresse hinterlassen und sie gebeten, ebenfalls zu schreiben. Aber die Adresse machte ihr Angst. Sie nannte einen Club in New York mit einem langen Namen an der Fifth Avenue: sie schien eine unüberwindliche Barriere zwischen ihnen aufzurichten. In den ersten Tagen holte sie ein-, zweimal ein Blatt Papier hervor, setzte sich davor und starrte es an und versuchte darüber nachzudenken, was sie schreiben könnte; aber sie hatte das Gefühl, ihr Brief würde nie seinen Bestimmungsort erreichen. Sie hatte nie an jemanden geschrieben, der weiter als in Hepburn wohnte.

Harneys erster Brief kam nach ungefähr zehn Tagen. Er war liebevoll, aber ernst, und erinnerte kein bißchen an die fröhlichen kleinen Notizen, die er ihr von dem sommersprossigen Jungen aus Creston River hatte überbringen lassen. Er sprach mit Bestimmtheit von seiner Absicht, wiederzukommen, nannte aber kein

Datum und erinnerte Charity an ihre Abmachung, daß ihre Pläne nicht bekannt werden dürften, bis er die Zeit gefunden habe, »alles zu regeln«. Wann das sein würde, könne er noch nicht voraussagen; aber sie könne mit seiner Rückkehr rechnen, sobald die Wege geebnet wären.

Charity las den Brief mit dem seltsamen Gefühl, er komme aus unermeßlicher Ferne und habe das meiste von seiner Bedeutung unterwegs verloren; als Antwort schickte sie ihm eine farbige Postkarte von den Wasserfällen von Creston, auf die sie schrieb: »In Liebe – Charity.« Sie spürte, wie kläglich unangemessen ihre Antwort war, und begriff mit einem Gefühl der Verzweiflung, daß sie in ihrer Unfähigkeit, sich mitzuteilen, ihm den Eindruck von Kälte und Abneigung geben mußte; aber sie konnte es nicht ändern. Sie konnte nicht vergessen, daß er erst von Heirat zu ihr gesprochen hatte, als Mr. Royall ihn dazu genötigt hatte; sie hatte zwar nicht die Kraft gehabt, den Bann abzuschütteln, der sie an ihn fesselte, doch sie hatte jegliches spontane Empfinden verloren, und es kam ihr vor, als erwarte sie tatenlos ein Schicksal, das sie nicht abwenden konnte.

Bei ihrer Rückkehr in das rote Haus hatte sie Mr. Royall nicht gesehen. Als sie am Morgen nach ihrem Abschied von Harney aus ihrem Zimmer nach unten kam, sagte Verena, ihr Vormund sei nach Worcester und Portland gefahren. Es war die Zeit, in der er gewöhnlich den Versicherungsgesellschaften, die er vertrat, Bericht erstattete, und es war, von ihrer Plötzlichkeit abgesehen, nichts Ungewöhnliches an seiner Abreise.

Charity dachte wenig an ihn, war nur froh, daß er nicht da war.

Die ersten Tage blieb sie für sich, während sich North Dormer von seinem kurzen Ausflug ins öffentliche Leben erholte, und in der abklingenden Aufregung nahm niemand Notiz von ihr. Doch der treuen Ally konnte sie nicht lange aus dem Weg gehen. Die ersten paar Tage nach dem Ende der Heimatwochenfestlichkeiten wich ihr Charity aus, indem sie den ganzen Tag auf den Hügeln umherstreifte, wenn sie nicht an ihrem Platz in der Bibliothek war; doch danach kam eine Regenperiode, und an einem Nachmittag, an dem es in Strömen goß, kam Ally mit ihrem Nähzeug ins rote Haus, in der Gewißheit, daß sie ihre Freundin antreffen werde.

Die beiden Mädchen saßen oben in Charitys Zimmer. Charity, die Hände müßig im Schoß, war in eine Art bleiernen Traum versunken, in dem sie sich der Gegenwart Allys nur halb bewußt war, die ihr gegenüber auf einem niedrigen Korbstuhl saß, die Arbeit auf den Knien und die dünnen Lippen geschürzt, während sie sich darüber beugte.

»Es war meine Idee, ein Band durch die Rüsche zu ziehen«, sagte sie stolz und lehnte sich zurück, um die Bluse zu betrachten, die sie aufputzte. »Sie ist für Miss Balch: es hat ihr ungeheuer gefallen.« Sie schwieg und fuhr dann mit einem merkwürdigen Beben in ihrer piepsigen Stimme fort: »Ich hab' mich nicht getraut, ihr zu sagen, daß die Idee von einer Bluse stammt, die ich an Julia gesehen habe.«

Charity hob teilnahmslos die Augen. »Siehst du Julia noch ab und zu?«

Ally wurde rot, als sei ihr diese Andeutung aus Versehen entschlüpft. »Oh, ich hab' sie vor langer Zeit mit solchen Rüschen gesehen...«

Wieder herrschte Schweigen, und wenig später fuhr Ally fort: »Miss Balch hat mir diesmal eine ganze Menge Sachen zum Umarbeiten dagelassen.«

»Ach – ist sie fort?« fragte Charity, während plötzlich eine Ahnung sie durchfuhr.

»Hast du das nicht gewußt? Sie ist am Morgen nach dem Fest in Hamblin abgereist. Ich hab' sie frühmorgens mit Mr. Harney vorbeifahren sehen.«

Es herrschte erneut Schweigen, das vom regelmäßigen Klopfen des Regens an das Fenster und ab und zu durch das Schnippeln von Allys Schere skandiert wurde. Ally lachte nachdenklich. »Weißt du, was sie zu mir gesagt hat, bevor sie wegfuhr? Sie hat zu mir gesagt, sie läßt mich nach Springfield holen, damit ich ihr ein paar Sachen für ihre Hochzeit nähe.«

Charity hob wieder die schweren Lider und starrte in Allys blasses, spitzes Gesicht, das sich über ihren geschäftigen Fingern hin und her bewegte.

»Ach, sie heiratet?«

Ally ließ die Bluse auf die Knie sinken und starrte auf sie hinunter. Ihre Lippen schienen plötzlich trocken, und sie befeuchtete sie ein wenig mit der Zunge.

»Na ja, ich nehme an... nach dem, was sie gesagt hat... Hast du es nicht gewußt?«

»Woher hätte ich es wissen sollen?«

Ally gab keine Antwort. Sie beugte sich über die Bluse und begann, einen Heftfaden mit der Scherenspitze herauszuziehen.

»Woher hätte ich es wissen sollen?« wiederholte Charity schroff.

»Ich weiß nur... man erzählt sich, sie sei mit Mr. Harney verlobt.«

Charity stand lachend auf und reckte träge die Arme über dem Kopf.

»Wenn alle Leute heiraten würden, von denen man sich's erzählt, da müßtest du die ganze Zeit Hochzeitskleider nähen«, sagte sie spöttisch.

»Warum – glaubst du es nicht?« fragte Ally zaghaft.

»Wenn ich es glaubte, würde es dadurch auch nicht wahr – und wenn ich es nicht glaubte, würde ich's auch nicht verhindern.«

»Das stimmt... Ich weiß nur, daß ich sie am Abend des Festes hab' weinen sehen, weil ihr Kleid nicht richtig saß. Deshalb hat sie auch nicht tanzen wollen...«

Charity blickte zerstreut auf die Spitzenbluse auf Allys Knien. Plötzlich bückte sie sich und riß die Bluse an sich.

»Na, in der wird sie auch nicht tanzen«, sagte sie mit plötzlicher Heftigkeit; sie packte die Bluse mit ihren kräftigen jungen Händen, riß sie entzwei und schleuderte die Fetzen auf den Boden.

»O Charity –«, schrie Ally und sprang auf. Lange Zeit starrten sich die beiden Mädchen über das zerrissene Kleidungsstück hinweg an. Dann brach Ally in Tränen aus.

»Oh, was soll ich ihr bloß sagen? Was soll ich tun? Es war echte Spitze!« jammerte sie zwischen ihren piepsigen Schluchzern.

Charity blickte sie ungerührt an. »Du hättest sie eben nicht herbringen sollen«, sagte sie mit fliegendem Atem. »Ich hasse andrer Leute Kleider – es ist grad so, als wären sie selber da.« Nach diesem Bekenntnis starrten sich die beiden erneut an, bis Charity in einem gequälten Aufschrei hervorstieß: »Oh, geh, geh, geh, sonst hasse ich dich auch...« Als Ally gegangen war, fiel sie schluchzend auf das Bett.

Dem langen Sturm folgte ein steifer Nordwestwind, und als der vorbei war, bekamen die Hügel die ersten braunen Farbtöne, das Blau des Himmels wurde noch tiefer, und die großen weißen Wolken lagerten wie Schneewächten vor den Hügeln. Die ersten dürren Ahornblätter begannen über Miss Hatchards Rasen zu wirbeln, und der wilde Wein ergoß sich scharlachfarben über den weißen Vorbau der Gedächtnisbibliothek. Es war ein goldener, triumphaler September. Tag für Tag breitete sich die Flamme des wilden Weins in immer weiteren karmin- und purpurroten Wogen bis zu den Hügeln aus, die Lärchen glühten wie der schmale gelbe Lichtschein um ein Feuer, die Ahornbäume loderten und schwelten, und die schwarzen Schierlingstannen wirkten blau vor dem leuchtenden Hintergrund des Waldes.

Die Nächte waren kalt, und kalt glitzerten die Sterne so hoch oben, daß sie kleiner und heller erschienen.

Manchmal, wenn Charity die langen Stunden schlaflos auf ihrem Bett lag, hatte sie das Gefühl, sie sei eins mit diesen kreisenden Lichtern und drehe sich mit ihnen um das große schwarze Gewölbe. Nachts machte sie viele Pläne... das war auch die Zeit, da sie an Harney schrieb. Aber die Briefe wurden nie zu Papier gebracht, denn sie wußte nicht, wie sie ausdrücken sollte, was sie ihm sagen wollte. Also wartete sie. Seit ihrem Gespräch mit Ally war sie überzeugt, daß Harney mit Annabel Balch verlobt sei und daß zu dem Vorhaben »alles zu regeln« gehörte, diese Bindung zu lösen. Nachdem der erste Taumel von Eifersucht vorbei war, empfand sie in dieser Hinsicht keine Furcht. Sie war sich immer noch sicher, daß Harney zurückkommen werde, und ebenso sicher war sie, zumindest für den Augenblick, daß sie es sei, die er liebe, und nicht Miss Balch. Und doch blieb das Mädchen um nichts weniger eine Rivalin, da sie all die Dinge verkörperte, die zu verstehen oder zu erreichen Charity sich völlig außerstande sah. Annabel Balch war, wenn nicht das Mädchen, das Harney heiraten sollte, zumindest die Sorte Mädchen, die er normalerweise heiraten würde. Charity hatte sich nie als Harneys Frau vorstellen können; hatte nie den Tagtraum festgehalten und ihn sich in seinen alltäglichen Konsequenzen ausmalen können; aber Annabel Balch konnte sie sich ganz und gar in dieser Rolle vorstellen.

Je mehr sie an diese Dinge dachte, desto schwerer lastete das Gefühl auf ihr, daß alles längst entschieden sei: sie fühlte, wie sinnlos es sei, gegen die Verhältnisse anzukämpfen. Sie hatte es nie verstanden, sich anzupassen; sie konnte nur zerbrechen, zerreißen und zugrunde richten. Die Szene mit Ally hatte sie mit tiefer Scham erfüllt über ihre kindische Zerstörungswut. Was würde Harney gedacht haben, wenn er das gesehen hätte? Aber jedesmal, wenn sie über diesen Vorfall in ihren verstörten Gedanken nachsann, konnte sie sich nicht vorstellen, was ein zivilisierter Mensch in ihrer Lage getan hätte. Sie fühlte sich gegen unbekannte Mächte allzu unvollkommen ausgerüstet...

Schließlich trieb sie dieses Gefühl zu plötzlicher Tat. Eines Abends holte sie sich ein Blatt Papier aus Mr. Royalls Arbeitszimmer, setzte sich, nachdem Verena zu Bett gegangen war, vor die Küchenlampe und begann ihren ersten Brief an Harney. Er war sehr kurz:

Ich möchte, daß Du Annabel Balch heiratest, wenn Du es ihr versprochen hast. Ich denke, Du hattest vielleicht Angst, mir würde das sehr weh tun. Ich denke, mir wäre lieber, Du handelst recht.

Deine Dich liebende Charity

Sie brachte den Brief früh am nächsten Morgen zur Post, und ein paar Tage lang war ihr seltsam leicht ums Herz. Dann begann sie sich zu fragen, warum sie keine Antwort erhielt.

Eines Tages, als sie allein in der Bibliothek saß und über alles nachgrübelte, begannen die Bücherwände sich um sie zu drehen, und der Schreibtisch aus Rosenholz schwankte unter ihren Ellbogen. Der Benommenheit folgte ein Anfall von Übelkeit wie die, die sie bei den Festlichkeiten im Rathaus überkommen hatte. Aber im Rathaus war es voll und drückend heiß gewesen, und die Bibliothek war leer und so eisig, daß sie ihre Jacke anbehalten hatte. Fünf Minuten zuvor hatte sie sich vollkommen wohl gefühlt; und nun schien ihr, als müsse sie sterben. Das Stück Spitze, an dem sie noch immer lustlos arbeitete, entglitt ihren Fingern, und die Häkelnadel fiel klirrend zu Boden. Sie preßte ihre feuchten Hände fest gegen die Schläfen und lehnte sich an den Schreibtisch, während die Welle der Übelkeit über sie hinwegging. Allmählich ließ das Unwohlsein nach, und nach ein paar Minuten stand Charity auf, aufgewühlt und zu Tode erschrocken, tastete nach ihrem Hut und stolperte hinaus ins Freie. Aber die ganze strahlende Herbstwelt wirbelte und brauste um sie herum, während sie sich die unendlich lange Straße entlang nach Hause schleppte.

Als sie sich dem roten Haus näherte, sah sie einen Wagen vor der Tür stehen, und ihr Herz machte einen Sprung. Aber es war nur Mr. Royall, der mit der Reisetasche in der Hand ausstieg. Er sah sie kommen und wartete. Sie spürte, daß er sie forschend ansah, als sei an ihrer Erscheinung irgend etwas sonderbar, und sie warf den Kopf zurück, verzweifelt bemüht, ungezwungen zu wirken. Ihre Blicke trafen sich, und sie sagte: »Du bist wieder da?«, als sei nichts geschehen, und er antwortete: »Ja, ich bin wieder da«, betrat vor ihr das Haus und stieß die Tür zu seinem Arbeitszimmer auf. Sie ging hinauf in ihr Zimmer, und jede Stufe hielt sie fest, als wären ihre Füße mit Leim bestrichen.

Zwei Tage später stieg sie in Nettleton aus dem Zug und trat aus dem Bahnhof auf den staubigen Platz hinaus. Der kurze Abschnitt kühlen Wetters war vorbei, und es war mild und beinahe so heiß wie damals, als sie mit Harney am 4. Juli denselben Platz betreten hatte. Dort standen noch immer dieselben heruntergekommenen Droschken und Einspänner trostlos in Reih und Glied, und die mageren Pferde mit den Fliegennetzen über dem Widerrist drehten trübsinnig die Köpfe hin und her. Charity erkannte die auffälligen Schilder über den Gasthäusern und den Billardsalons wieder und die langen Drahtleitungen auf den hohen Masten, die die Hauptstraße hinab bis zum Park am anderen Ende liefen. Sie schlug die Richtung ein, in die die Drähte wiesen, und lief eilig und mit gesenktem Kopf weiter, bis sie zu einer breiten Querstraße mit einem Backsteingebäude an einer Ecke kam. Sie überquerte die Straße und blickte verstohlen an der Fassade des Backsteingebäudes hoch; dann kehrte sie um und trat durch eine Tür, die zu einer steilen, mit Messingleisten eingefaßten Treppe führte. Auf dem zweiten Treppenabsatz klingelte sie, und eine Mulattin mit dichtem Haar und einer Rüschenschürze führte sie in eine Diele, wo ein ausgestopfter Fuchs auf seinen Hinterbeinen stand und den Besuchern ein Messingtablett für die Visitenkarten entgegenstreckte. Nachdem Charity ein paar Minuten in einem hübsch möblierten Zimmer mit Plüschsofas gewartet hatte, über denen große goldgerahmte Photographien von aufgeputzten jungen Frauen hingen, wurde sie in die Praxis geführt...

Dr. Merkle kam hinter ihr durch die Glastür und führte sie in ein anderes, kleines Zimmer, das noch mehr mit Plüschmöbeln und Goldrahmen überfüllt war. Dr. Merkle war eine dralle Frau mit kleinen glänzenden Augen, einer ungeheuren Masse schwarzem Haar, das ihr tief in die Stirn fiel, und unnatürlich weißen, ebenmäßigen Zähnen. Sie trug ein kostbares schwarzes Kleid, und auf ihrem Busen hingen Goldketten und Amulette. Ihre Hände waren groß und weich und flink in allen ihren Bewegungen; und sie roch nach Moschus und Karbolsäure.

Sie lächelte Charity mit allen ihren untadeligen Zähnen an. »Setzen Sie sich, meine Liebe. Möchten Sie ein Schlückchen von irgendwas, damit Sie wieder munter werden...? Nein...? Na, dann legen Sie sich einfach mal einen Moment hin... Jetzt läßt sich noch nichts machen; aber wenn Sie etwa in einem Monat wieder vorbeikommen wollen... Ich könnte Sie für zwei oder drei Tage sogar bei mir zu Hause unterbringen, und es gäbe kein bißchen Ärger. Du lieber Himmel! Das nächste Mal wissen Sie, daß Sie sich nicht so aufzuregen brauchen...«

Charity sah sie an, und ihre Augen wurden immer größer. Diese Frau mit den falschen Haaren, den falschen Zähnen, dem falschen, mörderischen Lächeln – was bot sie ihr anderes an als Straffreiheit für ein unvorstellbares Verbrechen? Bis jetzt hatte Charity nur einen unbestimmten Ekel vor sich selbst und eine beängstigende körperliche Erschöpfung gespürt; nun wurde sie mit einem Mal von der schwerwiegenden Tatsache überrascht, daß sie Mutter wurde. Sie hatte sich an diesen schrecklichen Ort begeben, weil sie keinen anderen Weg wußte, sich Klarheit darüber zu verschaffen, daß sie sich über ihren Zustand nicht geirrt hatte; und diese Frau hatte sie für eine so erbärmliche Kreatur wie Julia gehalten... Der Gedanke war so entsetzlich, daß sie aufsprang, bleich und zitternd, und einer ihrer heftigen Zornausbrüche sie überfiel.

Dr. Merkle, die immer noch lächelte, erhob sich ebenfalls.

»Warum laufen Sie so schnell weg? Sie können sich gleich hier auf mein Sofa legen...« Sie hielt inne, und ihr Lächeln wurde mütterlicher. »Später – falls es zu Hause irgendwelches Gerede gegeben haben sollte und Sie für eine Weile verschwinden wollen... Ich habe eine Freundin in Boston, die eine Gesellschafterin sucht...Sie wären genau die Richtige für sie, meine Liebe...«

Charity war schon an der Tür. »Ich möchte nicht bleiben. Ich möchte nicht wiederkommen«, stammelte sie, die Hand auf dem Türgriff; doch mit einer raschen Bewegung drängte Dr. Merkle sie von der Tür weg.

»Na, sehr schön. Fünf Dollar bitte.«

Hilflos blickte Charity auf die zusammengekniffenen Lippen und in das strenge Gesicht der Ärztin. Mit ihren letzten Ersparnissen hatte sie Ally die Kosten für Miss Balchs zerrissene Bluse ersetzt, und vier Dollar hatte sie sich von ihrer Freundin leihen müssen, um die Fahrkarte und die Arztkosten bezahlen zu können. Ihr wäre nie der Gedanke gekommen, daß eine ärztliche

Beratung mehr als zwei Dollar kosten könnte. »Ich hab' nicht gewußt... Ich hab' nicht soviel...«, stammelte sie und brach in Tränen aus.

Dr. Merkle stieß ein kurzes Lachen aus, das ihre Zähne nicht entblößte, und erkundigte sich trocken, ob Charity glaube, sie führe ihre Praxis zum Vergnügen. Während sie sprach, lehnte sie ihre massigen Schultern gegen die Tür wie eine unerbittliche Gefängniswärterin, die mit ihrer Gefangenen verhandelt.

»Sie sagen, Sie kommen vorbei und bezahlen später? Auch das hab' ich schon reichlich oft gehört. Geben Sie mir Ihre Adresse, und wenn Sie nicht bezahlen können, schicke ich die Rechnung an Ihre Familie... Was? Ich verstehe nicht, was Sie sagen... Das paßt Ihnen auch nicht? Meine Güte, für ein Mädchen, das für seine Rechnungen nicht aufkommen kann, sind Sie ganz schön eigen...« Sie hielt inne und richtete den Blick auf die Brosche mit dem blauen Stein, die Charity sich an die Bluse gesteckt hatte.

»Schämen Sie sich nicht, so mit einer Dame zu reden, die sich ihren Lebensunterhalt selbst verdienen muß, wenn Sie mit solchem Schmuck herumziehen...? Es ist zwar sonst nicht meine Art, und ich tu's nur Ihnen zu Gefallen... aber wenn Sie die Brosche als Pfand dalassen wollen, sag' ich nicht nein... Ja, natürlich können Sie sie zurückbekommen, wenn Sie mir mein Geld bringen...«

Auf der Heimfahrt empfand Charity eine große, unerwartete Ruhe. Es war schrecklich gewesen, Harneys

Geschenk in den Händen dieser Frau zurücklassen zu müssen, aber selbst um diesen Preis war die Nachricht, die sie von dort mitnahm, nicht zu teuer erkauft. Sie hatte die Augen halb geschlossen, während der Zug durch die vertraute Landschaft brauste; und nun schienen die Erinnerungen an die vorige Reise nicht mehr wie dürre Blätter vor ihr herzuflattern, sondern wie schlafendes Korn in ihrem Blut zu reifen. Nie wieder würde sie wissen, wie es war, sich allein zu fühlen. Alles schien mit einemmal klar und einfach zu sein. Es fiel ihr nicht mehr schwer, sich vorzustellen, sie sei Harneys Frau, nun, da sie die Mutter seines Kindes war; und verglichen mit ihrem unumschränkten Recht schien Annabel Balchs Anspruch nur ein sentimentaler Mädchentraum zu sein.

An diesem Abend traf sie am Tor des roten Hauses Ally, die in der Dämmerung auf sie wartete. »Ich war im Postamt, kurz bevor sie zumachten, und Will Targatt sagte, es wär' ein Brief für dich da, also hab' ich ihn mitgebracht.«

Ally streckte Charity den Brief entgegen und sah sie mit durchdringendem Mitgefühl an. Seit der Szene mit der zerrissenen Bluse lag in den Blicken, die sie auf ihre Freundin richtete, eine neue, angstvolle Bewunderung.

Charity entriß ihr lachend den Brief. »Oh, danke – gute Nacht«, rief sie ihr über die Schulter zu, während sie den Gartenweg entlanglief. Wäre sie einen Augenblick länger geblieben, so wäre sie Ally nicht mehr losgeworden, das wußte sie.

Sie eilte nach oben und tastete sich den Weg in ihr dunkles Zimmer. Ihre Hände zitterten, als sie nach den Streichhölzern suchte und die Kerze anzündete, und der Briefumschlag war so fest zugeklebt, daß sie die Schere suchen mußte, um ihn aufzuschlitzen. Schließlich las sie:

Liebe Charity!

Ich habe Deinen Brief bekommen, und er berührt mich mehr, als ich sagen kann. Willst Du Dich nicht Deinerseits darauf verlassen, daß ich mein Bestes tue? Es gibt Dinge, die schwer zu erklären, viel weniger noch zu rechtfertigen sind; aber Deine Großmut macht alles leichter. Alles, was ich im Augenblick tun kann, ist, Dir aus tiefster Seele für Dein Verständnis zu danken. Daß Du mir schriebst, Du wollest, daß ich recht handle, hat mir unaussprechlich geholfen. Wenn je die Hoffnung besteht, daß wir verwirklichen können, wovon wir geträumt haben, werde ich sofort bei Dir sein; und noch habe ich diese Hoffnung nicht verloren.

Sie las den Brief in einem Zug, dann wieder und wieder, jedesmal langsamer und genauer. Er war so schön formuliert, daß er für sie beinahe so schwer zu verstehen war, wie damals die Erklärungen zu den Bibelbildern in Nettleton; aber allmählich wurde ihr bewußt, daß der Kern seiner Bedeutung in den letzten paar Worten lag. »Wenn je die Hoffnung besteht, daß wir verwirklichen können, wovon wir geträumt haben . . .«

Aber dann war er dessen nicht einmal sicher? Sie begriff jetzt, daß jedes Wort und jede zurückhaltende Formulierung ein Eingeständnis von Annabel Balchs älteren Rechten war. Es stimmte also, daß er mit ihr verlobt war und daß er noch keinen Weg gefunden hatte, das Verlöbnis zu lösen.

Während sie den Brief noch einmal las, begriff sie, was es Harney gekostet haben mußte, ihn zu schreiben. Er versuchte nicht, einer lästigen Forderung zu entgehen; er war aufrichtig und reumütig hin und her gerissen zwischen zwei Pflichten, die einander ausschlossen. Sie machte ihm nicht einmal in Gedanken Vorwürfe dafür, daß er ihr verschwiegen hatte, daß er nicht mehr frei war: sie konnte an seinem Verhalten nichts Tadelnswerteres sehen als an ihrem. Von Anfang an hatte sie ihn mehr gebraucht, als er sie gewollt hatte, und die Macht, die sie zusammenführte, war so unwiderstehlich gewesen wie ein gewaltiger Sturm, der die Blätter von den Bäumen reißt... Nur stand zwischen ihnen, fest und aufrecht in dem allgemeinen Aufruhr, die unzerstörbare Gestalt Annabel Balchs...

Sie saß da und starrte auf den Brief, Aug in Auge mit seinem Eingeständnis. Ein kalter Schauder überlief sie, und heftige Schluchzer drangen in ihre Kehle und schüttelten sie von Kopf bis Fuß. Eine Weile wurde sie von den hohen Wogen ihrer Seelenqual ergriffen und gebeutelt, bis sie an fast nichts mehr denken konnte als an den blinden Kampf gegen diese Attacken. Dann begann sie allmählich noch einmal jede einzelne Phase ihrer armseligen Romanze mit schrecklicher Deutlichkeit zu durchleben. Sie erinnerte sich an törichte Dinge, die sie gesagt hatte, an fröhliche Antworten, die Harney gegeben hatte, an seinen ersten Kuß in der Dunkelheit während des Feuerwerks, daran, wie sie gemeinsam die blaue Brosche ausgesucht hatten, an die Art, wie er sie wegen der Briefe geneckt hatte, die sie auf der Flucht vor dem Wanderprediger verloren hatte. All diese Erinnerungen und tausend andere summten ihr durch den Kopf, bis Harney so greifbar nahe schien, daß sie seine Finger in ihrem Haar und seinen warmen Atem auf ihrer Wange spürte, während er ihr den Kopf wie einer Blume nach hinten bog. Diese Dinge gehörten ihr, sie waren in ihr Blut übergegangen und ein Teil von ihr geworden, sie schufen das Kind in ihrem Schoß; es war unmöglich, derart miteinander verflochtene Lebensfäden auseinanderzureißen.

Diese Überzeugung verlieh ihr allmählich Kraft, und sie begann, in Gedanken die ersten Worte des Briefs zu formulieren, den sie an Harney schreiben wollte. Sie wollte ihm sofort schreiben, und mit fieberhaften Händen begann sie, in ihrer Schublade nach einem Blatt Papier zu kramen. Aber es war keines mehr da; sie mußte hinuntergehen und sich eines holen. Sie hatte das abergläubische Gefühl, daß der Brief augenblicklich geschrieben werden müsse, daß sie Gewißheit und Ruhe finden werde, wenn sie ihr Geheimnis in Worte faßte; und sie nahm die Kerze und ging hinunter in Mr. Royalls Arbeitszimmer.

Es war unwahrscheinlich, daß sie ihn zu dieser Stunde dort antreffen würde; vermutlich hatte er zu Abend gegessen und war dann zu Carrick Fry hinübergegangen. Sie machte die Tür zu dem unbeleuchteten

Zimmer auf, und das Licht ihrer Kerze fiel auf ihn, wie er im Dunkeln in seinem Stuhl mit der hohen Lehne saß. Seine Arme lagen auf den Seitenlehnen, und sein Kopf war ein wenig geneigt; doch er hob ihn rasch, als Charity eintrat. Als ihre Blicke sich trafen, schrak sie zurück bei dem Gedanken, daß ihre Augen rot vom Weinen seien und ihr Gesicht blaß von der Anstrengung und Aufregung ihrer Reise. Aber es war zu spät, um zu fliehen, und sie blieb stehen und sah ihn schweigend an.

Er hatte sich von seinem Stuhl erhoben und kam mit ausgestreckten Händen auf sie zu. Die Geste war so unerwartet, daß sie ihn ihre Hände in seine nehmen ließ, und so standen sie da, ohne zu sprechen, bis Mr. Royall feierlich sagte: »Charity – hast du mich gesucht?«

Brüsk riß sie sich los und wich zurück. »Ich? Nein –« Sie stellte die Kerze auf seinen Schreibtisch. »Ich brauchte etwas Briefpapier, das ist alles.«

Sein Gesicht verdüsterte sich, und die buschigen Brauen sprangen über seine Augen vor. Ohne zu antworten öffnete er die Schreibtischschublade, nahm ein Blatt Papier und einen Umschlag heraus und schob sie ihr hinüber. »Brauchst du auch eine Briefmarke?« fragte er.

Sie nickte, und er gab ihr die Briefmarke. Sie spürte, wie er sie währenddessen aufmerksam betrachtete, und sie wußte, daß das Kerzenlicht, das von unten in ihr weißes Gesicht flackerte, sicher ihre verschwollenen Züge entstellte und die dunklen Ringe um ihre Augen verstärkte. Sie riß den Briefbogen an sich, denn ihre wiedergewonnene Sicherheit verflüchtigte sich unter seinem erbarmungslosen Blick, in dem sie die bittere Erkenntnis ihres Zustands und die spöttische Erinnerung an jenen Tag zu lesen meinte, da er ihr in ebendiesem Zimmer angeboten hatte, Harney zur Heirat zu zwingen. Sein Blick schien zu sagen, er wisse, daß sie das Briefpapier hole, um ihrem Geliebten zu schreiben, der sie verlassen hatte, so wie er es ihr vorausgesagt hatte. Sie erinnerte sich, wie verachtungsvoll sie sich damals von ihm abgewandt hatte, und wußte, was für eine lange Liste alter Rechnungen beglichen würde, falls er die Wahrheit ahnte. Sie drehte sich um und floh nach oben; aber als sie in ihrem Zimmer angelangt war, waren alle Worte, die auf sie gewartet hatten, fort...

Wenn sie zu Harney hätte gehen können, wäre es anders gewesen; sie hätte nur zu erscheinen brauchen, damit seine Erinnerungen zu ihren Gunsten sprachen. Aber sie hatte kein Geld mehr, und es gab niemanden, von dem sie genug für eine solche Reise hätte leihen können. Es blieb ihr nichts, als zu schreiben und seine Antwort abzuwarten. Lange Zeit saß sie über das leere Blatt gebeugt; aber sie fand keine Worte, die wirklich ausdrückten, was sie empfand.

Harney hatte geschrieben, daß sie es ihm leichter gemacht habe, und sie war froh, daß es so war; sie wollte ihm nichts schwermachen. Sie wußte, daß es in ihrer Macht stand, es zu tun; sein Schicksal lag in ihren Händen. Sie brauchte ihm nur die Wahrheit zu sagen; aber eben das hielt sie zurück... Der kurze Moment Auge in Auge mit Mr. Royall hatte sie ihrer letzten Illusion beraubt und ihr wieder die Einstellung von North Dormer zu Bewußtsein gebracht. Deutlich und gnadenlos stand ihr das Schicksal jener Mädchen vor Augen, die verheiratet wurden, »damit alles seine Richtigkeit hatte«. Zu viele dörfliche Liebesgeschichten hatte sie so enden sehen. Die trostlose Ehe der armen Rose Cole war so ein Fall; und was hatte es ihr oder Halston Skeff gebracht? Sie hatten sich von dem Tag an gehaßt, als der Pfarrer ihnen den Segen gab; und immer wenn es der alten Mrs. Skeff in den Sinn kam, ihre Schwiegertochter zu demütigen, brauchte sie nur zu sagen: »Wer würde meinen, daß das Baby erst zwei Jahre alt ist? Und nur ein Siebenmonatskind – ist es nicht ein Wunder, wie groß es schon ist?« In North Dormer geizte man nicht mit Nachsicht für die, die bei einem Feuer Brandwunden davongetragen hatten, aber man hatte lediglich Spott übrig für jene, die gerade noch davor bewahrt werden konnten; und Charity hatte immer verstanden, warum Julia Hawes nicht hatte bewahrt werden wollen...

Nur – gab es denn keine andere Wahl als Julias? Sie schauderte zurück vor dem Bild dieser weißgesichtigen Frau zwischen den Plüschsofas und Goldrahmen. Innerhalb der festgefügten Ordnung der Dinge, wie sie sie kannte, sah sie keinen Platz für ihr persönliches Schicksal...

Angekleidet blieb sie auf dem Stuhl sitzen, bis schwache graue Streifen sich allmählich zwischen die schwarzen Latten der Fensterläden schoben. Da stand sie auf, stieß sie auf und ließ das Licht herein. Die Ankunft eines neuen Tages brachte ein klareres Bewußtsein unabwendbarer Wirklichkeit mit sich, und zugleich ein Gefühl der Notwendigkeit, zu handeln. Sie betrachtete sich im Spiegel und sah ihr Gesicht: weiß in der herbstlichen Morgendämmerung, eingefallene Wangen, dunkle Ringe unter den Augen und all die Anzeichen ihres Zustands, die ihr nie aufgefallen wären, über die Dr. Merkles Diagnose ihr aber die Augen geöffnet hatte. Sie konnte nicht hoffen, daß diese Zeichen dem aufmerksamen Dorf entgingen; noch bevor ihre Figur die Form verlöre, das wußte sie, würde ihr Gesicht sie verraten.

Sie lehnte sich aus dem Fenster und blickte auf die dunkle, menschenleere Szenerie; die aschfarbenen Häuser mit den geschlossenen Fensterläden, die graue Straße, die sich den Hang hinaufwand bis zu dem Streifen aus Schierlingstannen oberhalb des Friedhofs, und die schwere Masse des Berges, schwarz vor dem regenverhangenen Himmel. Im Osten breitete sich ein heller Fleck über dem Wald aus; aber auch dort hingen Wolken. Langsam wanderte ihr Blick über die Felder zu der gezackten Kurve der Hügel. So oft hatte sie auf dieses leblose Rund geblickt und sich gefragt, ob jemals irgend etwas einem zustoßen könne, der darin eingeschlossen war.

Fast ohne bewußtes Nachdenken war ihre Entscheidung gefallen; während ihre Augen dem Kreis der Hügel folgten, hatten auch ihre Gedanken die alte Runde durcheilt. Es war wohl etwas in ihrem Blut, das den Berg zur einzigen Antwort auf ihre Fragen werden ließ, zum unausweichlichen Zufluchtsort vor allem, was sie einengte und bedrängte. Jedenfalls begann er sich nun in ihr aufzutürmen, so wie er vor der regnerisch-trüben Morgendämmerung aufragte; und je länger sie zu ihm hinsah, desto klarer wußte sie, daß sie nun endlich wirklich dorthin gehen würde.

16

Der Regen blieb aus, und als sie eine Stunde später aufbrach, wehten grelle Sonnenlichter über die Felder.

Nach Harneys Abreise hatte sie ihr Fahrrad wieder seinem Eigentümer in Creston zurückgegeben, und sie war nicht sicher, ob sie den ganzen Weg bis zum Berg würde zu Fuß gehen können. Das verlassene Haus lag am Weg; aber die Vorstellung, die Nacht dort zu verbringen, war unerträglich, und so wollte sie versuchen, bis nach Hamblin zu kommen, wo sie in einem Holzschuppen schlafen konnte, falls die Kräfte sie verließen. Ihre Vorbereitungen hatte sie in gelassener Voraussicht getroffen. Vor dem Aufbruch hatte sie sich gezwungen, ein Glas Milch zu trinken und ein Stück Brot zu essen; und sie hatte in ihre Segeltuchtasche ein kleines Päckchen von der Schokolade gesteckt, die Harney immer in seiner Fahrradtasche bei sich hatte. Sie wollte vor allen Dingen bei Kräften bleiben und ihr Ziel erreichen, ohne Aufmerksamkeit zu erregen.

Meile um Meile ging sie die Straße entlang, auf der sie so oft zu ihrem Liebsten geflogen war. Als sie an die Biegung kam, wo der Waldweg von der Straße nach Creston abzweigt, fiel ihr das Evangelistenzelt wieder ein – das längst abgebaut und anderswo wieder aufgeschlagen war – und wie sie vor Schreck unwillkürlich zusammengefahren war, als der dicke Prediger gesagt hatte: »Dein Erlöser weiß alles. Komm und bekenne deine Sünden.« Sie fühlte jetzt keine Schuld mehr, nur den verzweifelten Wunsch, ihr Geheimnis vor respektlosen Blicken zu verbergen und ein neues Leben unter Menschen zu beginnen, denen der strenge Sittenkodex des Dorfes unbekannt war. Diese Regung wurde nicht zum fest umrissenen Gedanken: sie wußte nur, sie müsse ihr Kind retten und sich irgendwo mit ihm verstecken, wo niemand je ihrer beider Ruhe stören würde.

Sie ging weiter und weiter, und ihre Füße wurden immer schwerer, je weiter der Tag fortschritt. Ein grausamer Zufall, so schien es, zwang sie, Schritt für Schritt noch einmal den Weg zu dem verlassenen Haus zurückzulegen; und als sie den Obstgarten erblickte und das silbergraue Dach, das schief durch die beladenen Zweige lugte, verließen sie ihre Kräfte und sie setzte sich an den Straßenrand. Lange saß sie da und versuchte, den Mut zu finden, weiterzugehen, vorbei an dem klaffenden Tor und den verwilderten Rosensträuchern, die voller roter Hagebutten hingen. Ein paar Regentropfen fielen, und sie dachte an die warmen Abende, wenn sie und Harney umschlungen in dem schattigen Zimmer gesessen hatten und das Rauschen des Sommerregens auf dem Dach sich mit ihren Küssen vermischt hatte. Schließlich wurde ihr klar, daß, wenn sie noch länger sitzen bliebe, sie der Regen möglicherweise zwingen werde, im Haus über Nacht Schutz zu suchen, und sie stand auf und ging weiter und wandte den Blick ab, als sie an dem weißen Tor und dem verwilderten Garten vorbeikam.

Die Stunden zogen sich hin, und sie ging immer langsamer, blieb hin und wieder stehen, um sich auszuruhen und ein Stück Brot oder einen Apfel zu essen, den sie am Wegrand gepflückt hatte. Mit jedem Meter schien ihr Körper schwerer zu werden, und sie fragte sich, wie sie ihr Kind später würde tragen können, wenn es jetzt schon eine solche Bürde war... Ein frischer Wind war aufgekommen, der scharf vom Berg herabblies und die Regenwolken auseinandertrieb. Plötzlich senkten sich die Wolken wieder, und ein paar weiße Pfeile trafen sie ins Gesicht: der erste Schnee, der auf Hamblin fiel. Die Dächer des einsamen Dorfs waren nur noch eine halbe Meile entfernt, und sie war entschlossen, weiterzugehen und zu versuchen, noch in derselben Nacht auf den Berg zu gelangen. Sie hatte keinen genauen Plan, wie sie vorgehen wollte, sie wußte nur, wenn sie in der Siedlung angekommen war, wollte sie nach Liff Hyatt suchen und ihn darum bitten, sie zu ihrer Mutter zu bringen. Sie selbst war so geboren worden, wie nun ihr Kind geboren würde; und wie immer das weitere Leben ihrer Mutter gewesen sein mochte, sie mußte sich doch an Vergangenes erinnern und eine Tochter aufnehmen, der die Not bevorstand, die sie einst erfahren hatte.

Plötzlich überfiel sie wieder diese tödliche Schwäche, und sie setzte sich an die Böschung und lehnte den

Kopf gegen einen Baumstamm. Die lange Straße und die wolkenverhangene Landschaft verschwammen vor ihren Augen, und eine Zeitlang schien es ihr, als wirbele sie in einer schrecklichen, sich drehenden Finsternis umher. Dann schwand auch das.

Sie öffnete die Augen und erblickte einen Einspänner, der neben ihr angehalten hatte, und einen Mann, der vom Wagen gesprungen war und sie mit verwunderter Miene betrachtete. Langsam kehrte das Bewußtsein wieder, und sie sah, daß es Liff Hyatt war.

Sie war sich undeutlich bewußt, daß er sie etwas fragte, und sie sah ihn schweigend an und versuchte, Kraft zum Sprechen zu finden. Schließlich rührte sich die Stimme in der Kehle, und sie flüsterte: »Ich gehe rauf zum Berg.«

»Rauf zum Berg?« wiederholte er und trat ein wenig beiseite; da sah sie hinter ihm im Einspänner eine Gestalt in einem dicken Mantel, mit einem vertrauten, rosigen Gesicht und einer goldgefaßten Brille auf der griechischen Nase.

»Charity! Was in aller Welt machst du hier?« rief Mr. Miles, warf die Zügel über den Rücken des Pferdes und kletterte aus dem Wagen.

Sie hob die schweren Lider und sah ihn an. »Ich gehe zu meiner Mutter.« Die beiden Männer sahen sich an und blieben einen Augenblick lang stumm.

Dann sagte Mr. Miles: »Du siehst krank aus, meine Liebe, und es ist ein weiter Weg bis dorthin. Meinst du, das ist vernünftig?

Charity stand auf. »Ich muß zu ihr.«

Liff Hyatts Gesicht verzog sich zu einem undefinierbaren, freudlosen Grinsen, und dann sagte Mr. Miles unsicher: »Du weißt es also – man hat es dir gesagt?«

Sie starrte ihn an. »Ich weiß nicht, was Sie meinen. Ich will zu ihr.«

Mr. Miles musterte sie nachdenklich. Sie glaubte zu sehen, wie seine Miene sich veränderte, und das Blut stieg ihr in die Stirn. »Ich will halt zu ihr«, wiederholte sie.

Er legte seine Hand auf ihren Arm. »Mein Kind, deine Mutter liegt im Sterben. Liff Hyatt ist heruntergekommen, um mich zu holen ... Steig ein und fahr mit uns weiter.«

Er half ihr auf den Sitz an seiner Seite, Liff Hyatt stieg hinten auf, und sie fuhren weiter nach Hamblin. Zunächst hatte Charity kaum begriffen, was Mr. Miles gesagt hatte; die körperliche Erleichterung darüber, daß sie in einem Wagen saß und geborgen auf ihrem Weg zum Berg war, verwischte den Eindruck seiner Worte. Aber als ihr klarer um den Kopf wurde, begann sie zu begreifen. Sie wußte, daß die Leute vom Berg nur äußerst selten mit den Talbewohnern verkehrten; sie hatte oft genug sagen hören, daß niemand je hinaufgehe außer dem Pfarrer, und auch dann nur, wenn jemand im Sterben liege. Und nun lag ihre eigene Mutter im Sterben ... und sie wäre schließlich auf dem Berg genauso allein wie irgendwo anders auf der Welt. Das Gefühl unentrinnbarer Einsamkeit war alles, was sie zunächst empfand; dann überlegte sie, wie seltsam es sei, daß es gerade Mr. Miles war, der diesen schweren Auftrag übernommen hatte. Er wirkte nicht im mindesten wie jemand, der gern zum Berg hinaufging. Aber da saß er neben ihr, lenkte das Pferd mit sicherer Hand und wandte ihr die freundlich funkelnden Brillengläser zu, als sei an ihrem Zusammentreffen unter solchen Umständen nichts Ungewöhnliches.

Eine Weile war es ihr unmöglich zu sprechen, und er schien das zu verstehen und machte keinen Versuch, sie zu befragen. Aber dann spürte sie, wie ihr die Tränen kamen und über die eingefallenen Wangen liefen; und auch er mußte es bemerkt haben, denn er legte seine Hand auf ihre und sagte leise: »Willst du mir nicht sagen, was dich bekümmert?«

Sie schüttelte den Kopf, und er drang nicht weiter in sie; aber nach einer Weile sagte er, immer noch in gedämpftem Ton, damit Liff Hyatt nicht mithören konnte: »Charity, was weißt du über deine Kindheit, bevor du nach North Dormer kamst?«

Sie sammelte sich und antwortete: »Nur das, was ich Mr. Royall einmal hab' sagen hören. Er sagte, er hat mich heruntergeholt, weil mein Vater ins Gefängnis mußte.«

»Und bist du jemals da oben gewesen?«

»Nie.«

Mr. Miles verstummte wieder, dann sagte er: »Ich freue mich, daß du jetzt mit mir kommst. Vielleicht treffen wir deine Mutter noch lebend an, und sie begreift vielleicht, daß du gekommen bist.«

Sie waren in Hamblin angelangt, wo nach dem Schneegestöber weiße Flecken auf dem struppigen

Gras am Straßenrand und in den Winkeln der nach Norden gerichteten Dächer lagen. Es war ein ärmliches, trostloses Dorf am Fuße der Granitflanke des Berges, und kaum hatten sie es hinter sich gelassen, ging es bergan. Die Straße war steil und voller Furchen, und das Pferd fiel in einen langsamen Schritt, während es höher und höher hinaufging und die Welt unter ihnen zu großen gesprenkelten Flächen von Wäldern und Feldern und stürmischen dunkelblauen Fernen schrumpfte.

Charity hatte oft von diesem Aufstieg auf den Berg geträumt, aber sie hatte nicht gewußt, daß man einen so weiten Blick hätte, und der Anblick dieser fremden Landschaften, die sich nach allen Seiten erstreckten, verlieh ihr ein ganz neues Gefühl von Harneys Ferne. Sie wußte, daß er sich unzählige Meilen jenseits der letzten Hügelkette befand, die die äußerste Grenze der Welt zu sein schien, und sie fragte sich, wie sie je davon hatte träumen können, nach New York zu gehen, um ihn dort zu suchen...

Je weiter es bergan ging, desto öder wurde die Landschaft, und sie fuhren über Felder mit fahlem Berggras, das durch lange Monate unter dem Schnee gebleicht war. In den Mulden zitterten ein paar weiße Birken, oder eine Bergesche entzündete ihre purpurroten Garben, aber die granitenen Felsvorsprünge verdunkelten nur ein paar kümmerliche Kiefern. Der Wind wehte scharf über die ungeschützten Hänge; das Pferd kämpfte mit gesenktem Kopf und zitternden Flanken dagegen an, und hin und wieder schwankte der Wagen so, daß Charity sich an der Seite festhalten mußte.

Mr. Miles hatte nichts mehr gesagt; er schien zu verstehen, daß sie in Ruhe gelassen werden wollte. Nach einer Weile gabelte sich der Weg, und er hielt das Pferd an, als sei er sich über die Richtung nicht im klaren. Liff Hyatt streckte seinen Kopf von hinten vor und rief gegen den Wind: »Links –«, und sie bogen in einen Wald verkrüppelter Kiefern ein und begannen, auf der anderen Seite des Berges hinunterzufahren.

Nach ein paar Meilen kamen sie zu einer Lichtung, wo zwei oder drei niedrige Häuser auf steinigen Äckern standen und sich zwischen die Felsen duckten, wie um sich gegen den Wind zur Wehr zu setzen. Es waren nur bessere Schuppen, aus Stämmen und grob zurechtgeschnittenen Brettern erbaut, aus deren Dächern blecherne Ofenrohre ragten. Die Sonne ging unter, und die Dämmerung war bereits über die tiefer liegende Welt hereingebrochen, aber auf dem einsamen Hügel und den geduckten Häusern lag noch ein gelber Schimmer. Im nächsten Augenblick erlosch er, und die Landschaft lag im dunklen herbstlichen Zwielicht da.

»Da drüben«, rief Liff und streckte seinen langen Arm über Mr. Miles' Schulter. Der Pfarrer fuhr nach links über ein Stück Brachland, das mit Sauerampfer und Nesseln bewachsen war, und hielt vor dem verfallensten aller Schuppen an. Ein Ofenrohr streckte seinen gekrümmten Arm aus einem Fenster, und die zerbrochenen Scheiben des anderen waren mit Papier und Lumpen zugestopft. Im Vergleich mit einer solchen Behausung mußte das braune Haus im Moor als Palast erscheinen.

Als der Einspänner vorfuhr, sprangen ein paar Köter mit lautem Gebell aus dem Halbdunkel, und ein junger Mann kam zur Tür geschlurft und starrte sie an. In dem Zwielicht bemerkte Charity, daß sein Gesicht denselben versoffenen Ausdruck hatte wie Bash Hyatts an jenem Tag, als sie ihn schlafend neben dem Ofen gesehen hatte. Er machte keine Anstalten, die Hunde zum Schweigen zu bringen, sondern lehnte, während Mr. Miles aus dem Wagen stieg, in der Tür, als sei er nach langer Zeit aus einer trunkenen Lethargie gerüttelt worden.

»Ist es hier?« fragte der Pfarrer leise; und Liff nickte.

Mr. Miles wandte sich an Charity. »Halte einen Augenblick die Zügel, Liebes. Ich geh' erst mal rein«, sagte er und legte ihr die Zügel in die Hand. Sie nahm sie stumm entgegen und blickte starr geradeaus auf die sich verdunkelnde Szenerie, während Mr. Miles und Liff Hyatt auf das Haus zugingen. Sie sprachen ein paar Minuten mit dem Mann an der Tür, dann kam Mr. Miles zurück. Als er näher kam, sah Charity, daß sein glattes rosiges Gesicht einen erschrockenen, feierlichen Ausdruck angenommen hatte.

»Deine Mutter ist tot, Charity; du kommst am besten mit mir mit«, sagte er.

Sie stieg aus und folgte ihm, und Liff führte das Pferd weg. Während sie auf die Tür zuging, sagte sie sich: »Hier wurde ich geboren... hierher gehöre ich...« Das hatte sie sich oft genug gesagt, wenn sie über die sonnenbeschienenen Täler zum Berg hinauf blickte; aber damals hatte es nichts bedeutet, und nun war es

Wirklichkeit geworden. Mr. Miles nahm sie behutsam beim Arm, und sie betraten den Raum, der offensichtlich der einzige im ganzen Haus war. Es war so dunkel, daß sie gerade noch eine Gruppe von einem Dutzend Leuten ausmachen konnte, die um einen Tisch, der aus über zwei Fässer gelegten Brettern bestand, saßen oder lümmelten. Sie sahen gleichgültig auf, als Mr. Miles und Charity hereinkamen, und eine heisere Frauenstimme sagte: »Der Pfarrer ist da.« Aber niemand rührte sich.

Mr. Miles blieb stehen und sah sich um; dann wandte er sich an den jungen Mann, der ihnen an der Tür entgegengekommen war.

»Ist der Leichnam hier?« fragte er. Statt zu antworten, drehte der junge Mann den Kopf der Gruppe zu. »Wo ist die Kerze? Ich hab' dir doch gesagt, du sollst eine Kerze bringen«, sagte er in unvermittelt barschem Ton zu einem Mädchen, das sich am Tisch rekelte. Sie gab keine Antwort, aber ein Mann stand auf und holte aus einer Ecke eine Kerze, die auf eine Flasche gesteckt war.

»Wie soll ich die anzünden? Der Ofen ist aus«, sagte das Mädchen mürrisch. Mr. Miles suchte unter seiner dicken Vermummung und zog eine Streichholzschachtel hervor. Er hielt ein Streichholz an die Kerze, und gleich darauf fiel ein schwacher Lichtschein auf die blassen, fiebrigen Gesichter, die aus dem Dunkel auftauchten wie die Köpfe von Nachttieren.

»Mary ist da drüben«, sagte jemand; und Mr. Miles nahm die Flasche und begab sich hinter den Tisch. Charity folgte ihm, und sie standen vor einer Matratze, die in einer Ecke des Raums auf dem Boden lag. Eine Frau lag darauf, aber sie sah nicht aus wie eine Tote; es schien, als sei sie in einem trunkenen Schlaf auf ihr erbärmliches Bett gefallen und man habe sie dort liegen lassen in ihren zerlumpten liederlichen Kleidern. Ein Arm lag über ihren Kopf ausgestreckt, ein Bein angewinkelt unter dem zerrissenen Rock, so daß das andere bis zum Knie entblößt war: ein geschwollen-glitzerndes Bein mit einem zerlumpten Strumpf, der zum Knöchel heruntergerutscht war. Die Frau lag auf dem Rükken und ihre Augen starrten unverwandt zu der Kerze hoch, die in Mr. Miles' Hand zitterte.

»Grad eben ist sie hinüber«, sagte eine Frau über die Schultern der andern hinweg; und der junge Mann fügte hinzu: »Ich bin grad reingekommen und hab' sie gefunden.«

Ein älterer Mann mit glattem Haar und einem schwachen Grinsen drängte sich zwischen sie. »Es war so: erst gestern abend hab' ich zu ihr gesagt: wenn du damit nicht aufhörst, sag' ich zu ihr . . .«

Jemand zog ihn weg und stieß ihn zu einer Bank an der Wand, wo er taumelnd niedersank und seine von allen unbeachtete Geschichte vor sich hinmurmelte.

Es entstand eine Pause; dann löste sich plötzlich die junge Frau, die am Tisch gelümmelt hatte, aus der Gruppe und stellte sich vor Charity hin. Sie wirkte gesünder und kräftiger als die anderen, und ihre sonnengebräunten Züge besaßen eine gewisse düstere Schönheit.

»Wer ist das Mädchen? Wer hat sie hergebracht?« fragte sie und richtete den Blick mißtrauisch auf den jungen Mann, der sie gerüffelt hatte, weil sie keine Kerze bereithielt.

Mr. Miles ergriff das Wort. »Ich habe sie hergebracht; sie ist Mary Hyatts Tochter.«

»Was? Die auch?« höhnte das Mädchen; und der junge Mann drehte sich mit einem Fluch zu ihr um. »Halt's Maul, du Miststück, oder mach, daß du rauskommst«, sagte er; dann fiel er wieder in seine Apathie zurück, ließ sich auf die Bank sinken und lehnte den Kopf gegen die Wand.

Mr. Miles hatte die Kerze auf den Boden gestellt und seinen schweren Mantel ausgezogen. Er wandte sich an Charity. »Komm und hilf mir«, sagte er.

Er kniete sich neben die Matratze und schloß die Lider über den Augen der Toten. Charity kniete zitternd und mit einem Brechreiz kämpfend neben ihm und versuchte, den Leichnam ihrer Mutter ordentlich hinzulegen. Sie zog den Strumpf über das schrecklich schwärende Bein und den Rock bis zu den abgetretenen, nach oben gebogenen Stiefeln herunter. Dabei betrachtete sie das magere, aber aufgedunsene Gesicht ihrer Mutter, deren Lippen in einem erstarrten Seufzer über den verfaulten Zähnen geöffnet waren. Kein Zeichen von irgend etwas Menschlichem war darin: sie lag da wie ein toter Hund in einem Graben. Charitys Hände wurden kalt, als sie sie berührte.

Mr. Miles zog der Frau die Arme über die Brust und deckte sie mit seinem Mantel zu. Dann bedeckte er ihr das Gesicht mit seinem Taschentuch und stellte die Flasche mit der Kerze ihr zu Häupten auf. Dann erhob er sich.

»Ist kein Sarg da?« fragte er, indem er sich der Gruppe in seinem Rücken zuwandte.

Einen Augenblick herrschte verlegenes Schweigen; dann ergriff das aufbrausende junge Mädchen das Wort: »Sie hätten einen mitbringen sollen. Wo sollen wir hier einen herkriegen, das möcht' ich mal wissen?«

Mr. Miles sah die anderen an und wiederholte: »Habt ihr wirklich keinen Sarg da?«

»Das sag' ich ja: der wo einen hat, schläft besser«, murmelte eine alte Frau. »Aber schließlich hat sie noch nicht mal ein Bett gehabt...«

»Und der Ofen hat ihr auch nicht gehört«, sagte der Mann mit dem glatten Haar trotzig.

Mr. Miles wandte sich von ihnen ab und trat ein paar Schritte beiseite. Er hatte ein Buch aus der Tasche gezogen, und nach einer kurzen Pause öffnete er es und begann daraus vorzulesen, wobei er es von sich weg schräg nach unten hielt, so daß der schwache Lichtschein auf die Seiten fiel. Charity kniete immer noch neben der Matratze: nun, da das Gesicht ihrer Mutter zugedeckt war, fiel es ihr leichter, in ihrer Nähe zu bleiben und den Anblick der lebenden Gesichter zu meiden, die nur zu schrecklich zeigten, über welche Stadien das Gesicht ihrer Mutter in den Tod gesunken war.

»Ich bin die Auferstehung und das Leben«, begann Mr. Miles. »Wer an mich glaubt, der wird leben, ob er gleich stürbe... Obwohl mein Leib von Würmern verzehrt werden wird, so werde ich doch in meinem Fleisch Gott schauen...«

In meinem Fleisch werde ich Gott schauen! Charity dachte an den klaffenden Mund und die blicklosen Augen unter dem Tuch, an das schwärende Bein, über das sie den Strumpf gezogen hatte...

»Wir kamen ohne etwas auf die Welt, und ohne etwas gehn wir wieder...«

Plötzlich hörte man ein Gemurmel und Scharren hinter der Gruppe. »Ich hab' den Ofen gebracht«, sagte der Alte mit dem glatten Haar, während er sich den Weg zwischen den anderen hindurch bahnte. »Ich bin runter nach Creston und hab' ihn gekauft... also hab' ich das Recht, ihn rauszunehmen... und ich geb' jedem eins aufs Maul, der behauptet, daß das nicht stimmt...«

»Hock dich hin, Mistkerl!« schrie der große junge Mann, der auf der Bank vor sich hingedämmert hatte.

»Sie gehen daher wie ein Schatten und machen sich viel vergebliche Unruhe; sie sammeln und wissen nicht, wer es einbringen wird...«

»Aber es *ist* seiner«, warf eine Frau aus dem Hintergrund in erschrecktem Jammerton ein.

Der große junge Mann erhob sich schwankend. »Wenn ihr nicht euer Maul haltet, schmeiß' ich euch alle raus, und zwar alle miteinander«, rief er unter vielen groben Flüchen. »Nur zu, Pfarrer... Lassen Sie sich nicht stören...«

»Nun aber ist Christus auferstanden von den Toten und der Erstling geworden unter denen, die da schlafen ... Sehet, ich sage euch ein Geheimnis: wir werden nicht alle entschlafen, wir werden aber alle verwandelt werden, plötzlich, in einem Augenblick, zur Zeit der letzten Posaune ... Denn dies Verwesliche muß anziehen die Unverweslichkeit, und dies Sterbliche muß anziehen die Unsterblichkeit. Wenn aber dies Verwesliche wird anziehen die Unverweslichkeit und dies Sterbliche wird anziehen die Unsterblichkeit, dann wird erfüllt werden das Wort, das geschrieben steht: ›Der Tod ist verschlungen in den Sieg‹ ...«

Eines nach dem anderen fielen die feierlichen Worte auf Charitys gebeugten Kopf, linderten den Schrecken, dämpften den Aufruhr, bezwangen sie ebenso, wie sie die alkoholbetäubten Geschöpfe hinter ihr bezwangen. Mr. Miles las die letzten Worte und schloß dann das Buch.

»Ist das Grab bereit?« fragte er.

Liff Hyatt, der während der Lesung hereingekommen war, nickte ein Ja und drängte sich bis neben die Matratze vor. Der junge Mann auf der Bank, der auf eine Art Verwandtschaft mit der Toten zu pochen schien, stand wieder auf, und der Besitzer des Ofens schloß sich ihm an. Gemeinsam hoben sie die Matratze hoch; ihre Bewegungen waren aber so unsicher, daß der Mantel zu Boden glitt und den armen Leichnam in seiner hilflosen Erbärmlichkeit enthüllte. Charity hob den Mantel auf und deckte ihre Mutter wieder zu. Liff hatte eine Laterne mitgebracht; die alte Frau, die zuvor gesprochen hatte, ergriff sie und öffnete die Tür, um die kleine Prozession hinauszulassen. Der Wind hatte aufgehört, und die Nacht war stockdunkel und bitterkalt. Die alte Frau ging mit der schwankenden Laterne voraus, die einen blassen Fleck dürren Grases und struppigen Unkrauts beleuchtete, während um sie herum alles in tiefstem Dunkel lag.

Mr. Miles nahm Charity beim Arm, und nebeneinander gingen sie hinter der Matratze her. Schließlich hielt die alte Frau mit der Laterne an, und Charity sah, wie das Licht auf die gekrümmten Schultern der Träger und auf einen Erdaushub fiel, über den sie sich beugten. Mr. Miles ließ ihren Arm los und ging zu der Mulde auf der anderen Seite des Erdhügels hinüber; und während die Männer sich bückten und die Matratze in das Grab hinunterließen, begann er erneut zu sprechen.

»Der Mensch, vom Weibe geboren, lebt kurze Zeit und ist voll Unruhe, geht auf wie eine Blume und fällt ab, flieht wie ein Schatten und bleibt nicht... Aber dennoch, du unser Herr und Gott, Allmächtiger, du heiliger und barmherziger Erlöser, überantworte uns nicht den bitteren Qualen des ewigen Todes...«

»Vorsichtig da... Ist sie unten?« wisperte der Mann, der den Ofen beanspruchte; und der junge Mann rief über die Schulter gewandt: »Halt mal die Laterne höher, ja?«

Eine Pause entstand, während der das Licht unsicher über dem offenen Grab hin und her schwankte. Jemand bückte sich und zog Mr. Miles' Mantel herauf (»Nein, nein, laß das Tuch liegen«, protestierte der Pfarrer), und dann kam Liff Hyatt mit einem Spaten und begann, Erde hineinzuschaufeln.

»Allsofern es Gott dem Allmächtigen in seiner großen Barmherzigkeit gefallen hat, die Seele unserer lieben entschlafenen Schwester zu sich heimzuholen, übergeben wir ihren Körper dem Grab; Erde zu Erde, Asche zu Asche, Staub zu Staub...« Liffs magere Schultern hoben und senkten sich im Licht der Laterne, während er die Erdbrocken in das Grab schaufelte. »Gott, sie ist schon gefroren«, murmelte er, spuckte in die Hände und wischte sich mit dem zerlumpten Hemdsärmel über sein schwitzendes Gesicht.

»Durch unseren Herrn Jesus Christus, der unsere sterbliche Hülle verwandeln wird, auf daß sie werde wie sein glorreicher Körper, gemäß dem Willen des Allmächtigen, wodurch er alle Dinge sich untertan machen kann...« Die letzte Schaufel Erde fiel auf den elenden Leichnam Mary Hyatts, und Liff stützte sich auf seinen Spaten, während sich seine Schultern noch immer von der Anstrengung hoben und senkten.

»Herr, erbarme Dich unser, Christus, erbarme Dich unser, Herr, erbarme Dich unser...«

Mr. Miles nahm der alten Frau die Laterne aus der Hand und ließ ihr Licht über den Kreis trüber Gesichter gleiten. »Kniet jetzt nieder, alle miteinander«, befahl er in einem strengen Ton, wie ihn Charity noch nie an ihm gehört hatte. Sie kniete am Rand des Grabes nieder, und die anderen ließen sich steif und zögernd neben ihr auf die Knie hinunter. Auch Mr. Miles kniete sich hin. »Und nun betet mit mir – ihr kennt das Gebet«, sagte er und begann: »Vater unser, der du bist im Himmel...« Ein paar Frauen fielen stockend ein, und am Schluß des Gebetes warf sich der Mann mit dem glatten Haar an den Hals des großen jungen Mannes. »Es war so«, sagte er, »ich hab' ihr noch gestern abend gesagt, ich sag' zu ihr ...« Die Erinnerung endete in einem Schluchzen.

Mr. Miles hatte den Mantel wieder angezogen. Er kam auf Charity zu, die noch immer reglos neben dem hastig aufgeschütteten Erdhügel kniete.

»Kind, du mußt kommen. Es ist schon sehr spät.«

Sie hob die Augen zu ihm: er schien aus einer anderen Welt zu sprechen.

»Ich komm' nicht mit: ich bleibe hier.«

»Hier? Wo? Was meinst du damit?«

»Das sind meine Leute. Ich bleibe bei ihnen.«

Mr. Miles senkte die Stimme. »Aber das geht nicht – du weißt nicht, was du tust. Du kannst nicht bei diesen Leuten bleiben: du mußt mit mir kommen.«

Sie schüttelte den Kopf und stand auf. Die Gruppe um das Grab hatte sich in der Dunkelheit verstreut, aber die alte Frau mit der Laterne stand da und wartete. Ihr kummervolles, verwelktes Gesicht wirkte nicht unfreundlich, und Charity ging auf sie zu.

»Hast du einen Platz, wo ich heute nacht schlafen kann?« fragte sie. Liff, der den Einspänner aus der Dunkelheit heranführte, kam auf sie zu. Er sah mit seinem matten Lächeln von der einen zur anderen. »Das ist meine Mutter. Sie bringt dich heim«, sagte er; dann setzte er mit erhobener Stimme an die alte Frau gewandt hinzu: »Sie ist das Mädchen von Anwalt Royall – Marys Mädchen ... erinnerst du dich?«

Die Frau nickte und sah Charity mit ihren traurigen alten Augen an. Als Mr. Miles und Liff in den Einspänner stiegen, ging sie mit der Laterne voraus, um ihnen den Weg zu zeigen, den sie einschlagen mußten; dann kehrte sie um, und schweigend gingen sie und Charity durch die Nacht.

17

Charity lag am Boden auf einer Matratze wie der Leichnam ihrer Mutter. Der Raum, in dem sie lag, war kalt und dunkel, hatte eine niedrige Decke und war noch ärmlicher und kahler als der Ort, an dem Mary Hyatts Erdenlos sein Ende gefunden hatte. Auf der anderen Seite des erloschenen Ofens schlief Liff Hyatts Mutter auf einer Decke, und zwei Kinder – ihre Enkel, hatte sie gesagt – schmiegten sich an sie wie zwei schlafende Welpen: ihre dünnen Kleider waren über sie gebreitet, denn die einzige andere Decke hatten sie dem Gast gegeben.

Durch das kleine rechteckige Stück Glas in der gegenüberliegenden Wand sah Charity in den Himmel wie in einen tiefen Schacht – so schwarz, so entfernt, so funkelnd von eisigen Sternen, daß es ihr vorkam, als würde selbst ihre Seele davon aufgesogen. Irgendwo dort oben, so glaubte sie, wartete der Gott, den Mr. Miles angerufen hatte, auf Mary Hyatts Erscheinen. Was für ein langer Flug! Und was würde sie zu sagen haben, wenn sie zu Ihm gelangte?

Charitys verwirrter Geist versuchte mühevoll, sich die Vergangenheit ihrer Mutter vorzustellen und sie auf irgendeine Weise mit dem Ratschluß eines gerechten, doch barmherzigen Gottes in Einklang zu bringen; aber es war nicht möglich, sich irgendeine Verbindung zwischen ihnen zu denken. Sie selbst fühlte sich so weit entfernt von dem armen Geschöpf, dessen Beerdigung in einem hastig geschaufelten Grab sie mitangesehen hatte, als trenne sie die Höhe des Himmelszelts voneinander. Sie hatte in ihrem Leben Armut und Unglück gesehen; aber in einer Gemeinschaft, in der die arme sparsame Mrs. Hawes und die fleißige Ally der Vorstellung von bitterer Not noch am nächsten kamen, gab es nichts, was dem grausamen Elend der Leute vom Berg gleichkam.

Als Charity so dalag, halb betäubt von ihren schmerzlichen Erlebnissen, versuchte sie vergebens, sich in das Leben um sie herum hineinzuversetzen. Aber sie konnte nicht einmal herausfinden, wie diese Leute mit ihr oder mit ihrer toten Mutter verwandt waren; sie schienen in einer Art passiver Promiskuität zusammenzuhausen, in der ihr gemeinsames Elend das stärkste Bindeglied war. Sie versuchte sich vorzustellen, wie ihr Leben ausgesehen hätte, wenn sie auf dem Berg aufgewachsen wäre: wenn sie in Lumpen herumgestreunt wäre, auf dem Boden geschlafen hätte, an ihre Mutter geschmiegt, so wie sich die blassen Kinder an die alte Mrs. Hyatt kuschelten, und wenn sie ein so hitziges, verdrehtes Ding geworden wäre, wie das Mädchen, das sich mit so merkwürdigen Worten an sie gewandt hatte. Die geheime Verwandtschaft, die sie diesem Mädchen gegenüber verspürt hatte, erschreckte sie ebenso wie das Licht, das dadurch auf ihre eigene Herkunft fiel. Dann erinnerte sie sich, was Mr. Royall gesagt hatte, als er Lucius Harney ihre Geschichte erzählte: »Ja, es gab eine Mutter; aber sie war froh, das Kind loszuwerden. Sie hätte es jedem gegeben...«

Aber konnte man letztlich das ihrer Mutter zum Vorwurf machen? Seit jenem Tag hatte Charity immer gemeint, ihre Mutter sei ohne jedes menschliche Gefühl; nun kam sie ihr nur mitleiderregend vor. Welche Mutter würde ihr Kind nicht vor einem solchen Leben bewahren wollen? Charity dachte an die Zukunft ihres eigenen Kindes, und Tränen traten ihr in die schmerzenden Augen und rannen über ihr Gesicht. Wäre sie nicht so erschöpft gewesen, nicht so belastet mit seinem Gewicht, wäre sie auf der Stelle aufgesprungen und geflohen...

Langsam verstrichen die schlimmen Stunden der Nacht, bis endlich der Himmel blasser wurde und das Morgengrauen einen kalten blauen Schein ins Zimmer warf. Charity lag in ihrer Ecke und starrte auf den schmutzigen Fußboden, die Wäscheleine mit den zerfallenden Lumpen, die alte Frau, die zusammengekauert neben dem kalten Ofen lag, und das Licht, das sich allmählich über die winterliche Welt ausbreitete und einen neuen Tag mit sich brachte, an dem sie leben, Entscheidungen treffen, handeln, sich einen Platz unter diesen Menschen schaffen mußte – oder zu dem Leben zurückkehren, daß sie hinter sich gelassen hatte. Eine tödliche Mattigkeit lag auf ihr. Es gab Augenblicke, da wünschte sie sich nichts weiter, als unbeachtet dort liegenbleiben zu können; dann wieder sträubte sich alles in ihr bei dem Gedanken, ein Mitglied dieser elenden Horde zu werden, der sie entstammte, und es schien, als würde sie die Kraft finden, jede Strecke zurückzulegen und jede Bürde zu tragen, die das Leben ihr auferlegen mochte, um ihr Kind vor einem solchen Schicksal zu bewahren.

Hin und wieder kam ihr vage Nettleton in den Sinn. Sie sagte sich, sie werde einen ruhigen Ort finden, wo sie ihr Kind bekommen und bei anständigen Leuten in Pflege geben könne; dann würde sie sich wie Julia Hawes eine Arbeit suchen und den Lebensunterhalt für sich und das Kind verdienen. Sie wußte, solche Mädchen verdienten manchmal genug, daß ihre Kinder gut versorgt wurden; und jede andere Überlegung schwand bei der Vorstellung ihres sauberen, gekämmten rosigen Kindes, das irgendwo untergebracht war, wo sie hereinschauen und es küssen und ihm hübsche Sachen zum Anziehen bringen konnte. Alles, alles war besser, als in dieser Brutstätte des Elends hier auf dem Berg noch ein Leben in die Welt zu setzen.

Die alte Frau und die Kinder schliefen noch, als Charity sich von ihrer Matratze erhob. Ihr Körper war steif vor Kälte und Erschöpfung, und sie bewegte sich langsam, damit ihre schweren Schritte sie nicht aufweckten. Sie war schwach vor Hunger, und ihre Segeltuchtasche war leer; aber auf dem Tisch sah sie einen halben Laib altbackenes Brot. Gewiß war er für das Frühstück von Mrs. Hyatt und den Kindern bestimmt, aber das kümmerte Charity nicht; sie hatte ihr eigenes Kind, an das sie denken mußte. Sie brach ein Stück von dem Brot ab und aß es gierig; dann fiel ihr Blick auf die mageren Gesichter der schlafenden Kinder, und reuevoll suchte sie in ihrer Tasche nach etwas, womit sie für das bezahlen könnte, was sie sich genommen hatte. Sie fand eine der hübschen Blusen, die Ally für sie genäht hatte und die mit einem blauen Band eingefaßt war. Sie war eines der luxuriösen Dinge, für die sie ihre Ersparnisse verschleudert hatte, und als sie sie jetzt betrachtete, stieg ihr das Blut ins Gesicht. Sie legte die Bluse auf den Tisch, schlich leise durch das Zimmer, schob den Riegel zurück und ging hinaus...

Der Morgen war eiskalt, und eine blasse Sonne ging eben über der Ostflanke des Berges auf. Die auf dem Hügel verstreuten Häuser lagen kalt und leblos unter den sonnengefleckten Wolken, und keine Menschenseele war zu sehen. Charity blieb auf der Schwelle stehen und versuchte den Weg zu erkennen, auf dem sie am Abend zuvor hergekommen war. Jenseits des Feldes, das Mrs. Hyatts Schuppen umgab, sah sie das baufällige Haus, in dem, wie sie glaubte, der Trauergottesdienst stattgefunden hatte. Der Pfad führte zwischen den beiden Häusern hindurch und verschwand in dem Tannenwald an der Flanke des Berges; und ein Stückchen weiter rechts, unter einem windzerzausten Weißdornstrauch, bildete ein frischer Erdhügel einen dunklen Fleck auf den rehbraunen Stoppeln. Charity ging über das Feld zu dem Grabhügel. Beim Näherkommen hörte sie in der stillen Luft einen Vogel singen, und als sie hochblickte, sah sie einen braunen Sperling auf einem Zweig oben im Weißdorn über dem Grabe sitzen. Sie blieb eine Weile stehen und lauschte seinem kleinen, einsamen Lied; dann kehrte sie zum Pfad zurück und begann den Hügel zum Tannenwald emporzusteigen.

Bis jetzt hatte sie der blinde Fluchtinstinkt vorwärtsgetrieben; aber jeder Schritt schien sie den Realitäten näherzubringen, von denen sie sich in ihrer fiebrigen Nachtwache nur ein schattenhaftes Bild gemacht hatte. Nun, da sie sich wieder im Tageslicht bewegte und zu vertrauten Dingen zurückkehrte, wurde ihre Phantasie nüchterner. Nur über eines war sie sich weiter im klaren: sie konnte nicht in North Dormer bleiben, und je eher sie wegkäme, desto besser. Aber alles jenseits lag im dunkeln. Während sie höher hinaufstieg, wurde der Wind schneidender, und als sie aus dem Schutz der Tannen auf den ungeschützten, grasbewachsenen Gipfel des Berges trat, fiel der kalte Wind von der Nacht zuvor über sie her. Sie krümmte die Schultern und kämpfte eine Weile gegen ihn an; aber es verließ sie der Atem, und sie setzte sich unter einen Felsvorsprung, über den zitternde Birken herabhingen. Von ihrem Platz konnte sie auf den Pfad hinabsehen, der sich über das ausgebleichte Gras in Richtung Hamblin wand, und auf die Granitwand des Berges, die in unendliche Fernen abfiel. Auf dieser Seite des Kamms lagen die Täler noch in winterlichem Schatten; aber in der Ebene dahinter beschien die Sonne Dorfdächer und Kirchtürme und vergoldete den dunstigen Rauch über weit entfernten unsichtbaren Städten.

Charity kam sich wie ein kleines Pünktchen im einsamen Himmelsrund vor. Die Ereignisse der vergangenen zwei Tage schienen sie für immer von ihrem kurzen Traum vom Glück getrennt zu haben. Selbst Harneys Bild war durch dieses niederschmetternde Erlebnis verwischt: in ihren Gedanken war er so weit von ihr entfernt, daß er kaum mehr als eine Erinnerung schien. In ihrem erschöpften, konfusen Inneren besaß nur eine Empfindung das Gewicht der Wirklichkeit: es war die körperliche Bürde ihres Kindes. Ohne sie hätte sie sich so entwurzelt gefühlt wie die Flocken der Distelwolle, die der Wind an ihr vorübertrieb. Ihr Kind war wie ein Gewicht, das sie am Boden festhielt, aber zugleich wie eine Hand, die ihr beim Aufstehen half. Sie sagte sich, sie müsse sich auf die Beine machen und sich weitermühen...

Sie wandte den Blick zurück zu dem Pfad über den Gipfel des Berges und sah in der Ferne einen Einspänner, der sich gegen den Himmel abzeichnete. Sie kannte seine altmodische Form und die magere Gestalt des alten Pferdes, das sich mit gesenktem Kopf vorwärts kämpfte; und gleich darauf erkannte sie die massige Gestalt des Mannes, der die Zügel hielt. Der Einspänner folgte dem Pfad und fuhr direkt auf den Tannenwald zu, durch den sie hinaufgestiegen war; und sie wußte sofort, daß der Fahrer auf der Suche nach ihr war. Ihre erste Regung war, sich unter den Felsvorsprung zu hokken, bis er vorbeigefahren war; aber über den Impuls, sich zu verstecken, siegte das Gefühl der Erleichterung, daß jemand inmitten dieser entsetzlichen Leere bei ihr war. Sie stand auf und ging dem Einspänner entgegen.

Mr. Royall sah sie und gab dem Pferd die Peitsche. Ein paar Minuten später war er neben Charity; ihre Augen begegneten sich, und wortlos beugte er sich herunter und half ihr in den Wagen. Sie versuchte zu sprechen, eine Erklärung zu stammeln, doch sie fand keine Worte; und während er ihr die Decke über die Knie legte, sagte er nur: »Der Pfarrer hat mir gesagt, er hätte dich hier oben gelassen, darum bin ich gekommen, um dich zu holen.«

Er wendete das Pferd, und sie zuckelten in Richtung Hamblin zurück. Charity saß schweigend da und blickte starr vor sich hin, während Mr. Royall gelegentlich dem Pferd gut zuredete. »Komm, auf geht's, Dan... Ich hab' ihn in Hamblin eine Pause machen lassen; aber ich hab' ihn ziemlich angetrieben, und gegen den Wind hier oben muß er sich ganz schön anstrengen.«

Während er sprach, kam ihr zum erstenmal der Gedanke, daß er, um so früh auf den Berg zu gelangen, North Dormer um die kälteste Zeit morgens verlassen haben und bis auf den Halt in Hamblin zügig durchgefahren sein mußte; und ihr wurde so warm ums Herz, wie er es mit keiner seiner Gesten jemals mehr erreicht hatte seit jenem Tag, als er ihr die Kletterrose mitbrachte, weil sie auf das Internat verzichtet hatte, um bei ihm zu bleiben.

Nach einer Weile begann er wieder: »Es war genau so ein Tag, bloß daß dichter Schnee fiel, als ich damals rauffuhr, um dich zu holen.« Dann fügte er rasch hinzu, als fürchte er, sie könne diese Bemerkung als einen Hinweis auf vergangene Wohltaten verstehen: »Aber ich weiß nicht, ob du meinst, daß das so gut war.«

»Doch«, flüsterte sie und blickte starr geradeaus.

»Nun ja«, sagte er, »ich hab' versucht –«

Er beendete den Satz nicht, und ihr fiel nichts mehr ein, was sie hätte sagen können.

»Hü, Dan, vorwärts«, murmelte er und ruckte am Zügel. »Wir sind noch nicht daheim. – Ist dir kalt?« fragte er unvermittelt.

Sie schüttelte den Kopf, aber er zog die Decke höher und bückte sich, um sie um ihre Knöchel festzustopfen. Sie sah immer noch starr geradeaus. Tränen der Erschöpfung und der Schwäche schwammen in ihren Augen und begannen überzufließen, aber sie wagte nicht, sie wegzuwischen, aus Furcht, er könne die Geste bemerken.

Schweigend fuhren sie weiter und folgten den langen Windungen hinunter nach Hamblin, und Mr. Royall richtete erst wieder das Wort an sie, als sie am Rand des Dorfes angekommen waren. Dort hängte er die Zügel über das Spritzbrett und zog seine Uhr hervor.

»Charity«, sagte er, »du siehst ziemlich mitgenommen aus, und bis North Dormer ist es noch recht weit. Ich hab' mir gedacht, wir halten hier am besten an, damit du was in den Magen bekommst, und fahren dann weiter nach Creston und nehmen den Zug.«

Sie erwachte aus ihren apathischen Grübeleien. »Den Zug – welchen Zug?«

Mr. Royall gab keine Antwort und ließ das Pferd weitertrotten, bis sie zum ersten Haus des Dorfes kamen. »Hier wohnt die alte Mrs. Hobart«, sagte er. »Sie wird uns etwas Heißes zu trinken machen.«

Halb bewußtlos bemerkte Charity, daß sie aus dem Wagen stieg und Mr. Royall automatisch durch die offenstehende Tür folgte. Sie betraten eine saubere Küche, wo im Ofen ein Feuer prasselte. Eine alte Frau mit freundlichem Gesicht stellte Tassen und Untertassen auf den Tisch. Sie sah auf und nickte, als die beiden hereinkamen, und Mr. Royall ging auf den Ofen zu und schlug seine tauben Hände gegeneinander.

»Tja, Mrs. Hobart, hätten Sie vielleicht ein Frühstück für die junge Dame? Wie Sie sehen, ist sie durchgefroren und hungrig.«

Mrs. Hobart lächelte Charity zu und nahm eine blecherne Kaffeekanne vom Herd. »Mein Gott, Sie sehen aber schlecht aus«, sagte sie mitfühlend.

Charity errötete und setzte sich an den Tisch. Erneut hatte sie ein Gefühl vollständiger Gleichgültigkeit überkommen, und sie war sich nur der angenehm animalischen Empfindung von Wärme und Geborgenheit bewußt.

Mrs. Hobart stellte Brot und Milch auf den Tisch und verließ dann das Haus: Charity sah, wie sie das Pferd in die Scheune auf der anderen Seite des Hofs führte. Sie kam nicht wieder, und Mr. Royall und Charity saßen allein am Tisch, die dampfende Kaffeekanne zwischen sich. Er goß ihr eine Tasse ein und legte ein Stück Brot auf die Untertasse, und sie begann zu essen.

Als die Wärme des Kaffees durch ihre Adern strömte, klärten sich ihre Gedanken, und sie fing an, sich wieder wie ein lebendes Wesen zu fühlen; aber die Rückkehr ins Leben war so schmerzhaft, daß ihr das Essen im Halse stecken blieb, und sie starrte in stummer Qual auf den Tisch.

Nach einer Weile schob Mr. Royall seinen Stuhl zurück. »Also«, sagte er, »wenn du mitkommen willst –« Sie rührte sich nicht, und er fuhr fort: »Wir können den Mittagszug nach Nettleton nehmen, wenn es dir recht ist.«

Bei diesen Worten schoß ihr das Blut ins Gesicht, und sie hob die Augen und sah ihn verwirrt an. Er stand auf der anderen Seite des Tischs und sah sie freundlich und ernst an; und plötzlich begriff sie, was er damit sagen wollte. Noch immer saß sie da, ohne sich zu rühren, und ihre Lippen waren wie mit Blei versiegelt.

»Du und ich, wir haben uns, solange wir in einem Haus wohnen, ein paar schlimme Dinge gesagt, Charity; und ich glaube nicht, daß etwas dabei herauskommt, wenn wir wieder damit anfangen. Aber was ich für dich empfinde, wird sich niemals ändern; und wenn es dir recht ist, fahren wir rechtzeitig runter, damit wir den Zug nicht verpassen, und gehen direkt zum Pfarrer; und wenn du nach Hause zurückkommst, kommst du als Mrs. Royall.«

Seine Stimme hatte den gleichen ernsten, überzeugenden Ton, der seine Zuhörer auf dem Heimatfest so bewegt hatte; sie hörte aus diesem ungezwungenen Ton eine unendliche, von Trauer gefärbte Toleranz heraus.

Aus Angst vor ihrer eigenen Schwäche begann sie am ganzen Leib zu zittern.

»Oh, ich kann nicht«, rief sie verzweifelt aus.

»Was kannst du nicht?«

Sie wußte es selbst nicht: sie war sich nicht sicher, ob sie ausschlug, was er anbot, oder ob sie bereits gegen die Versuchung ankämpfte, etwas anzunehmen, worauf sie keinen Anspruch mehr hatte. Sie stand auf, verwirrt und zitternd, und begann zu sprechen.

»Ich weiß, ich bin nicht immer aufrichtig zu dir gewesen; aber ich will es jetzt... Ich will, daß du weißt... Ich will...« Ihre Stimme versagte, und sie verstummte.

Mr. Royall lehnte an der Wand. Er war blasser als sonst, aber sein Gesicht war gefaßt und freundlich, und ihre Erregung schien ihn nicht allzusehr zu beunruhigen.

»Was soll das ganze ›Ich will, ich will‹?« sagte er, als sie schwieg. »Weißt du, was du wirklich willst? Ich werd's dir sagen. Du willst nach Hause gebracht und umsorgt werden. Und ich glaube, das ist alles, was es dazu zu sagen gibt.«

»Nein... es ist nicht alles...«

»Nein?« Er sah auf seine Uhr. »Paß auf, ich will dir noch etwas sagen. *Ich* will nur wissen, ob du mich heiraten willst. Wenn es noch etwas anderes zu sagen gäbe, würde ich dir's sagen; aber es gibt sonst nichts. In meinem Alter weiß ein Mann, was zählt und was nicht; das ist so ungefähr das einzig Gute am Älterwerden.«

Seine Stimme klang so stark und entschieden, daß sie wie ein stützender Arm um sie war. Sie spürte, wie ihr

Widerstand dahinschmolz und ihre Kraft sie verließ, während er sprach.

»Weine nicht, Charity«, rief er mit bewegter Stimme. Sie blickte auf, verwundert über seinen Gefühlsausbruch, und ihre Augen begegneten sich.

»Sieh mal«, sagte er sanft, »der alte Dan hat einen langen Weg hinter sich; wir müssen ihn den Rest des Weges ein wenig schonen...«

Er hob den Umhang auf, der auf ihren Sitz gerutscht war, und legte ihn ihr um die Schultern. Sie folgte ihm aus dem Haus und über den Hof zu dem Schuppen, wo das Pferd angebunden war. Mr. Royall nahm ihm die Decke ab und führte es hinaus auf die Straße. Charity stieg in den Wagen, und er wickelte sie in die Decke und ruckte schnalzend am Zügel. Am Ende des Dorfs lenkte er das Pferd in Richtung Creston.

18

Im müden Trott des alten Dan zuckelten sie die sich windende Straße ins Tal hinab. Charity fühlte, wie sie in immer tiefere Tiefen von Müdigkeit sank, und während sie durch die kahlen Wälder abwärts fuhren, gab es Momente, da sie das genaue Gefühl für die Dinge verlor und glaubte, neben ihrem Liebsten zu sitzen, und das Laubdach des Sommers wölbe sich über sie. Doch das war nur eine schwache und flüchtige Einbildung. Meist hatte sie nur den verworrenen Eindruck, sie gleite einen ruhigen, unaufhaltsamen Strom hinab; und sie überließ sich diesem Gefühl, als sei es ein Schutz vor den quälenden Gedanken.

Mr. Royall sprach selten, doch gab ihr seine stumme Gegenwart zum erstenmal ein Gefühl der Ruhe und der Geborgenheit. Sie wußte, daß, wo er war, es Wärme, Ruhe, Schweigen gäbe; und im Augenblick war das alles, was sie wollte. Sie schloß die Augen, und selbst diese Dinge rückten in weite Ferne...

Während der kurzen Zugfahrt von Creston nach Nettleton weckte sie die Wärme, und das Bewußtsein, fremden Blicken ausgesetzt zu sein, verlieh ihr vorübergehend Kraft. Sie saß aufrecht, Mr. Royall gegenüber, und sah aus dem Fenster auf die kahle Landschaft. Achtundvierzig Stunden zuvor, als sie zuletzt hindurchgefahren war, hatten viele Bäume noch ihre Blätter gehabt; doch der starke Wind der vergangenen zwei Nächte hatte sie davongetrieben, und die Linien der Landschaft waren so deutlich gezeichnet wie im Dezember. Ein paar Tage herbstlicher Kälte hatten jede Spur der üppigen Felder und schattigen Wälder getilgt, durch die sie am 4. Juli hindurchgefahren war; und mit der Landschaft waren auch jene leidenschaftlichen Stunden verblaßt. Sie konnte nicht mehr glauben, daß sie es war, die sie erlebt hatte; sie war jemand, dem etwas Unwiederbringliches und Überwältigendes widerfahren war, aber die Spuren der Schritte, die dazu geführt hatten, waren fast verweht.

Als der Zug in Nettleton ankam und sie an Mr. Royalls Seite auf den Platz hinaustrat, wurde dieses Gefühl der Unwirklichkeit noch mächtiger. Die körperliche Überanstrengung der Nacht und des Tages hatten in ihrem Inneren keinen Raum für neue Empfindungen gelassen, und sie folgte Mr. Royall so gefügig wie ein müdes Kind. Wie in einem verworrenen Traum fand sie sich plötzlich in einem freundlichen Raum wieder; sie saß mit ihm an einem Tisch mit einem rotweißen Tischtuch, auf den heißes Essen und Tee gestellt wurden. Er füllte ihr Tasse und Teller, und jedesmal, wenn sie die Augen hob, ruhte sein Blick mit dem gleichen beharrlich ruhigen Ausdruck auf ihr, der sie beruhigt und gestärkt hatte, als sie sich in der Küche der alten Mrs. Hobart gegenübergesessen hatten. Während alles andere in ihrem Bewußtsein immer konfuser und unwirklicher wurde, immer mehr der konturlosen Helligkeit ähnelte, zu der die Welt schwachen Augen verschwimmt, begann sich Mr. Royalls Gegenwart mit felsenhaftiger Festigkeit von diesem schwankenden Hintergrund abzuheben. In ihrer Vorstellung – wenn sie sich überhaupt eine Vorstellung von ihm machte – war er immer jemand Hassenswertes und Hemmendes gewesen, aber auch jemand, den sie überlisten und beherrschen konnte, wenn ihr danach war. Nur einmal, am Tag der feierlichen Eröffnung der Heimatwoche, als die verstreuten Bruchstücke seiner Rede durch ihr getrübtes Bewußtsein geschwirrt waren, hatte sie für kurze Zeit einen anderen Menschen wahrgenommen, einen Menschen, der so anders war als der stumpfsinnige Feind, mit dem sie zu leben geglaubt hatte, daß er selbst aus dem brennenden Nebel ihrer eigenen Träume mit überraschender Deutlichkeit hervorgetreten war. Damals hatte das, was er sagte – und etwas an der Art, wie er es sagte –, ihr für einen Augenblick verständlich gemacht, warum er ihr stets so einsam vorgekommen war. Aber der Nebel ihrer Träume hatte ihn wieder verhüllt, und sie hatte diesen flüchtigen Eindruck vergessen.

Nun erinnerte sie sich wieder daran, als sie am Tisch saßen, und in all ihrer unermeßlichen Verzweiflung spürte sie plötzlich, wie nah sie einander waren. Aber alle diese Empfindungen waren nur kurze Lichtblitze in der dumpfen Verschwommenheit ihrer körperlichen Schwäche. Wie durch einen Schleier nahm sie wahr, daß Mr. Royall kurz wegging und sie am Tisch in dem warmen Raum zurückließ; nach einer Weile kam er mit einem Wagen vom Bahnhof zurück – einer geschlossenen Droschke mit verschossenen blauen Seidengardinen –, in der sie zusammen zu einem Haus fuhren, das mit Kletterpflanzen bewachsen war und neben einer Kirche stand, vor der sich ein Rosenteppich ausbreitete. Sie stiegen aus, und die Droschke wartete, während sie zum Haus gingen und eine holzgetäfelte Diele und dann ein Zimmer voller Bücher betraten. Hier wurden sie von einem Pfarrer, den Charity nie zuvor gesehen hatte, freundlich begrüßt und aufgefordert, ein paar Minuten Platz zu nehmen, während Zeugen herbeigeholt würden.

Charity nahm gehorsam Platz, und Mr. Royall ging langsam im Zimmer auf und ab, die Hände auf dem Rücken verschränkt. Als er sich umdrehte und Charity das Gesicht zuwandte, bemerkte sie, daß seine Lippen ein wenig zuckten; aber der Ausdruck seiner Augen war ernst und ruhig. Einmal blieb er vor ihr stehen und sagte schüchtern: »Der Wind hat dir das Haar ein bißchen zerzaust«, und sie hob die Hände und versuchte, die Locken nach hinten zu streichen, die aus ihrem Zopf gerutscht waren. Es hing ein Spiegel mit geschnitztem Rahmen an der Wand, aber sie getraute sich nicht, sich darin zu betrachten, und blieb sitzen, die gefalteten Hände auf den Knien, bis der Pfarrer zurückkam. Dann verließen sie das Haus, gingen eine Art Arkadengang entlang und kamen in einen niedrigen gewölbten Raum mit einem Kreuz auf einem Altar und mehreren Bankreihen. Der Pfarrer, der sie an der Tür allein gelassen hatte, tauchte plötzlich vor dem Altar in einem Talar auf, und eine Dame, vermutlich seine Frau, und ein Mann in einem blauen Hemd, der auf dem Rasen dürre Blätter zusammengerecht hatte, kamen herein und setzten sich in eine der Bänke.

Der Pfarrer schlug ein Buch auf und gab Charity und Mr. Royall ein Zeichen, näher zu kommen. Mr. Royall ging ein paar Schritte voraus, und Charity folgte ihm, so wie sie ihm zu dem Wagen gefolgt war, als sie aus Mrs. Hobarts Küche gekommen waren; sie hatte das Gefühl, wenn sie nicht in seiner Nähe bliebe und täte, was er ihr sagte, glitte ihr die Erde unter den Füßen weg.

Der Pfarrer begann, aus dem Buch vorzulesen, und in ihrem benommenen Inneren sah Charity Mr. Miles vor sich, wie er am Abend zuvor in dem trostlosen Haus auf dem Berg aus demselben Buch Worte vorgelesen hatte, die ebenso erhaben und endgültig klangen:

»Ich fordere euch beide auf, so wie ihr euch verantworten werdet am schrecklichen Tag des Jüngsten Gerichts, wenn die Geheimnisse aller Herzen offenbar werden, daß, wenn einer von euch beiden von einem Hindernis weiß, durch welches ihr nicht rechtmäßig vereinigt werden dürft...«

Charity hob die Augen und begegnete Mr. Royalls Blick. Er sah sie noch immer freundlich und unverwandt an. »Ja!« hörte sie ihn wenig später sagen, nachdem weitere Worte gesprochen worden waren, die sie nicht aufgenommen hatte. Sie war so bemüht, die Zeichen zu verstehen, die der Geistliche ihr gab, daß sie nicht mehr auf das hörte, was gesagt wurde. Wieder eine Weile später stand die Dame von ihrer Bank auf, ergriff Charitys Hand und legte sie in die von Mr. Royall. Sie wurde von seiner kräftigen Hand umschlossen, und sie spürte, wie ihr ein Ring, der ihr zu groß war, auf den schmalen Finger gestreift wurde. Da begriff sie, daß sie verheiratet war.

Spät am Nachmittag saß Charity allein in einem Zimmer des eleganten Hotels, in dem sie und Harney am 4. Juli vergebens einen Tisch gesucht hatten. Noch nie hatte sie ein so schön möbliertes Zimmer gesehen. In dem Spiegel auf dem Toilettentisch spiegelten sich der hohe Kopfteil und die gekräuselten Kissenbezüge des Doppelbetts und eine Bettdecke, die so makellos weiß war, daß Charity zuerst gezögert hatte, Hut und Jacke darauf zu legen. Der summende Heizkörper verbreitete eine Atmosphäre wohliger Wärme, und durch eine halb geöffnete Tür sah sie glänzende vernickelte Wasserhähne über zwei marmornen Waschbecken.

Eine Zeitlang fiel der Aufruhr der Nacht und des Tages von ihr ab, und sie saß mit geschlossenen Augen da und überließ sich dem Bann von Wärme und Ruhe. Aber dann folgte dieser wohltuenden Gleichgültigkeit die plötzliche Klarsicht, mit der Kranke manchmal aus einem schweren Schlaf erwachen. Als sie die Augen öffnete, fiel ihr Blick auf das Bild über dem Bett. Es war ein großformatiger Stich in einem blendend weißen Passepartout, das von einem breiten Ahornholzrahmen mit einer vergoldeten Innenleiste eingefaßt war. Der Stich zeigte einen jungen Mann in einem Boot auf einem von Bäumen überhangenen See. Er beugte sich heraus, um für ein Mädchen in einem leichten Kleid, das im Heck auf Kissen ruhte, Wasserlilien zu pflücken. Die Szene war von einem verträumten hochsommerlichen Gleißen erfüllt, und Charity wandte die Augen ab, stand auf und begann, ruhelos im Zimmer auf und ab zu gehen.

Das Zimmer lag im vierten Stock, und das große Spiegelglasfenster blickte über die Dächer der Stadt hinweg. Dahinter erstreckte sich eine waldige Landschaft, in der die letzten Strahlen der untergehenden Sonne ein metallisches Funkeln erzeugten. Verwundert starrte Charity auf den glänzenden Fleck. Selbst im dunkler werdenden Zwielicht erkannte sie die Umrisse der sanften Hügel, die ihn umgaben, und der Wiesen, die zu seinem Rand hin abfielen. Es war der See von Nettleton, auf den sie blickte.

Lange Zeit stand sie am Fenster und sah auf das Wasser, das immer blasser wurde. Bei seinem Anblick kam ihr zum erstenmal zu Bewußtsein, was sie getan hatte. Selbst der Ring, den sie an ihrem Finger spürte, hatte ihr nicht so kraß das Gefühl der Unwiderbringlichkeit vermittelt. Einen Augenblick überkam sie der alte Wunsch wegzulaufen; aber es war nur das Flattern eines gebrochenen Flügels. Sie hörte, wie hinter ihr die Tür aufging, und Mr. Royall kam herein.

Er hatte sich beim Friseur rasieren lassen, und sein struppiges graues Haar war gestutzt und geglättet. Er bewegte sich rasch und entschieden, straffte die Schultern und trug den Kopf hoch.

»Was machst du denn im Dunkeln?« rief er fröhlich. Charity gab keine Antwort. Er ging ans Fenster, um das Rollo herabzuziehen, und berührte mit dem Finger die Wand, worauf der Lüster an der Deckenmitte den Raum in gleißendes Licht tauchte. Einen Augenblick lang sahen sich Mann und Frau in dieser ungewohnten Beleuchtung verlegen an; dann sagte Mr. Royall: »Gehen wir runter und essen etwas zum Abend, wenn es dir recht ist.«

Der Gedanke an Essen erfüllte sie mit Widerwillen; aber sie wagte nicht, es zuzugeben, strich sich übers Haar und folgte ihm zum Aufzug.

Als sie eine Stunde später aus dem Lichterglanz des Speisesaals herauskamen, wartete Charity in der marmorverkleideten Halle auf Mr. Royall, der sich vor dem Messinggitter eines der Eckkioske eine Zigarre aussuchte und eine Abendzeitung kaufte. Männer rekelten sich in Schaukelstühlen unter den funkelnden Kronleuchtern, Reisende kamen und gingen, es wurde ständig geklingelt, Dienstmänner schlurften mit Koffern vorbei. Während Mr. Royall an der Kiosktheke lehnte, lächelte und nickte über seine Schulter hinweg ein Mädchen mit aufgetürmter Frisur einem adretten Handlungsreisenden, der an der Rezeption am anderen Ende der Halle seinen Schlüssel in Empfang nahm, affektiert zu.

Inmitten dieser Strömungen und Gegenströmungen des Lebens stand Charity so reglos und untätig da, als sei sie einer der am Marmorboden festgeschraubten Tische. Ihr ganzes Inneres hatte sich zu dem einen schwindelerregenden Gefühl kommenden Unheils verdichtet, und sie beobachtete mit fasziniertem Entsetzen, wie Mr. Royall Zigarren in verschiedenen Kistchen befingerte und mit ruhiger Hand seine Abendzeitung auseinanderfaltete.

Dann drehte er sich um und trat zu ihr. »Du gehst jetzt gleich hinauf schlafen – ich setz' mich noch eine Weile hin und rauche meine Zigarre«, sagte er. Er sprach so unbeschwert und natürlich, als seien sie ein altes Ehepaar, lange an die Art des anderen gewöhnt, und ihr verkrampftes Herz zitterte vor Erleichterung. Sie folgte ihm zum Aufzug; er geleitete sie hinein und trug dem Liftboy in seiner Livree voller Knöpfe und Tressen auf, sie zu ihrem Zimmer zu führen.

Sie tastete sich ihren Weg durch die Dunkelheit, denn sie hatte vergessen, wo der elektrische Schalter war, auch wußte sie nicht, wie man ihn bediente. Doch ein weißer Herbstmond war aufgegangen, und der erleuchtete Himmel warf einen bleichen Schein in das Zimmer. In diesem Licht entkleidete sie sich, und nachdem sie die gekräuselten Kissenbezüge zusammengefaltet hatte, schlüpfte sie verschämt unter die makellose Bettdecke. Noch nie hatte sie so glatte Laken und so leichte warme Decken gefühlt; aber die Weichheit des Bettes tröstete sie nicht. Zitternd lag sie da, und die Angst rann durch ihre Adern wie Eis. »Was hab' ich getan? Oh, was hab' ich getan?« flüsterte sie erschauernd in ihr Kissen; sie preßte ihr Gesicht hinein, um die blasse Landschaft hinter dem Fenster auszuschließen, und sie lag im Dunkeln, horchte angestrengt und erbebte bei jedem Schritt, der näher kam.

Plötzlich setzte sie sich auf und preßte die Hände gegen ihr erschrecktes Herz. Ein schwaches Geräusch hatte ihr verraten, daß jemand im Zimmer war; sie mußte aber in der Zwischenzeit geschlafen haben, denn sie hatte niemanden hereinkommen hören. Der Mond ging hinter den Dächern jenseits des Fensters unter, und in der Dunkelheit, vor dem grauen Viereck des Fensters, sah sie eine Gestalt im Schaukelstuhl sitzen. Die Gestalt bewegte sich nicht: sie war mit gesenktem Kopf und verschränkten Armen tief in den Stuhl gesunken, und Charity sah, daß es Mr. Royall war. Er hatte sich nicht entkleidet, sondern sich nur die Decke vom Fußende des Betts genommen und über seine Knie gelegt. Zitternd und mit angehaltenem Atem beobachtete sie ihn, fürchtend, ihn mit ihrer Bewegung geweckt zu haben; aber er rührte sich nicht, und sie schloß daraus, daß er sie glauben machen wolle, er schlafe.

Während sie ihn weiter beobachtete, überkam sie langsam eine unaussprechliche Erleichterung, und ihre überanstrengten Nerven und ihr erschöpfter Körper entspannten sich. Er wußte es also... er wußte es... weil er es wußte, hatte er sie geheiratet, und deshalb saß er nun im Dunkeln, um ihr zu zeigen, daß sie von ihm nichts zu befürchten habe. Ein Gefühl, das tiefer war als alles, was sie je beim Gedanken an ihn empfunden hatte, streifte ihr müdes Hirn, und vorsichtig, geräuschlos, erleichtert ließ sie den Kopf wieder auf das Kissen sinken...

Als sie erwachte, war das Zimmer voller Morgenlicht, und sie sah auf den ersten Blick, daß sie allein war. Sie stand auf und zog sich an, und als sie ihr Kleid zuhakte, ging die Tür auf und Mr. Royall kam herein. Im hellen Tageslicht sah er alt und müde aus, aber sein Gesicht trug den gleichen Ausdruck ernster Freundlichkeit, der sie oben auf dem Berg so beruhigt hatte. Es war, als hätten ihn alle düsteren Geister verlassen.

Sie gingen zum Frühstück in den Speisesaal hinunter, und nach dem Frühstück sagte er, er habe ein paar Versicherungsangelegenheiten zu erledigen. »Ich denke, während ich das tue, gehst du vielleicht besser in die Stadt und kaufst dir alles, was du brauchst.« Er lächelte und fügte mit verlegenem Lachen hinzu: »Weißt du, ich habe immer gewollt, daß du alle anderen Mädchen ausstichst.« Er zog etwas aus seiner Tasche und schob es ihr über den Tisch zu; und sie sah, daß er ihr zwei Zwanzig-Dollar-Scheine gegeben hatte. »Wenn es nicht reicht, es gibt noch mehr, wo das herkommt – ich will, daß du sie alle miteinander ausstichst«, wiederholte er.

Sie errötete und versuchte, ein Wort des Dankes zu stammeln, aber er hatte bereits seinen Stuhl zurückgeschoben und ging ihr voraus dem Ausgang des Speisesaals zu. In der Halle blieb er kurz stehen, um ihr zu sagen, daß, wenn es ihr passe, sie den Drei-Uhr-Zug nach North Dormer nehmen würden; dann nahm er Hut und Mantel von der Garderobe und ging hinaus.

Ein paar Minuten später verließ auch Charity die Halle. Sie hatte darauf geachtet, in welche Richtung er ging, schlug die entgegengesetzte Richtung ein und ging rasch die Hauptstraße bis zu dem Backsteinhaus an der Ecke der Lake Avenue hinunter. Dort blieb sie stehen und blickte vorsichtig links und rechts die Straße hinunter, dann stieg sie die mit Messing eingefaßten Treppen zu Dr. Merkles Tür hinauf. Dasselbe kraushaarige Mulattenmädchen ließ sie ein, und nachdem sie genauso lange wie damals in dem rotplüschenen Salon gewartet hatte, wurde sie von neuem in Dr. Merkles Büro geleitet. Die Ärztin empfing sie ohne Überraschung und führte sie in das plüscherne Allerheiligste.

»Ich dachte mir, daß Sie wiederkommen, aber Sie sind ein bißchen zu früh dran: ich habe Ihnen doch gesagt, Sie sollten Geduld haben und nicht die Ruhe verlieren«, bemerkte sie, nachdem sie Charity eine Weile durchdringend gemustert hatte.

Charity zog das Geld aus ihrem Ausschnitt. »Ich bin gekommen, um mir meine blaue Brosche abzuholen«, sagte sie errötend.

»Ihre Brosche?« Dr. Merkle schien sich nicht zu erinnern. »Ach ja – ich bekomme so viele solcher Dinge. Tja, meine Liebe, Sie werden etwas warten müssen, während ich sie aus dem Tresor hole. Solche Wertgegenstände lasse ich nicht offen herumliegen wie eine Zeitung.«

Sie verschwand für einen Augenblick und kam mit einem Stück zerknittertem Seidenpapier zurück, aus dem sie die Brosche wickelte.

Charity spürte, wie ihr warm ums Herz wurde, als sie das Schmuckstück sah. Begierig streckte sie die Hand aus.

»Können Sie wechseln?« fragte sie ein wenig atemlos, während sie einen der beiden Zwanzig-Dollar-Scheine auf den Tisch legte.

»Wechseln? Wozu sollte ich wechseln können? Ich seh' hier nur zwei Zwanziger«, antwortete Dr. Merkle munter.

Charity hielt verwirrt inne. »Ich dachte... Sie sagten, daß eine Untersuchung fünf Dollar kostet...«

»Für *Sie,* als Gefallen – hab' ich gemeint. Aber wie steht's mit der Verantwortung – *und* der Versicherung? Daran haben Sie vermutlich nicht gedacht. Diese Nadel ist leicht hundert Dollar wert. Wenn sie verlorengegangen oder gestohlen worden wäre, wie hätte ich dagestanden, wenn Sie sie hätten abholen wollen?«

Charity schwieg verblüfft und von dem Argument halb überzeugt, und Dr. Merkle nutzte sofort die Gelegenheit. »Ich hab' Ihnen die Brosche nicht abverlangt, meine Liebe. Es wär mir viel lieber, die Leute zahlten mir mein übliches Honorar, als daß sie mir den ganzen Ärger aufbürden.«

Sie schwieg, und Charity, von dem verzweifelten Wunsch ergriffen, von dort wegzukommen, stand auf und hielt ihr einen der Scheine hin.

»Wollen Sie das?« fragte sie.

»Nein, das will ich nicht, meine Liebe; aber ich will es zusammen mit seinem Gefährten, und ich gebe Ihnen auch eine Quittung, wenn Sie mir nicht trauen.«

»Oh, aber ich kann nicht – es ist alles, was ich habe«, rief Charity aus. Dr. Merkle sah von dem Plüschsofa freundlich zu ihr auf. »Sie haben anscheinend gestern geheiratet, oben in der Episkopalkirche; ich habe alles darüber vom Hausknecht des Pfarrers erfahren. Es wäre doch bedauerlich, nicht wahr, wenn Mr. Royall erfahren würde, daß Sie bei mir eine Rechnung offen hatten? Ich sag's Ihnen nur so, wie es Ihre eigene Mutter täte.«

Zorn flammte in Charity auf, und einen Moment lang dachte sie daran, auf die Brosche zu verzichten und Dr. Merkle ihren Willen zu lassen. Aber wie konnte sie ihren einzigen Schatz bei diesem bösen Weib lassen? Sie wollte ihn für ihr Kind: auf irgendeine mysteriöse Weise, meinte sie, stelle er ein Band zwischen Harneys Kind und seinem Vater dar, den es nie kennen würde. Zitternd und voller Haß auf sich selbst legte sie Mr. Royalls Geld auf den Tisch, ergriff die Brosche und flüchtete aus dem Zimmer und aus dem Haus...

Auf der Straße blieb sie stehen, betäubt von diesem letzten Abenteuer. Aber die Brosche lag wie ein Talisman an ihrem Busen, und sie fühlte insgeheim eine Leichtigkeit ums Herz. Sie gab ihr nach einer Weile die Kraft, langsam in Richtung Postamt und durch die Pendeltüren hineinzugehen. An einem der Schalter kaufte sie ein Blatt Briefpapier, einen Umschlag und eine Briefmarke; dann setzte sie sich an einen Tisch und tauchte den rostigen Postfederhalter in die Tinte. Sie war hierhergekommen, besessen von einer Furcht, die sie verfolgt hatte, seit sie Mr. Royalls Ring an ihrem Finger spürte: der Furcht, Harney könnte sich schließlich doch von seiner Bindung freimachen und zu ihr zurückkehren. Es war eine Möglichkeit, die ihr in den schrecklichen Stunden nach der Ankunft seines Briefs nie in den Sinn gekommen war; erst als der entscheidende Schritt, den sie getan, die Sehnsucht in Angst verwandelt hatte, erschien diese Möglichkeit vorstellbar. Sie adressierte den Umschlag, und auf das Blatt Papier schrieb sie:

Ich bin mit Mr. Royall verheiratet. Ich werde dich nie vergessen.

Charity

Die letzten Worte hatte sie überhaupt nicht schreiben wollen; sie waren ihr unwillkürlich aus der Feder geflossen. Sie hatte nicht die Kraft gehabt, ihr Opfer zu vollenden; aber was machte es letztlich schon aus? Warum sollte sie Harney nicht die Wahrheit sagen, nun, da es keine Möglichkeit mehr gab, ihn jemals wiederzusehen?

Als sie den Brief in den Kasten gesteckt hatte, ging sie hinaus auf die geschäftige, sonnenbeschienene Straße und machte sich auf den Weg zum Hotel. Hinter den Schaufensterscheiben der Warenhäuser bemerkte sie die verführerischen Auslagen von Kleidern und Kleiderstoffen, die ihre Phantasie an jenem Tag beflügelt hatten, als sie und Harney sie sich gemeinsam betrachtet hatten. Ihr fiel Mr. Royalls Aufforderung wieder ein, in die Stadt zu gehen und sich alles, was sie brauche, zu kaufen. Sie sah an ihrem schäbigen Kleid hinunter und überlegte, was sie ihm sagen sollte, wenn er sie mit leeren Händen zurückkommen sähe. Als sie sich dem Hotel näherte, sah sie ihn auf der Treppe warten, und ihr Herz begann vor Aufregung zu klopfen.

Er nickte ihr zu und winkte, als sie näher kam, und sie gingen durch die Halle und nach oben, um ihre Sachen zu packen, damit Mr. Royall den Zimmerschlüssel abgeben könnte, wenn sie zum Mittagessen wieder herunterkämen. Als sie im Schlafzimmer die paar Dinge in die Segeltuchtasche stopfte, fühlte sie plötzlich, wie sein Blick auf ihr ruhte. Sie hielt inne, ihr halb zusammengefaltetes Nachthemd in der Hand, während ihr das Blut in die mageren Wangen stieg.

»Nun, hast du dich hübsch ausstaffiert? Ich seh' gar keine Pakete herumliegen«, sagte er scherzend.

»Oh, ich lasse lieber Ally Hawes die paar Sachen nähen, die ich brauche«, antwortete sie.

»Ah so?« Er sah sie einen Augenblick nachdenklich an, und seine Augenbrauen zogen sich finster zusammen. Dann wurde sein Gesicht wieder freundlich. »Na ja, ich wollte, daß du eleganter als alle anderen heimkämst; aber du hast wohl recht. Du bist ein gutes Mädchen, Charity.«

Ihre Augen trafen sich, und etwas trat in seine, was sie dort noch nie gesehen hatte: ein Blick, durch den sie sich beschämt und dennoch geborgen fühlte.

»Ich glaube, du bist auch gut«, sagte sie scheu und schnell. Er lächelte, ohne zu antworten, und sie gingen zusammen aus dem Zimmer und fuhren in dem glitzernden Aufzug hinunter in die Halle.

Spät am Abend hielten sie im kalten, herbstlichen Mondlicht vor der Tür des roten Hauses.